Sunrise Africa
Die Nacht der Jäger

CHRISTOPHER ROSS

Sunrise Africa

Die Nacht der Jäger

ueberreuter

1. Auflage 2017

ISBN 978-3-7641-7071-4
Dieser Vertrag entstand durch die Vermittlung der
Verlagsagentur Lianne Kolf.

Lektorat: Kathleen Neumann
Umschlaggestaltung: Favoritbüro GbR
unter Verwendung von Fotos von © Tarapong Siri; © ArtHeart;
© GG Studios Austria/shutterstock.com
Druck und Bindung: GGP Media GmbH, Pößneck
Gedruckt auf Papier aus geprüfter nachhaltiger Forstwirtschaft.

www.ueberreuter.de

1

Melissa bemerkte den Elefanten erst, als er wenige Meter vor ihr die Sandstraße überquerte. Erschrocken trat sie aufs Bremspedal. Nur weil sie die Gurte angelegt hatten, prallten Dave und sie nicht gegen die Frontscheibe. Sie stützten sich am Armaturenbrett ab und beobachteten staunend, wie der Bulle zwischen einigen Sträuchern verschwand, ohne sie eines Blickes zu würdigen.

»Wow!«, flüsterte Melissa. Ihr Pferdeschwanz wippte noch von der heftigen Bewegung. »So einen mächtigen Bullen hab ich lange nicht mehr gesehen.«

»Das war Mabu«, erwiderte Dave. Er trug einen Cowboyhut und Cowboystiefel und hatte lediglich seine Jeans gegen leichte Khakihosen getauscht. »Hast du die Narbe an seinem linken Ohr gesehen? Die hat ihm ein Wilderer vor ein paar Monaten zugefügt. Er konnte entkommen und ist seitdem nicht besonders gut auf Menschen zu sprechen. Ein riesiger Bursche, was?«

Melissa fuhr langsam weiter, nicht ohne einen wachsamen Blick auf die Akazien zu werfen, zwischen denen Mabu verschwunden war. Nur langsam kehrte die Farbe in ihr leicht gebräuntes Gesicht mit den Sommersprossen über der Nase zurück. Sie war erst seit ein paar Tagen wieder in Afrika. Vor einem Jahr hatte sie ein mehrwöchiges Praktikum in der *Seronera African Lodge* und dem *Mokama Wildlife Sanctuary*, einer Tierstation, absolviert. Damals schon hatte sie sich geschworen, nach Beendigung ihrer Ausbildung in die Serengeti zurückzukehren. Jetzt arbeitete sie als Assistant Manager für beide Betriebe.

»Sie haben die Wilderer noch immer nicht im Griff?«, fragte sie, während sie über die schmale Sandstraße zur Tierstation zurückkehrten. »Was ich im Internet und in Zeitungen darüber gelesen habe, klang ziemlich dramatisch.«

»Ist es auch«, antwortete Dave ungewöhnlich ernst. »Die Wilderer werden immer dreister. Gegen die waren unsere Banditen in Texas brav wie College-Kids. Sie ballern mit Schnellfeuergewehren auf Elefanten und Nashörner und sind längst mit ihrer Beute verschwunden, wenn die Ranger kommen.«

»Ich denke, die Ranger sind jetzt bestens ausgerüstet.«

»Nicht so gut wie die Wilderer. Die haben sogar Hubschrauber und schaffen ihre Beute direkt nach Mombasa oder Daressalam. Und von dort wird sie nach Vietnam und China verschifft. Das funktioniert wie bei der Mafia. Sie bestechen Regierungsbeamte und Leute beim Zoll, und wenn einer nicht spurt, gibt's eine Kugel. Der größte Drahtzieher in dem ganzen Spiel wird der Elfenbeinkönig genannt. Niemand weiß, wer sich hinter dem Namen versteckt. Keiner hat ihn bisher gesehen. Angeblich soll er Chinese sein.«

»Eine Schande, sich auf diese Weise an den Tieren zu vergreifen.«

»Wenn sie so weitermachen, gibt's bald keine Elefanten und keine Nashörner mehr. Und das alles nur, weil sie in China auf Elfenbeinkunst stehen und Nashornpulver die Potenz fördern soll. Nun ja, zumindest in Asien.«

Melissa fuhr langsamer als vorher, auch wenn die Straße jetzt durch offene Steppe führte und sie vor Überraschungen sicher waren. Vor Elefanten hatte sie immer großen Respekt gehabt, und Mabu war ein besonders stattlicher Bulle, noch eindrucksvoller als der Elefant, der vor einem Jahr einen Scheinangriff auf sie gestartet hatte. In einem Zoo betrachtete man Elefanten aus sicherer Entfernung, meist zahme Tiere, die sich kaum bewegten. Etwas ganz anderes war es, einem Elefanten in freier Wildbahn zu begegnen. Mabu war wie ein Riese vor ihnen aufgetaucht und hatte einen langen Schatten geworfen.

Ob er erkannt hatte, dass sie keine Wilderer waren und ihm nicht in die Quere kommen wollten? Spürte er, wenn sich ihm Zweibeiner in feindlicher Absicht näherten? Sah er die Schnellfeuergewehre? Elefanten waren kluge Tiere mit einem starken Erinnerungsvermögen. Melissa war sicher, dass er den Wilderer, der ihn angeschossen hatte, wiedererkennen würde. Ein Einzelgänger wie er konnte sehr aggressiv werden, nicht nur während der Paarungszeit.

Sie schüttelte den Gedanken ab und versuchte, sich auf die Straße zu konzentrieren. Unter den Rädern ihres Landrovers wallte Staub empor. Der Motor heulte bei jedem Schlagloch auf. Die kleine Regenzeit lag noch nicht lange zurück, und die Sandstraße war holprig und wies teilweise tiefe Löcher auf. Sie kehrten von einer Inspektionsfahrt zurück, bei der sie nach verletzten Jungtieren Ausschau gehalten hatten, die sie auf der Tierstation wieder gesund gepflegt hätten. Dr. Jonas Wilburn war ein erstklassiger Tierarzt und hatte erstklassige Helfer: seine Frau Mandisa, eine Massai, die Pflegerin Kimberly, den afrikanischen Helfer Kopano und Dave Mason, der neben Melissa saß, ein zwei Jahre älterer Cowboy aus Fort Worth, Texas, der normalerweise immer gute Laune hatte.

Melissa ließ ihren Blick über die Savanne schweifen. Die Sonne stand bereits weit im Westen, und lange Schatten überzogen das Land. So einladend die Serengeti in der leuchtenden Sonne aussah, so düster und unheimlich wirkte sie in der Dämmerung. Als ob sich die bösen Geister, an die manche Massai noch immer glaubten, erst bei Sonnenuntergang aus ihrem Reich hervorwagen würden, um dem Tod dabei zu helfen, seine Ernte einzubringen.

Wie zur Bestätigung erklangen plötzlich Schüsse. Weit entfernt und nur zu hören, wenn man alle anderen Geräusche ausschloss, und doch so nahe, dass Melissa erneut auf die Bremse trat und den Landrover in einer dichten Staubwolke zum Stehen brachte. Sie ließen beide die Seitenfenster runter und lauschten.

Ein Stakkato von dumpfen Lauten, beinahe so schnell, als würden sie von einem Maschinengewehr abgefeuert, und vielleicht genauso tödlich, zog als mehrfaches Echo über die Savanne. Sie griffen beide nach ihren Feldstechern und stiegen aus, nicht ohne sich zu vergewissern, dass sich keine Raubkatze in der Nähe befand, und blickten angestrengt in die Ferne. Nach wenigen Minuten erschien ein dunkler Schatten am Himmel, ein Hubschrauber, wie sie vermuteten. Er landete im dunklen Schatten einer Akazie und stieg nur wenige Minuten später wieder auf und verschwand in der Abenddämmerung.

»Wenn man vom Teufel spricht«, sagte Dave.

Sie stiegen in den Landrover und fuhren querfeldein in die Richtung, aus der die Schüsse gekommen waren. Die Lichtkegel der Scheinwerfer wischten über das kniehohe Gras. Die Sonne war gerade dabei, vollkommen hinter dem Horizont zu verschwinden, und wie überall in diesen Breiten setzte sofort die Dunkelheit ein. Sie hatten zu viel Zeit beim Wechseln eines Reifens verbracht und waren spät dran. Normalerweise mieden sie die Dunkelheit.

Während der Fahrt informierte Dave die Wilderer-Einheit der Ranger und Dr. Wilburn in der Tierstation. Er hatte sein Gewehr zwischen den Beinen stehen, für den Fall, dass noch Wilderer in der Nähe waren oder sie ein angeschossener Elefant angriff. Doch die Wilderer waren sicher alle in den Hubschrauber gestiegen, und lebende Tiere ließen sie nur selten zurück. Melissa ahnte, was sie erwartete. Entsprechend übel war ihre Stimmung, als sie die Akazie erreichten.

Sie hielten an und blieben eine Weile sitzen, bevor sie ausstiegen. Zögernd näherten sie sich den Kadavern von sechs Elefanten, die reglos wie Felsen im Gras lagen. Einige Geier hockten bereits in den nahen Bäumen. Nur widerwillig flogen sie davon, als Dave sie vertrieb. Eine Hyäne, die sich den toten Tieren ebenfalls genähert hatte, rannte lachend davon. Insekten schwirrten über den blutigen Wunden der toten Tiere und verhöhnten sie mit ihrem Summen. Vier erwachsene Elefantenkühe und zwei Junge. Den erwachsenen Tieren fehlten die Stoßzähne.

Melissa blickte betroffen auf die toten Elefanten. Einen Augenblick war sie unfähig, einen klaren Gedanken zu fassen, so sehr erschütterte sie der Anblick. Im Fernsehen und im Internet hatte sie solche Bilder schon gesehen, aber es war etwas vollkommen anderes, sie in der Realität zu erleben. Dies waren keine Antilopen, die hungrigen Löwen zum Opfer gefallen waren, dies waren sinnlos abgeschlachtete Tiere, die man nur wegen ihrer Stoßzähne auf grausame Weise getötet und ihres »weißen Goldes« beraubt hatte. Ein Tod, der nicht zum Kreislauf des Lebens gehörte wie die Opfer von Raubtieren.

»Abgesägt«, sagte Dave. Auch er wirkte betroffen, obwohl er diesen Anblick nicht zum ersten Mal erleben musste. Er hielt sein Gewehr in beiden Händen. Eigentlich durften Zivilisten gar keine Waffe tragen, aber seitdem die Wilderer so aktiv waren, bestand Dr. Wilburn darauf, dass in jedem Landrover eine Waffe lag. »Und das alles nur, weil sich ein paar Asiaten für Elfenbeinfiguren begeistern. Aus Holz oder Metall wären die genauso schön.«

Melissa hatte sich wieder gefangen und beugte sich über einen der toten Elefanten. Ohne seine Stoßzähne wirkte er unvollkommen, wie eine Statue, der wichtige Teile fehlten. In den Wunden, die ihm die Geier und Hyänen zugefügt hatten, war das Blut geronnen. Seine Augen waren leer. Die Elefantenkuh, im Leben von unbändiger Kraft beseelt, wirkte im Tod nur noch schwach und bemitleidenswert. Sie war vor einem übermächtigen Feind in die Knie gegangen und hatte auch den Kampf um ihre Jungen verloren. Obwohl sie noch keine Stoßzähne trugen, hatten die Wilderer auch die Jungtiere getötet, aus Mordlust oder weil sie einfach nur Ruhe vor ihnen haben wollten.

»Solange die Wilderei so viel Geld einbringt, hören diese Verbrecher sicher nicht auf. Warum haben sie diesen Elfenbeinkönig nicht längst festgenommen? Angeblich soll er doch öfter vor Ort sein und nach dem Rechten sehen. Und wenn er wirklich Chinese ist, kann das doch nicht so schwer sein.«

»Wenn wichtige Regierungsleute von ihm bestochen werden, ist es fast unmöglich, ihn zu schnappen. Die werden den Teufel tun und sich um ihre Einnahmequelle bringen. Außerdem sind mittlerweile sehr viele Chinesen hierzulande unterwegs. Die haben viel Geld und können sich einen teuren Safari-Urlaub leisten. Habt ihr in der Lodge nicht auch gerade einen?«

»Mister Wei? Ein Mann um die fünfzig, der Chef einer Supermarktkette, soviel ich weiß. Vermutlich einer von diesen unverbesserlichen Geschäftsleuten, die mit ihren Assistentinnen in den Urlaub fahren und es dort krachen lassen. Aber ansonsten harmlos. Nein, wenn er der Elfenbeinkönig wäre, müsste man ihm den Oscar als bester Schauspieler des Jahres geben.«

Aus der Ferne drang das Brummen eines Motors zu ihnen herüber. Der Landrover der Wilderer-Einheit oder Task Force, wie man neuerdings sagte. Von der US-Armee ausgebildete Ranger, die seit einigen Jahren gegen die Wilderer im Einsatz waren und hofften, sich auf lange Sicht gegen sie durchzusetzen. Noch fehlte es der Einheit vor allem an der nötigen Ausrüstung.

Sie winkten den Fahrer mit ihren Taschenlampen heran und erkannten vier Ranger in grünen Uniformen und Schlapphüten. Ihr Anführer, ein kräftiger Schwarzer mit kantigem Gesicht und strengem Blick, hatte ein amerikanisches Schnellfeuergewehr über der rechten Schulter hängen. »Commander Timothy Gayoye«, stellte er sich vor. »Sie kommen vom *Wildlife Refuge*?«

»Melissa Baxter und Dave Mason«, stellte Dave sie vor. In knappen Worten schilderte er dem Ranger, was geschehen war.

»Nach den Schüssen dauerte es nur ein paar Minuten, bis sie von einem Helikopter abgeholt wurden.«

»Ein schwarzer Chopper?«

»Es wurde schon dunkel, aber so sah es aus.«

»Das waren Shetani und seine Männer. Er heißt eigentlich Bonifacius Atumani, aber wir nennen ihn Shetani. Das heißt ›Teufel‹ auf Kisuaeli. Wir sind ihm schon seit einiger Zeit auf den Fersen. Er ist der einzige Wilderer mit einem Hubschrauber. Wir glauben, dass ihn der Elfenbeinkönig höchstpersönlich ausrüstet. Er hat wohl einen Narren an dem Teufel gefressen.«

»Hat Shetani auf Mabu geschossen?«

»Mabu?« Der Ranger zog verwundert die Augenbrauen hoch. »Haben Sie ihn gesehen? Ein prächtiger Bursche, nicht wahr?« Ein flüchtiges Lächeln zog über sein Gesicht. »Ja, Miss, wir sind ziemlich sicher, dass er es war. Ehrlich gesagt, hätte ich keine Träne vergossen, wenn Mabu ihn erwischt hätte.«

»Und an Shetani kommt man nicht ran?«, fragte Melissa.

»Wenn wir mehr Manpower und bessere Ausrüstung hätten, vielleicht«, antwortete der Ranger.

Seine Männer suchten mit ihren Taschenlampen nach Spuren, sammelten Kugeln und Patronenhülsen ein und füllten Gewebeproben der getöteten Elefanten in Plastikbeutel. Laboranten der Regierung würden die DNA der Tiere bestimmen und den Behörden helfen, die Täter und ihre Beute aufzuspüren.

»Ich will nicht meckern. Während der letzten Monate hat sich einiges verbessert. Die Regierung tut, was sie kann, die Polizei stellt uns Männer zur Verfügung, und wir haben schon einige Wilderer festgenommen. Leider alles nur kleine Fische. Sie sind besser ausgebildet als manche unserer Männer. Es wird wohl nicht mehr lange dauern, bis sie auch bessere Waffen bekommen. Die russischen Kalaschnikows streuen schlimmer als Salzstreuer, aber ich glaube, das gefällt ihnen sogar. Mit schlechten Gewehren trifft man ungenauer, die Tiere erleiden größere Schmerzen, und das Blutbad wird größer. Sehen Sie sich die Wunden an. Die Tiere haben stark gelitten.«

»Commander!«, rief einer seiner Männer. »Wir haben Spuren gefunden. Sieht so aus, als hätte es eines der Jungen geschafft, sich davonzuschleichen.«

»Oder sie hatten es zu eilig.«

»Das mit dem Jungtier ist unser Job«, sagte Dave. »Ich habe Doktor Wilburn bereits informiert. Er muss jeden Augenblick hier sein. Falls tatsächlich eines der Kälber überlebt hat, bringen wir es ins *Refuge* und kümmern uns um den Kleinen.«

»Oder die Kleine«, ergänzte Melissa.

Sie folgten dem Ranger, der seine Taschenlampe auf die Spuren gerichtet hielt, und stapften durch das hohe Steppengras. Bei jedem Schritt raschelte das trockene Gras unter ihren Stiefeln. Die Zikaden zirpten, die stetige Begleitmusik der abendlichen Steppe. Nicht allzu weit von ihnen entfernt brüllte ein Löwe und erinnerte sie daran, dass sie nicht allein in der Serengeti waren. Es war unwahrscheinlich, dass sie ein Löwe oder eine andere Raubkatze angriff, aber hier draußen konnte man nicht vorsichtig genug sein. Mit wachen Augen musterten Melissa, Dave und die Ranger ihre nächtliche Umgebung.

Melissa entdeckte den Elefanten zuerst. Ein junger Bulle, ungefähr zwölf Monate alt, der sichtlich unter Schock zu stehen schien und nervös den Kopf bewegte. Er hatte die Ohren abgeklappt und trompetete laut, als er die Zweibeiner erblickte, ein sichtbares Zeichen dafür, wie sehr ihn die Schießerei in Panik versetzt hatte. Sicher hatte er seine Mutter sterben sehen.

»Ganz ruhig, mein Lieber!«, redete Dave auf ihn ein. »Wir bringen dich in Sicherheit. Bei uns in *Mokama* wird es dir an nichts fehlen, das verspreche ich. Und wer weiß? Vielleicht dauert es gar nicht lange, bis wir dich wieder in die Freiheit entlassen dürfen. Doktor Wilburn wird gleich hier sein, okay?«

»Sie machen das gut. Sie kommen aus Texas?«, fragte der Ranger.

»Fort Worth«, antwortete Dave. »Sind Sie auch Amerikaner?«

»Zur Hälfte. Mein Vater kommt aus Tansania, meine Mutter ist in Boston aufgewachsen. Wir sind vor sieben Jahren nach Tansania gekommen, und ich bin inzwischen froh, dass mich meine Eltern mitgenommen haben, sonst säße ich jetzt wahrscheinlich in einem langweiligen Büro. Ich brauche frische Luft bei der Arbeit.«

Dave lachte. »Ein waschechter Yankee in Afrika.«

»Aber ein Guter!«

Das unruhige Brummen eines Motors kündigte die Ankunft von Doktor Wilburn an. Mit ihm kam Kimberly, die rothaarige Engländerin. Sie arbeitete ähnlich lange wie Dave im *Wildlife Refuge* und hatte bei der Aufzucht von Hatari geholfen, einem jungen Elefanten, den sie inzwischen in die Freiheit entlassen hatten. Sie kannte sich besser mit Elefanten aus als viele Ranger.

»Commander«, begrüßte Doktor Wilburn den Anführer

der Ranger. Die beiden kannten sich. »Melissa … Dave. Wie hat der Kleine das überlebt?«

»Glückssache. Vielleicht hatte er sich versteckt, oder Shetani und seine Männer hatten keine Zeit mehr, sich mit ihm abzugeben. Was wollen sie auch mit dem Kleinen? Der hat noch keine Zähne und bringt ihnen keinen Dollar.«

»Könnte sein, dass sie uns gesehen haben«, sagte Dave. »Es wurde schon dunkel, und die Scheinwerfer kann man kilometerweit sehen.« Er blickte auf den jungen Elefanten, der immer noch nervös war und sich wohl nicht so schnell beruhigen würde. »Kriegen wir den Kleinen wieder hin, Doktor?«

»Wir werden sehen. Hol das Betäubungsgewehr, Kimberly!«

Die Engländerin, sonst immer für einen lustigen Spruch gut, war genauso entsetzt wie alle anderen und lief los.

»Sie brauchen uns sicher nicht mehr, Doktor«, sagte der Commander und bedeutete dem anderen Ranger, mit ihm zu kommen. »Viel Glück mit dem kleinen Rambo!« Sie begleiteten Kimberly zum Kleinlaster, stiegen in ihren Landrover und fuhren in die Nacht davon.

Melissa und Dave redeten beruhigend auf den jungen Elefanten ein, während Kimberly mit dem Kleinlaster zurückkam, ihn mit eingeschalteten Scheinwerfern stehen ließ und Doktor Wilburn das Betäubungsgewehr reichte. Der Elefant war nicht verletzt, hatte Wilburn inzwischen herausgefunden. »Äußerlich jedenfalls«, bemerkte er.

Sie alle wussten, dass Elefanten intelligent, aber auch besonders empfindlich waren und unter dem Verlust eines verwandten Tieres oder anderem seelischen Schmerz wie ein Mensch litten.

Inzwischen war der Mond aufgegangen, und sein Licht zeichnete die Konturen des Elefanten in die Dunkelheit. Doktor Wilburn spannte einen Betäubungspfeil auf das Gewehr und traf das Junge an einer empfindlichen Stelle, die ihn nur für ein paar Sekunden schwanken und dann zu Boden fallen ließ.

»Fahr mit dem Laster dicht an ihn ran!«, rief Doktor Wilburn.

Mit vereinten Kräften hoben sie das betäubte Tier auf die Ladefläche. Sie legten eine bunte Wolldecke über seinen schwachen Körper, und der Doktor blieb neben ihm sitzen, um ihn unterwegs im Auge behalten zu können. Sie alle wussten, dass die ersten Stunden eines verwaisten oder verletzten Tieres unter ihrer Obhut die gefährlichsten waren und über seine Zukunft entschieden. Auch wenn er äußerlich unverletzt schien, war seine Lage noch kritisch.

»Und wie nennen wir das Baby?«, fragte Kimberly, als sie in den Wagen stieg. Sie öffnete das Fahrerfenster und deutete mit dem Daumen nach hinten.

Doktor Wilburn stützte sich auf die offene Beifahrertür. Trotz der ernsten Lage, in der sie sich befanden, gelang ihm ein Lächeln. »Normalerweise geben wir den Tieren ja keinen Namen, aber bei Elefanten mache ich gern mal eine Ausnahme. Die bleiben länger bei uns als die meisten anderen Tiere. Außerdem hat der Kleine schon einen Namen … Rambo.«

»Rambo? Wie in dem Film mit Sylvester Stallone?«

»Rambo wie ein verstörter kleiner Elefant, der seinen Schmerz hoffentlich bald überwindet und dann wieder ausgelassen durch das Savannengras marschiert.«

»Hast du das gehört, Rambo?«, rief Kimberly nach hinten.

2

Über eine breite Sandstraße, die an einigen der umzäunten Gehege vorbeiführte, erreichten Melissa und Dave die Tierstation. Sie hielten hinter dem Kleinlaster des Doktors vor dem Haupthaus. Die ehemalige Lodge war von einigen kuppelförmigen Hütten umgeben, in denen die Angestellten wohnten.

Kopano und einige andere Afrikaner warteten bereits im trüben Licht der wenigen Lampen und halfen ihnen, den kleinen Elefanten in eines der Gehege zu schaffen, die lediglich durch einen hüfthohen und sehr stabilen Holzzaun geschützt waren. Doktor Wilburn untersuchte seinen Patienten erneut, diesmal genauer und eingehender und schloss ihn an einen Tropf, der eine weitere Dehydrierung verhindern sollte. Unter einer Austrocknung litten die meisten Elefanten, wenn sie nach *Mokama* kamen. Kopano schob eine Decke unter den Kopf des immer noch bewusstlosen Tieres und wiegte besorgt den Kopf.

»Das wird schwer, Doktor«, sagte er mit seinem unnachahmlichen Akzent, der so gar nicht zu seinem ansonsten perfekten Englisch passte. Er streichelte den noch stark behaarten Kopf von Rambo. »Ich hoffe nur, er ist stärker als die Kleine, die wir vor zwei Monaten hatten. Erinnern Sie sich an Kewa?«

Der Doktor nickte. »Sie kam nicht über den Tod ihrer Mutter hinweg. ›Tod durch Kummer‹ hätte ich eigentlich in den Akten vermerken sollen. Nicht der erste Fall dieser Art, aber ich werde mich wohl nie daran gewöhnen.« Er stellte den Tropf ein und stand auf. »Kümmerst du dich um den kleinen Rambo?«

»Rambo?« Kopano zeigte seine blütenweißen Zähne. »Na, das sind ja schöne Aussichten. Da werde ich mich mit ihm wohl anstrengen müssen. Mit dem Namen ist er bestimmt ein echter Draufgänger, eh?«

Melissa beobachtete zum wiederholten Male, wie einfühlsam Kopano mit Tieren umging. Er war der geborene Tierpfleger, ein Naturtalent. Doktor Wilburn hatte ihn in Südafrika kennengelernt, wo beide schon im *Krüger National Park* zusammengearbeitet hatten, und ihn überzeugt, mit ihm mitzugehen. Ein hochgewachsener Schwarzer, ein Angehöriger des Xhosa-Stammes, der sich vor allem im Raum Kapstadt angesiedelt hatte. Schon als Kind hatte er in einem *Wildlife Sanctuary* ausgeholfen und dabei besondere Geschicklichkeit im Umgang mit Tieren bewiesen.

»Lasst Kopano in Ruhe arbeiten«, sagte Doktor Wilburn. »Rambo braucht jetzt vor allem Ruhe, da wären wir nur im Weg.« Er war bereits zum Haus unterwegs. »Ich hoffe, die anderen haben noch was vom Abendessen für uns übrig gelassen. Soweit ich weiß, gibt es heute Fleisch mit gekochten Bananen.«

Im Haus hatte Doktor Wilburns Frau Mandisa bereits den Tisch gedeckt. Auch an diesem Abend trug die Massai wieder einen ihrer roten Hausanzüge, ihr dunkles Haar hatte sie hochgebunden. Sie war eine schöne und vor allem elegante Frau, die schon mehrere Zeitschriften und Kataloge zieren würde, wenn sie das Angebot einer großen Werbeagentur in London angenommen hätte. Doch sie blieb lieber bei ihrem Mann, führte den Haushalt und erledigte die Buchhaltung.

Sie küsste den Doktor und begrüßte Melissa, Kimberly und

Dave. »Da habt ihr aber Glück«, sagte sie scherzhaft, »ein paar Minuten später, und ich hätte den Rest ins Gefrierfach geschoben.« Sie brachte die Platten mit dem Fleisch und den Bananen und eine Schüssel mit buntem Salat. Ihre Miene verfinsterte sich, als ihr Mann von dem jungen Elefanten berichtete. »Es wird höchste Zeit, dass man diesen Wilderern das Handwerk legt. Wenn es den Rangern nicht gelingt, sie festzunehmen, gibt es bald keine Elefanten mehr.«

»Ich weiß«, erwiderte ihr Mann, »aber die Ranger haben es nicht leicht. Ich habe mit Commander Gayoye gesprochen. Sie brauchen eine bessere Ausrüstung, wenn sie den Wilderern das Handwerk legen wollen. Flugzeuge und Hubschrauber, um die Verbrecher aus der Luft beobachten und ausfindig machen zu können, vielleicht sogar Drohnen, wie sie die Amerikaner einsetzen. Bessere Gewehre und stärkere Spezialeinheiten. Ich bin der Letzte, der sich einen Krieg in der Serengeti wünscht, aber du hast natürlich recht: Wenn wir dem Treiben nicht Einhalt gebieten, werden die Elefanten bald aussterben.«

Melissa aß von den frittierten Bananen, eine Spezialität, die sie inzwischen zu schätzen wusste. »Ich hab gelesen, in Tansania hätten die Wilderer in den letzten fünf Jahren über siebzigtausend Elefanten abgeschlachtet. Unfassbar, diese Zahl. Meine Mutter hat mir sogar davon abgeraten, diese Stelle anzunehmen. Sie hätte eine Doku über Wilderer in Afrika gesehen, und es gäbe friedlichere Plätze auf der Welt. Ich habe ihr gesagt, dass man Afrika nicht allein lassen darf. Wenn ich dabei helfen kann, die Schönheit der Natur zu bewahren und den Urlaubern in der Lodge zu zeigen, wie wunderschön und interessant Afrika gerade hier in der Serengeti ist, bin ich schon zufrieden.« Sie merkte, dass die anderen aufmerksam zugehört hatten. »Zu hochtrabend?«

»Nein«, sagte Doktor Wilburn, »wir haben doch alle Verwandte, Freunde und Bekannte, die uns für verrückt halten. Die nicht glauben wollen, dass bei unseren Jobs auch Idealismus eine große Rolle spielt. Von den Leuten, die uns beschimpfen, ganz zu schweigen. Sie nennen uns Gutmenschen, als wäre es etwas Schlimmes, sich für Natur und Tiere einzusetzen, und sie rümpfen verächtlich die Nase, weil wir so einen Wirbel wegen ein paar Löwen und Elefanten machen. Sie haben keine Ahnung, dass an unserem Einsatz nicht nur das Überleben der wilden Tiere hängt. Das Gleichgewicht der Natur wäre in Gefahr, und es gäbe keinen Tourismus mehr, der diesem Land viel Geld bringt. Du tust das Richtige, Melissa, und wir sind froh, dass du hier bist.«

Tatsächlich hatte ihre Mutter versucht, sie davon abzubringen, nach Afrika zu gehen. »Warum kommst du nicht nach Frankfurt zurück und arbeitest für die Uni?«, hatte sie gefragt, und Melissas Antwort war gewesen:

»Weil ich mich in Afrika verliebt habe.«

Ihrem Vater, der schon seit einigen Jahren von ihrer Mutter geschieden war und als Pilot für British Airways flog, war es egal. »Bist du denn sicher, dass du dich nur in Afrika verliebt hast?«, wollte ihre Mutter wissen. »Wie hieß noch dieser Massai, von dem du mir erzählt hast?«

»Sonyanga.« Warum hatte sie ihn damals bloß erwähnt?

Sonyanga hatte während ihres letzten Aufenthalts als Guide für die *Seronera African Lodge* gearbeitet, ein stolzer und sehr gebildeter junger Mann in ihrem Alter, der sie tief beeindruckt hatte. Nicht nur, weil er gut aussah. Er gab sich nicht für billige Folklore-Darbietungen her wie einige andere Massai und wollte den Urlaubern die Kultur seines Volkes auf ernsthafte Weise vermitteln. Vielleicht hatte sie sich damals tatsächlich in ihn verliebt, obwohl doch jeder wusste, dass aus Beziehungen zwischen Massai und Europäern selten etwas wurde. Eine mädchenhafte Schwärmerei, redete sie sich ein, von einem stattlichen Krieger wie Sonyanga wäre jede Frau angetan. Nach ihrer Ankunft hatte sie erfahren, dass er inzwischen für die Regierung arbeitete. »Sonyanga ist auf einer Tagung in Kenia«, hatte man ihr gesagt, »er kommt nicht vor nächster Woche zurück.«

Nach dem Essen ging Doktor Wilburn noch einmal zu seinem vierbeinigen Patienten. Melissa und Mandisa begleiteten ihn. Kopano und Rambo lagen dicht nebeneinander auf mehreren Matten, wie zwei gute Freunde, die beschlossen hatten, einander niemals im Stich zu lassen. Der Pfleger hatte eine gemusterte Wolldecke über den Rücken des Elefanten gelegt, die ihm das behütete Gefühl ersetzen sollte, das er empfand, wenn seine Mutter dicht neben ihm stand. Ein Trick, der sich auf den meisten Tierstationen bewährt hatte.

Kopano blinzelte in den Lichtschein der Taschenlampe. »Alles okay«, gab er Entwarnung. »Rambo war ein wenig unruhig, als die Betäubung nachließ, aber er war wohl zu müde, um rumzutoben. Ich hab ihn in den Schlaf gesungen.«

»Unser Elefantenflüsterer«, lobte ihn der Doktor. Er untersuchte Rambo noch einmal, bat Kopano, auch weiterhin gut auf ihn aufzupassen, und wandte sich an seine Frau und

Melissa. »Morgen bringen wir ihn zu unseren anderen Sorgenkindern. In Gesellschaft ist der Schmerz nicht ganz so schlimm.«

Melissa folgte ihm und Mandisa ins Haus. »Und ich werde mich morgen mal wieder in der Lodge sehen lassen. Dieser Pendelverkehr ist echt anstrengend.«

Als Assistant Manager war sie eine Art Bindeglied zwischen der Lodge und der Tierstation. »Verbindungsoffizier« nannten manche sie scherzhaft. Bei den Gästen und in der Küche der Lodge, im *Mokama Wildlife Sanctuary* bei den verwundeten oder verwaisten Tieren und manchmal auch auf den Safaris war sie gefragt. Ein Traumjob, der nur zustande gekommen war, weil Gordon Brentwood, der millionenschwere Besitzer der Lodge, die Tierstation dazugekauft hatte.

»Wie wär's mit Vanilleeis und Schlagsahne?«, fragte Mandisa.

»Genau das, was ich jetzt brauche«, antwortete Melissa.

Melissa hatte einen anstrengenden Tag hinter sich und war todmüde, wollte aber nicht auf ein Ritual verzichten, das sie sich während ihres Praktikums angewöhnt hatte. Jeden Abend vor dem Schlafengehen trat sie noch einmal in die Dunkelheit hinaus und blickte zu den Sternen empor. So nahe am Äquator waren sie besonders gut zu erkennen, vorausgesetzt, die Regenzeit war vorüber und es hingen keine Wolken am Himmel. Ein Anblick, der sie jedes Mal verzauberte und ihr klarmachte, wie winzig dir Erde doch war. Wie funkelnde Diamanten leuchteten die Sterne vor dem tiefschwarzen Hintergrund, begleitet von einem beinahe vollen Mond, der in ihrer Gegenwart erblasste.

»Jetzt sag mir nicht, dass du an Sonyanga denkst«, sagte Kimberly.

Melissa hatte die Engländerin gar nicht kommen gehört und drehte sich erstaunt nach ihr um. Ihr Dialekt erinnerte sie an einen Fußballspieler des FC Liverpool. Melissa hatte eine Menge übrig für Fußball, sehr zum Erstaunen vieler Männer, die sie eher mit Büchern und Tierfilmen in Verbindung brachten. Als ob man sich nicht für beides begeistern könnte. »Wie kommst du denn darauf?«

»Letztes Jahr bist du auf ihn geflogen. Und er auf dich.«

»Nur ein bisschen.« Sie errötete gegen ihren Willen. »Das würde doch sowieso nicht klappen. Seit er für die Regierung arbeitet, schon gar nicht mehr. Er hängt den ganzen Tag in Arusha oder Daressalam rum, und ich bin hier in der Serengeti und hab ebenfalls jede Menge Arbeit am Hals. Wie soll das bitte gehen?« Sie lächelte schwach. »Du hast doch nicht etwa Angst, dass ich ihn dir wegnehme. Du hattest ein ganzes Jahr Zeit, ihn dir zu schnappen.«

»Ich hab's versucht, das kannst du mir glauben, und ich habe dich öfter verflucht, als dir lieb sein kann. Er sprach nur von dir, die ganze verdammte Zeit sprach er nur von dir.« Jetzt klang sie tatsächlich wie ein Fußballer. »Ich sag's nur ungern, aber er hat einen Narren an dir gefressen. Der liebt dich.«

»Unsinn! Das bildest du dir ein.«

»Wenn ich's dir doch sage. Erst vor drei Wochen, als er zum letzten Mal hier war, hat er von dir gesprochen. Wann du kämst? Was dein neuer Job wäre? Dass er sich freuen würde, dich wiederzusehen. Der will was von dir.«

»Das glaube ich nicht«, erwiderte Melissa. »Und selbst

wenn … eine Beziehung ist das Letzte, was ich gerade brauche. Ich muss erst mal wieder Fuß fassen und mich einarbeiten. Und dann die Wilderer. Über mangelnde Arbeit werden wir in den kommenden Wochen nicht zu klagen haben. Die Urlauber sollen auf keinen Fall erfahren, dass auch in unserer Nähe gewildert wird. Auf der einen Seite wollen wir ehrlich sein und den Leuten sagen, was wir für Probleme in der Serengeti haben, aber wenn sie wüssten, wie nahe uns die Wilderer manchmal sind, würden viele sofort abreisen. Ein Drahtseilakt.«

Am Tor der Tierstation, ungefähr einen Kilometer vom Haupthaus entfernt, tauchten Scheinwerfer aus der Dunkelheit auf. Ein Geländewagen näherte sich mit leisem Motor. Ein brandneuer Landrover mit dem Gorilla-Logo der Zoologischen Gesellschaft Frankfurt. Professor Bernhard Grzimek, der ehemalige Direktor des Frankfurter Zoos, hatte sie vor über fünfzig Jahren gegründet. Durch seinen Dokumentarfilm »Serengeti darf nicht sterben« wurde die Welt auf die vielfältige Natur in Tansania aufmerksam. Seit einigen Jahren arbeitete seine Gesellschaft, kurz »Frankfurt« genannt, mit den Rangern zusammen.

»Hey, das ist Jules«, sagte Kimberly. Ihr Gesicht hellte sich auf. »Jules Durand, der neue Mitarbeiter von Frankfurt.«

»Lass mich raten: Du bist hoffnungslos in ihn verliebt.«

»Ich wäre jedenfalls nicht abgeneigt«, erwiderte Kimberly. »Er ist ein schmucker Junge. Mitte zwanzig, wundervolle braune Augen und eine Stimme wie ein Schmuse-Moderator. Du weißt ja, was sie über die Franzosen sagen: Niemand verstünde mehr von Frauen als sie. Aber, nun ja …«

»Was?«

»Ich will nicht darüber reden.«

»Er wollte nichts von dir.«

»Wir hatten so was wie ein Date. Wir sind ein bisschen rumgefahren, haben die Sterne angeguckt und, na, du weißt schon, aber … ich bin nicht für dieses französische Gesäusel zu haben. Bei uns in Liverpool sind wir graderaus. Wir reden nicht stundenlang herum, bevor wir zur Sache kommen.«

»So kenne ich dich ja gar nicht.«

»Aber zu dir würde er passen. Du stehst doch auf Romantik, oder liege ich da falsch? Es muss ja nicht gleich was Ernstes sein. Pass auf, der gefällt dir.«

Der Landrover war inzwischen herangefahren, und der Franzose stieg aus. »*Salut,* Kimberly«, rief er schon von Weitem. Er sah tatsächlich blendend aus, wirkte sportlich und durchtrainiert wie ein Zehnkämpfer und trug seine Khakihosen und sein dunkelgrünes Poloshirt wie einen Maßanzug. Sein Gesicht war leicht gebräunt. »Und Sie sind sicher Melissa aus Allemagne.«

»Aus Frankfurt«, betonte sie. »Melissa Baxter.«

»Jules Durand«, stellte er sich vor. »Ich hab schon einiges über Sie gehört, aber ich wusste nicht, dass Sie so hübsch sind.«

Eine ziemlich lahme Anmache, dachte sie, speziell für einen Franzosen.

»Sie müssen mich unbedingt mal besuchen kommen. Unser Hauptquartier liegt praktisch um die Ecke, das wissen Sie ja. Mein Chef will sowieso, dass wir enger mit der Lodge und der Tierstation zusammenarbeiten. Mit der Tierstation klappt es schon ganz gut.«

»Einigermaßen«, schwächte Kimberly ab.

»Sobald ich Luft habe«, erwiderte Melissa.

»Ich hab von den Wilderern gehört«, berichtete Jules. Sein Englisch hatte einen starken französischen Akzent. »Unsere Gesellschaft wird der Task Force in den nächsten Wochen zwei neue Landrover zur Verfügung stellen, die sind leiser und verbrauchen weniger Sprit. Und wir werden ein wenig Luftaufklärung betreiben.« Er lächelte bei dem Wort, das sonst vor allem vom Militär benutzt wurde. »Wir sehen nach, wo sich die Elefanten aufhalten, und wer weiß, vielleicht entdecken wir die Wilderer aus dem Flieger.« Er blickte Melissa an. »Wenn Sie wollen, können Sie gerne mal mitfliegen, Melissa.«

»Mal sehen, was mein Chef dazu sagt.«

»Sie haben einen Elefanten gerettet? Hab ich über Funk gehört.«

»Rambo«, erklärte sie. »Wollen Sie ihn mal sehen?«

Die Frage war ihr mehr oder weniger rausgerutscht. Sie konnte sich selbst nicht erklären, warum sie auf seine Flirtversuche einging. Geschah es aus Höflichkeit? Weil er so gut aussah? Wegen seiner sanften Stimme, die tatsächlich so verführerisch klang, wie Kimberly gesagt hatte? Fiel sie tatsächlich auf seine Anmache herein?

»Ich geh schon mal rein«, sagte Kimberly mit einem raschen Blick auf Jules. »Ich sage dem Doc, dass Sie hier sind.« Sie warf Melissa einen warnenden Blick zu, der wohl heißen sollte: Nimm dich vor dem Burschen in Acht!

Melissa führte den Franzosen zu Kopano und dem kleinen Rambo und legte rasch einen Finger auf ihren Mund, als sie die beiden schlafen sah. Sie zog Jules von dem Nachtlager weg, bis sie ungehindert sprechen konnte. »Rambo ist stark traumatisiert«, warnte sie. »Wir stören ihn besser nicht länger. Wenn er aufwacht, kann er sehr ungemütlich werden, hab ich mir sagen lassen.«

»Ich weiß«, konterte Jules. »Ich habe Biologie studiert und bin auf Elefanten spezialisiert. Deshalb hat mich meine Uni in Paris hergeschickt.« Er grinste flüchtig. »Und weil ich einigermaßen Englisch kann. Und Sie, Melissa?«

Sie gingen ein paar Schritte und blieben vor einem der eingezäunten Gatter stehen. Die beiden Paviane, die sich dort von einem Unfall erholten, interessierten sich nicht für sie. Aus dem Nachbargatter drang das Knurren eines jungen Gepards herüber, den Kimberly und Dave vor ein paar Wochen mit einem gebrochenen Vorderlauf gefunden und zur Tierstation gebracht hatten.

»Ich war auf einer Hotel- und Tourismusfachschule in Österreich und hab letztes Jahr ein Praktikum in der *Seronera African Lodge* gemacht«, erwiderte sie. »Eigentlich bin ich auf Tourismus und gute Küche spezialisiert, aber seitdem unser Besitzer die Tierstation gekauft hat, hab ich plötzlich auch mit Tieren zu tun. Ich habe schon während des Praktikums viel von Dr. Wilburn und seinen Leuten gelernt, aber so richtig lernt man hier in Afrika wohl nie aus.«

»Nicht mal als Biologe«, fügte er lächelnd hinzu. Er führte sie an den Gattern vorbei und blieb plötzlich stehen. »Finden Sie nicht auch, dass die Sterne über Afrika besonders hell leuchten? Ich würde Ihnen gern einen schenken.«

Oh Mann, dachte sie, auf was hab ich mich da bloß eingelassen.

»Jules, kommen Sie?«, rettete sie die Stimme des Doktors. Er war aus dem Haus getreten und kam ihnen entgegen. »Es ist spät, und ich habe einen anstrengenden Tag hinter mir. Wie wär's mit heißem Tee und Schokokeksen?«

Der Franzose blickte Melissa an. »Gern, Doktor … ich komme.«

3

Als Melissa am nächsten Morgen vor ihre Hütte trat, führte ihr erster Weg zu Kopano und Rambo. Auch Doktor Wilburn, Kimberly und Dave waren bei dem Pfleger und seinem neuen vierbeinigen Freund und erfreuten sich an ihrem hoffnungsvollen Anblick. Kopano fütterte den Baby-Elefanten mit einer überdimensionalen Babyflasche und sagte mit einem breiten Grinsen: »Nun sehen Sie sich das an! Er trinkt, als wäre ich seine Mama. Wenn er so weitermacht, erholt er sich eher von seinem Schock, als wir gehofft haben.«

»Und wie lange, glaubst du, dauert es wirklich?«, fragte Melissa.

Kopano verlor sein fröhliches Grinsen und blickte ernst den Doktor an.

»Wenn nichts dazwischenkommt, ungefähr noch zwei Jahre«, sagte Wilburn. »Dann geben wir ihn in eines der großen Gehege im Nationalpark, wo er sich an das Leben in der Wildnis gewöhnen kann. Das kann bis zu sieben Jahre dauern.«

»Sieben Jahre?«

»Für einen Elefanten, der von Menschen aufgezogen wurde, ist es besonders schwer, sich umzustellen. In der Wildnis können sie sich in ihrer Kindheit auf eine Matriarchin verlassen, eine erfahrene Chefin einer Herde, die ihnen alles beibringt, was sie über ihr zukünftiges Leben wissen müssen. Erst mit zwölf oder dreizehn Jahren, wenn die jungen Bullen in der Lage sind, für Nachwuchs zu sorgen, lösen sie sich von der Herde und ziehen allein über die Steppe. Wir können einem traumatisierten Elefanten wie Rambo ein wenig von der Zuneigung geben, die sie von der Matriarchin erfahren würden, aber ersetzen können wir sie nicht.«

»Die ersten Tage sind die wichtigsten«, sagte Kopano, als er die leere Flasche absetzte. Er tätschelte Rambo liebevoll den Rücken. »Ich tue alles, damit er über den Schock hinwegkommt.« Er blickte Melissa an. »Wenn du in ein paar Tagen wiederkommst, und wir spielen Fußball mit ihm und den anderen Jungtieren, kriegen wir ihn wieder hin. Aber wir hatten auch schon Elefanten hier, die vor lauter Kummer nicht fressen wollten und es nicht geschafft haben.«

Melissa kniete neben Rambo nieder und strich ihm über den behaarten Kopf. »Halte durch, Rambo!«, sagte sie. »Bei Kopano hast du es gut. Hast du gehört, er will sogar Fußball mit dir spielen. Ich sage meiner Mutter, sie soll eine Eintracht-Frankfurt-Wolldecke schicken. Wir wollen doch, dass du stilvoll auf den Platz läufst. Was meinst du? Hast du das Zeug zum Torjäger?«

»Zuerst muss er mal Kraft sammeln«, erwiderte Kopano. »Er ist noch sehr schwach auf den Beinen. Kein Wunder bei dem Schock, den er erleiden musste. Aber keine Angst, ich bleibe rund um die Uhr in seiner Nähe.« Er klang entschlossen. »Wir lassen uns nicht unterkriegen von den Wilderern.«

Mandisa hatte dem Pfleger bereits sein Frühstück nach draußen gebracht, ein Extra-Service, weil er voll im Einsatz war. Als ihr Mann, Melissa, Kimberly und Dave den großen Wohnraum betraten, stellte sie gerade die Teekanne auf den Tisch. Sie hatte Rühreier mit Speck vorbereitet, dazu gab es selbst gebackenes Brot und Orangenmarmelade.

»In Texas essen wir riesige T-Bone-Steaks zum Frühstück«, prahlte Dave mit verstärktem texanischen Akzent. »Womit ich nichts gegen Ihr Frühstück gesagt haben will, Ma'am.«

»Und was gibt es zum Abendessen?«, fragte Mandisa.

»Zwei riesige Steaks«, antwortete Dave.

»Immer die große Klappe, diese Texaner«, lästerte Kimberly, während sie sich Tee einschenkte. Sie grinste dabei. »Alles muss bei ihnen größer, schöner und besser sein. Aber die größten Tiere, die gibt es hier. Mit einem ausgewachsenen Elefanten wie Mabu können eure Longhorn-Rinder nicht mithalten.«

»Mabu? Den haben wir gestern erst gesehen.«

»Und er hat dir keine Ohrfeige mit seinem Rüssel verpasst?«

Dave fand die Frage überhaupt nicht lustig. »Er war nur ein paar Meter von uns entfernt und tat so, als würde er sich nicht um uns kümmern, aber ich hab genau gesehen, dass er uns im Blick hatte. Ich glaube, der wartet nur darauf, dass die Wilderer wieder auftauchen, und dann bekommen sie etwas mehr zu spüren als seinen Rüssel. Der ist extrem sauer, das ist mal sicher.«

»Gegen eine Kalaschnikow ist auch Mabu machtlos«, sagte der Doktor. »Er kann von Glück sagen, dass ihn die Kugel damals nur gestreift hat, sonst wäre er schon tot. Wenn er schlau ist, hält er sich von den Wilderern fern.«

Nach dem Frühstück fuhr Melissa zur Lodge zurück. Die Sonne war gerade erst aufgegangen, stand als glühende Scheibe über den fernen Bergen und überschüttete die Steppe mit goldenem Licht. Nur schemenhaft ragten die Schirmakazien aus dem leuchtenden Dunst empor. Einige Antilopen ließen sich auch durch den Motorenlärm ihres Landrovers nicht stören und zupften an dem saftigen Gras. Jenseits eines Hügels entdeckte sie zwei Giraffen, die genussvoll an den Zweigen eines Baumes zupften und mit wiegenden Schritten ihren Artgenossen folgten. Zwischen einigen Sträuchern lagen Löwen und dösten in der Morgensonne, zu satt und schläfrig, um auf die Jagd zu gehen.

Melissa liebte die Serengeti zu jeder Tageszeit, am meisten aber, wenn sie allein mit den Tieren der Steppe war und sie so erleben durfte wie vor mehr als hundert Jahren, als die europäischen Eroberer noch nicht damit begonnen hatten, den Kontinent auszubeuten. Damals war der Kreis des Lebens noch geschlossen gewesen. Rücksichtslose Ausbeuter hatten noch nicht damit begonnen, Sklaven in die Karibik und nach Amerika zu verkaufen, sie waren noch nicht auf Öl und Diamanten gestoßen, und in manchen asiatischen Ländern hatte man Elfenbein noch nicht zur zweiten Währung erhoben. Paradiesische Zustände, die es auch in Schutzgebieten wie der Serengeti nicht mehr geben würde. Auch Afrika musste mit der Zeit gehen – der Kontinent war weder ein Vergnügungspark mit Stammesfolklore noch ein riesiger Zoo. Darauf legten sie in der *Seronera African Lodge* gesteigerten Wert. Auf den Safaris und bei den Besuchen in ausgesuchten Massai-Dörfern wurden zwar einige Klischees bedient, aber die Guides wiesen auch darauf hin, wie wichtig es für die Massai war, die Zivilisation anzunehmen, und wie schwierig es war, selbst in einem der bekanntesten Nationalparks das Gleichgewicht der Natur zu erhalten.

Das hochtourige Brummen eines Flugzeugmotors riss Melissa aus ihren Gedanken. Sie beugte sich nach vorn, um besser sehen zu können, und beobachtete, wie eine kleine Maschine aus dem Dunst tauchte und im Tiefflug über die Antilopen hinwegbrauste. Wie ein Kunstflieger riss der Pilot sie am Ende der Herde nach oben, ging in eine scharfe Linkskurve und hielt wie ein angreifender Kampfflieger auf die Giraffen zu. Die Tiere rannten erschrocken davon. Der Pilot flog so dicht über sie hinweg, dass er sie beinahe mit den Tragflächen streifte, und düste in den goldenen Dunst über der Steppe zurück.

»Sind Sie verrückt?«, rief Melissa der Maschine nach. »Sehen Sie denn nicht, dass Sie die Tiere erschrecken?« Sie notierte das Kennzeichen der Cessna und fuhr weiter. Nur ein Wahnsinniger führte sich über der Serengeti wie ein Kampfflieger auf und erschreckte die Tiere. »Als ob wir nicht genug Ärger mit den Wilderern hätten! Warten Sie, bis sich die Polizei bei Ihnen meldet.«

Immer noch wütend, brachte Melissa die letzten Kilometer zur Lodge hinter sich. Die *Seronera African Lodge* lag in einem Dickicht aus Akazien versteckt und fügte sich so perfekt in die Landschaft ein, dass man die zwölf Bungalows erst entdeckte, wenn man vor dem Empfangsgebäude stand. Alle Gebäude erinnerten mit ihrer rustikalen Architektur an afrikanische Hütten und die Ranches der englischen Siedler vor hundert Jahren. Wenige hundert Meter entfernt am Ufer des Grumeti River und durch einen schmalen Pfad mit den Bungalows verbunden, lag das »Bush Camp«, das lediglich aus einer Lehmhütte und einer eingezäunten Terrasse bestand. Der Grumeti River war für seine gefräßigen Krokodile bekannt. Jedes Jahr, wenn Tausende Gnus den Fluss während der Großen Wanderung überquerten, feierten sie ein Festmahl.

Melissa stellte den Wagen ab und betrat die Eingangshalle. Von rustikalen Balken gestützt, spannte sich eine kuppelförmige Decke über der Rezeption. Einige Gäste kamen ihr entgegen, die gerade ihren Guides zu den Safari-Fahrzeugen folgten.

»Melissa!«, rief ein Guide. »Der Chef will dich sehen. Um neun Uhr!«

Sie blickte in seine Richtung und hatte für einen Augenblick das Gefühl, Sonyanga anzusehen. Er trug den leuchtend roten Umhang der Massai und einen Speer. Seine dunklen Haare hatte er geflochten und mit Ockerfarbe verziert, von seinen durchlöcherten Ohrläppchen hingen silberne Ringe. Alle Massai, die für die Lodge arbeiteten, gaben sich traditionell, obwohl sie privat vielleicht lieber Jeans und T-Shirts trugen. Aber von ihrem Aufenthalt auf der Lodge erwarteten sich die meisten Gäste auch das entsprechende Lokalkolorit.

»Danke, Patita«, erwiderte sie. »Dann hab ich ja noch ein paar Minuten.«

Sie blieb neben der Rezeption stehen. Hinter dem Tresen bediente eine Engländerin aus Bristol. »Hey, Janet. Mit Mann und Maus auf Safari heute?«

»Nicht alle«, antwortete sie, »die Chinesen bleiben zu Hause. Miss Ling hat sich den Magen verdorben, und Mister Wei darf Kindermädchen spielen.«

»Vielleicht versucht sie es mal mit Akupunktur.«

Janet erwiderte ihr Grinsen. »Otto braut ihr einen starken Kamillentee, der wirkt sicher besser. Und ein fettes Sandwich wäre auch nicht schlecht, wenn sie wieder gesund ist. Oder noch besser ein ganzes Warzenschwein. Mit Soße. So eine dünne Frau hab ich seit den letzten Miss-Wahlen nicht mehr gesehen.«

»Ist Ihnen sonst was an den Chinesen aufgefallen?«

»Das Übliche«, antwortete Janet. Sie sprach so leise, dass sie keiner der Gäste, die sich noch in der Eingangshalle aufhielten, hören konnte. »Ein reicher Mittfünfziger und seine junge Gespielin. Seine Geliebte, nehme ich an, aber China ist weit, und er hat seiner Frau sicher was von einer Tagung erzählt.«

»Behalten Sie's für sich, okay?«

»Der Kunde ist König«, erwiderte sie fröhlich.

Um Punkt neun klopfte Melissa an die Tür von Martin Conroys Büro und trat ein. Der Manager der Lodge saß hinter seinem Schreibtisch und telefonierte, winkte sie aber heran und beendete das Gespräch: »Ja, Miss. Unser schönster Bungalow. Natürlich, Miss. Ich weiß, dass Sie nur Ihre Pflicht tun. Auf Wiedersehen, Miss.« Er legte auf und stöhnte leise. »Das war das Büro von Billy Green, dem texanischen Immobilienmakler, der heute anreist. Einer dieser reichen Amerikaner, die zur Löwenjagd nach Afrika kommen und als erfolgreiche Großwildjäger in die Geschichte eingehen wollen. Aber darum geht es nicht. Otto braucht Ihre Hilfe. Der Texaner ist anspruchsvoll. Er besteht auf exotische Steaks mit exquisiten Beilagen und einen reichhaltigen Nachtisch. Das schafft Otto nicht allein. Er möchte, dass Sie ihm in der Küche helfen.« Er lächelte schuldbewusst in sich hinein. »Wir müssen Billy Green ein wenig umschmeicheln. Er ist mehrfacher Millionär und hat großen Einfluss in Texas. Wenn er unsere Lodge lobt, reservieren am nächsten Tag Hunderte Amerikaner. Ich kann mich auf Sie verlassen?«

»Natürlich, Chef. Ich mache mich gleich an die Arbeit.«

Sie sah in ihrem Zimmer vorbei, das in dem Anbau für die Angestellten untergebracht war, und zog sich um. Dunkelgrüner Rock, das ebenfalls dunkelgrüne Poloshirt mit dem Logo der Lodge und bequeme Schuhe. Vom Himmel brannte die Sonne, als sie über einen schmalen Pfad zur Küche ging.

»Ah, da bist du ja!«, freute sich Otto, der Küchenchef. Otto Werner oder Werner Otto, genau wusste er das wohl selbst nicht. Er war ein stattlicher Bursche, der seinen Bierbauch mit einem gewissen Stolz vor sich hertrug und an diesem Morgen sehr besorgt aussah. »Zwei meiner Helfer sind krank geworden, und ich fange hier langsam an zu schwimmen. Die Kudu-Steaks und die gebackenen Kartoffeln schaffe ich selbst, aber du könntest dich um das Gemüse kümmern und eines deiner berühmten österreichischen Desserts auf den Tisch zaubern.«

»Weil du's bist, Otto.« Otto stammte aus dem Sauerland, und sie sprachen Deutsch, wenn sie allein waren. Melissa stammte aus Frankfurt am Main, war in Österreich auf die Tourismus- und Hotelfachschule gegangen. Ihr Vater war Engländer, ihre Mutter Deutsche. »Green kommt mit der Nachmittagsmaschine, nehme ich an? Wie wär's mit Chicken-Salad-Sandwiches, falls er vor dem Umziehen was essen will? Bei Leuten wie ihm muss man mit allem rechnen. Tropische Drinks zum Frühstück, ein Filetsteak zwischendurch ...«

»Wenn du Sandwiches noch schaffst?«

»Alles eine Frage der Organisation.«

Melissa hatte eine gründliche Ausbildung hinter sich. Tourismus, Kochen, Bedienen, sie hätte gleich mehrere Berufe ergreifen können. Auch weil die österreichische Schule selbst im fernen Ausland einen so guten Ruf genoss, hatte Conroy sie als Assistant Manager eingestellt. Und ihr hatte das Praktikum in der Lodge und der Tierstation so großen Spaß gemacht, dass sie sich nichts sehnlicher gewünscht hatte. In Afrika zu arbeiten, war ein Traumjob.

Das Schneiden von Gemüse gehörte nicht gerade dazu, aber Melissa besaß genügend Routine, um die bereitstehenden Schüsseln schnell zu füllen. Um die Mittagszeit wickelte sie zwei üppig belegte Chicken-Salad-Sandwiches in Plastikfolie ein und legte sie in den Kühlschrank. Zwei weitere Sandwiches bereitete sie für Otto und sich zu. Sie verbrachten die Mittagspause auf einer Steinmauer in der Sonne. Lauer Wind trieb den Geruch der Savanne heran.

»Hast du von Malaika gehört?«, fragte Melissa. Die junge Massai hatte während ihrer Praktikumszeit als »Mädchen für alles« in der Lodge gearbeitet.

»Unser Sorgenkind?« Otto kaute genussvoll. »Sie arbeitet schon seit einigen Monaten nicht mehr hier. Soweit ich weiß, kümmert sie sich um ihre Mutter, in ihrem Dorf am Duma River. Einer der neuen Guides war mal dort. Der Mutter geht es nicht besonders, und Malaika hat Angst, sie allein zu lassen, weil ihr Mann sie sonst verhungern lassen würde. Wie hieß er noch?«

»Olonona.« Melissa hatte den Namen des *laibon* nicht vergessen. So nannten die Massai ihre Medizinmänner. Olonona war ein besonders fanatischer und rechthaberischer Mann, der dem alten Glauben nachhing, dass es vor allem den Kriegern gut gehen musste, und man sich um die Frauen nicht besonders zu kümmern brauchte. »Er ließ Malaikas Mutter fast verhungern, weil er alles Essen den Männern zuschusterte. Sie war sehr krank, als ich sie fand.«

Otto trank von der Cola, die er für sich geöffnet hatte. »Solange Malaika in dem Dorf wohnt, passiert wohl nichts. Der Medizinmann weiß genau, dass sie gute Beziehungen hat und ihm große Schwierigkeiten machen kann. Aber sobald sie das Dorf verlässt, muss ihre Mutter sicher büßen. Der Guide, ich glaube, es war Patita, hat ihm ordentlich ins Gewissen geredet, aber ich weiß nicht, ob das was nützt. Sonyanga wollte das Thema im Parlament zur Sprache bringen, aber du weißt, wie langsam die Mühlen in Tansania mahlen.«

»Vielleicht sollte ich Malaika mal besuchen.«

»Du kannst nicht die ganze Welt retten, Melissa. Mir reicht es schon, wenn du mir beim Abendessen hilfst. Hast du dir schon ein Dessert überlegt?«

»Wie wär's mit Apfelstrudel? Wir haben eine Kiste frischer Äpfel.«

»Den echten österreichischen?«

»Klassisch. Mit ein paar Feinheiten.«

»Dann leg mal los!«

Melissa sah, dass dem Koch das Wasser im Mund zusammenlief, und erwiderte lachend: »Ich backe am besten einen mehr, sonst haben wir heute Abend nicht genug. In der Schule hab ich eine Eins für meinen bekommen.«

Das Abendessen begann erst um sechs Uhr, und es war noch genügend Zeit. Sie schälte Äpfel und schnitt sie in feine Spalten, beträufelte sie mit Zitrone, auch damit sie in der Zwischenzeit nicht braun wurden, und vermengte sie mit Kristallzucker, Vanille, Zimt, Nüssen und Rosinen. Beim Belegen des Blätterteigs kam es vor allem darauf an, ihn mit frischer Butter zu bestreichen und die Masse so zu verteilen, dass man ihn gut rollen konnte. Eine einfache Übung, die sie im ersten Lehrjahr gelernt hatte, aber trickreich, denn wenn die Mischung der Zutaten nicht stimmte, konnte die Backerei auch schiefgehen.

Melissa hatte gerade die Apfelstrudel in den Backofen geschoben und die Zeituhr eingestellt, als lautes Motorengeräusch die Geräte auf der Arbeitsplatte zum Zittern brachte. Sie rannten erschrocken nach draußen und duckten sich unwillkürlich, als eine kleine Maschine im Tiefflug über die Lodge flog.

»Das ist der Mistkerl von heute Morgen«, schimpfte Melissa. Und als Otto sie fragend anblickte, erklärte sie: »Auf dem Rückweg zur Lodge hab ich gesehen, wie die Cessna im Sturzflug auf Antilopen und Giraffen losging. Es hätte nicht viel gefehlt, und er hätte eine Giraffe mit der Tragfläche rasiert. Wer ist das?«

»Keine Ahnung. Zu den Rangern gehört die Cessna nicht.«

»Eine Privatmaschine. Ein Irrer.«

Der Pilot war eine weite Rechtskurve geflogen und kehrte zurück. Jetzt trieb er seine Cessna erneut über die Lodge und steuerte den staubigen Landestreifen im Südwesten an. Wahrscheinlich vertrieb er alle Tiere im weiten Umkreis. Es hätte Melissa nicht gewundert, wenn auch die Krokodile aus dem Grumeti River geflohen wären, einen solchen Höllenlärm veranstaltete er durch seinen Tiefflug. Als hätte er es darauf abgesehen, alle Lebewesen zu erschrecken.

»Pass auf die Apfelstrudel auf!«, rief Melissa dem Koch zu.

Sie lief in die Eingangshalle und stieß mit Martin Conroy zusammen, der gerade aus seinem Büro stürmte, das Gesicht in einer Mischung aus Wut und Angst verzerrt. »Was war das? Eine Notlandung? Einen Meter tiefer, und er wäre in einen der Bungalows gekracht. Wenn das ein Scherz sein sollte …«

Während sie nach draußen liefen, erzählte Melissa ihm in wenigen Worten, was am frühen Morgen passiert war. »Ich fürchte, der Kerl ist im Tiefflug über die halbe Serengeti geflogen. Unverantwortlich, so was.«

Conroy blieb abrupt stehen und traute seinen Augen nicht, als er einen der beiden Männer erkannte, die aus der Maschine kletterten. »Das … das ist …«

»Jemand, den Sie kennen?«

»Von Fotos. Das ist Billy Green, der Großwildjäger!«

4

»Na, war das eine Show?«, rief Green, noch bevor sie die Maschine erreichten. Er deutete mit dem Daumen auf seinen Piloten, der gerade den Motor abstellte und aus der Cessna kletterte. »Phil hat eine A-10 im Golfkrieg geflogen und wollte mir mal zeigen, was er noch alles draufhat. Stimmt's, Phil?«

»Und ob, Billy!«, erwiderte der Pilot begeistert. »Ich hab eine der Thunderbolts geflogen und den Irakern gezeigt, was eine *barrel roll* ist.« Er sah die verständnislosen Mienen von Melissa und Conroy und fügte hinzu: »So eine Art Purzelbaum in der Luft. Die konnten Raketen abschießen, wie sie wollten, sie haben immer vorbeigeschossen.« Er legte eine Hand auf die Motorhaube der Cessna. »Gegen eine A-10 ist dieses Baby hier nur ein Spielzeug, aber anfangen lässt sich damit auch eine Menge. Sie hätten die Giraffen vor ein paar Stunden sehen sollen, die habe ich ganz schön in Fahrt gebracht.«

Melissa ignorierte den warnenden Blick ihres Chefs. »Ich habe Sie gesehen, Mister, und muss Ihnen sagen, dass solche Manöver über der Serengeti streng verboten sind. Von Tiefflügen über unserer Lodge ganz zu schweigen. Sie bringen Menschen und Tiere in Gefahr. Ihre Flugkünste in allen Ehren, aber dies ist ein Nationalpark. Wir sind hier, um die Natur zu beschützen.«

»Ah, nun seien Sie doch nicht so streng, Miss. Das waren doch nur ein paar harmlose Manöver. Ich wette, die Giraffen hatten sogar ihren Spaß. Aber wenn Ihnen so viel daran liegt, werde ich mich wohl zusammennehmen müssen.« Er öffnete den Gepäckraum der Maschine und stellte einen Koffer, eine Reisetasche und eine Gewehrtasche auf die Sandpiste. Aus dem Haupthaus eilten zwei Angestellte herbei und packten die Sachen auf einen Wagen.

»Seien Sie vorsichtig mit dem Gewehr«, forderte Green die beiden auf, »das ist eine neue 375er Jarrett, die hat mich ein halbes Vermögen gekostet.«

Er blickte den Angestellten misstrauisch hinterher und wandte sich mit einem versöhnlichen Lächeln an Melissa und den Manager. »Billy Green«, stellte er sich vor. »Tut mir leid, die Sache mit der Cessna, aber Phil ist nun mal ein Draufgänger.« Seine Augen sagten etwas anderes. Er bereute die Flugmanöver kein bisschen. »Wird man hier nicht mit einem Drink begrüßt?«

»Natürlich, kommen Sie rein, da ist es gemütlicher!« Conroy deutete zum Haupthaus hinüber. »Ich bin Martin Conroy, der Manager der *Seronera African Lodge.* Die junge Dame ist Melissa Baxter, mein Assistant Manager.«

Green blickte sie von der Seite an. »Eine sehr resolute Lady.«

Melissa verstand inzwischen, dass Conroy den Texaner nicht vollkommen vor den Kopf stoßen wollte, und riss sich zusammen. »Tut mir leid, wenn ich etwas barsch zu Ihrem Piloten war, aber die Gesetze im *Serengeti National Park* sind sehr streng. Und nicht nur die Tiere, auch einige unserer Gäste haben es leider mit der Angst zu tun bekommen, als Sie über die Lodge geflogen sind.«

»Wann soll ich Sie abholen, Billy?«, rief der Pilot.

»Ich melde mich. Mach inzwischen keinen Unsinn, hörst du?«

»Aye, Sir. Hat mich gefreut, die Herrschaften.«

Melissa folgte Green und Conroy ins Büro. Wie bei allen wichtigen Gästen würde der Manager das Einchecken selbst übernehmen. »Holen Sie unserem Gast doch bitte einen Drink«, sagte er, »einen African Dream, würde ich sagen.« Er blickte den Millionär an. »Oder möchten Sie lieber etwas anderes?«

»Sie meinen Kaffee oder Wasser? Kommt nicht in die Tüte!«

Melissa bestellte den Drink an der Bar und bat den Barkeeper, nicht beim Wodka zu sparen. Ein African Dream bestand aus Orangensaft, Maracujasaft, Ananassaft, Amarula, einem Brandy aus Südafrika, und Wodka. Er wurde mit Crushed Ice und der unvermeidlichen Cocktailkirsche in einem Longdrink-Glas serviert.

»Billy Green, ein reicher Großwildjäger aus Texas«, erklärte sie dem Barkeeper. »Seien Sie freundlich zu dem Mann, auch wenn er sich mal danebenbenimmt, okay?«

»Keine Angst. Männer wie ihn kenne ich zur Genüge.«

Melissa brachte den Drink ins Büro und servierte ihn mit einem professionellen Lächeln. »Willkommen in der *Seronera African Lodge*!«, sagte sie.

Green nahm einen Schluck und nickte anerkennend. »Alle Achtung, das Zeug schmeckt beinahe so gut wie in meiner Stammkneipe in Houston. Nur die alberne Kirsche, die können Sie sich sparen.« Er warf sie in den Papierkorb. »Haben Sie auch was zu essen, Miss? Ein Sandwich oder so was?«

Sie war erleichtert, dass er nichts anderes wollte. »Ich habe bereits zwei Chicken-Salad-Sandwiches für Sie vorbereitet und lasse sie Ihnen in Ihren Bungalow bringen. Und heute Abend haben wir etwas ganz Besonderes für Sie vorbereitet: Kudu-Steak mit gebackenen Kartoffeln und Gemüse. Und zum Nachtisch gibt es eine Überraschung, die ihnen bestimmt gefallen wird.«

»Und Sie werden mir beim Dinner Gesellschaft leisten?«

»Ich kann leider nicht, Mister Green.«

»Sagen Sie Billy zu mir.«

Es fiel ihr nicht leicht. »Ich kann leider nicht, Billy. Ich helfe in der Küche und bereite die Überraschung vor, von der ich gerade gesprochen habe.«

»Was? Köchin sind Sie auch?«

»Eine ausgezeichnete Köchin sogar, Mister Green«, sagte Conroy.

»Billy.«

»Billy.«

Green nahm einen großen Schluck von seinem Drink. »Wollen Sie damit sagen, dass ich mein Essen mutterseelenallein einnehmen muss? Ohne weibliche Begleitung? Es wird doch wohl eine hübsche Lady in dieser Lodge geben, die sich darüber freut, mit einem reichen Mann zu Abend zu essen. Ich würde mich bestimmt nicht lumpen lassen. Sie darf auch gerne schwarz sein.«

»Wir sind doch keine Partner-Vermittlung«, rutschte es Conroy heraus.

Green lachte schallend. »War doch nur ein Scherz. Ich komme schon allein zurecht. Obwohl ich nichts dagegen hätte, mit einer so attraktiven jungen Frau zu Abend zu essen.«

Er grinste Melissa an. »Vielleicht ein anderes Mal. Sobald ich den Löwen geschossen habe. Vorher bin ich sowieso zu nervös. Ich hab schon alles Mögliche geschossen, wissen Sie, Hirsche, Elche, Büffel, Bären, sogar ein Grizzly war dabei, aber noch nie einen Löwen.«

Melissa verbarg nur mühsam ihr Entsetzen. »Und wo wollen Sie den schießen? Im Nationalpark ist die Jagd streng verboten. Die Tiere sind vom Aussterben bedroht, und wir sind über jeden Löwen froh, der am Leben bleibt.«

»So schlimm kann es nicht sein, das ist doch alles billige Propaganda, um uns Großwildjägern das Leben schwer zu machen.« Er nahm einen weiteren Schluck und winkte ab. »Wo ich jage, ist jedenfalls alles legal. Ich hab sogar einen Stempel der Regierung, der mir schwarz auf weiß gestattet, einen Löwen zu schießen.« Er beugte sich nach vorn und hätte ihr wohl eine Hand aufs Knie gelegt, wenn sie sich nicht schnell zur Seite gedreht hätte. »Also keine Angst, Miss, ich halte mich an die Gesetze … außer beim Fliegen.«

Das erneute Lachen des Millionärs reizte Melissa so sehr, dass sie ihn am liebsten geohrfeigt hätte, aber sie hatte sich in der Gewalt. Sie vermied es, ihren Chef anzublicken, und fragte: »Und wo wollen Sie den Löwen schießen?«

»Unten am Duma River«, antwortete er bereitwillig.

»Dort gibt es eine neue Ranch«, schaltete sich der Manager ein. »Schon seit ein paar Monaten. Alles legal.« Es war ihm sehr daran gelegen, das Thema zu wechseln, und er sagte: »Zeigen Sie Billy bitte seinen Bungalow, Melissa?«

»Natürlich«, gehorchte sie. »Wenn Sie mir bitte folgen würden?«

Melissa führte den Millionär durch die Anlage, zeigte ihm das Restaurant mit der dazugehörigen Terrasse und die anderen Einrichtungen, die ein Gast kennen musste, und brachte ihn schließlich zum schönsten und geräumigsten Bungalow der Lodge. Durch die Panoramafenster hatte man einen atemberaubenden Blick auf die Serengeti, die um diese Zeit unter der hellen Mittagssonne lag.

Green nickte anerkennend und inspizierte die Bar, zeigte sich etwas verstimmt, als er eine bestimmte Flasche nicht finden konnte. »Und wo ist der Mescal?«, fragte er. »Ein Wahaka Vino wäre ideal, meinetwegen auch ein Pierde Almas. Aber verschonen Sie mich mit dem Zeug, das man an der mexikanischen Grenze bekommt. Bitte nur den echten von ausgesuchten Agaven.«

Melissa reagierte verlegen. »Ich weiß, dass wir erstklassigen Tequila führen, Sir. Bei Mescal bin ich mir nicht sicher. Er wird sehr selten verlangt.«

»Dann lassen Sie ein paar Flaschen kommen! Geht das?«

»Wir werden alles tun, was in unserer Macht steht.«

»Das will ich doch schwer hoffen, Miss. Und vergessen Sie nicht, sich für einen der kommenden Abende freizunehmen, am besten gleich morgen. Ich denke, die Leute von der Ranch haben mich fürs Wochenende eingeplant.«

»Ich habe sehr viel zu tun, Sir.«

»Billy.«

»Auf Wiedersehen, Sir. Rufen Sie mich an, falls Sie noch einen Wunsch haben. Die Sandwiches sind sicher schon unterwegs.« Sie war bereits an der Tür und lief beinahe dem jungen Schwarzen in die Arme, den Otto mit den Sandwiches geschickt hatte. »Na, sehen Sie. Lassen Sie es sich schmecken!«

Sie verließ den Bungalow und war froh, keine gute Miene zum bösen Spiel mehr machen zu müssen. Sie mochte keine schwerreichen Texaner, die nur nach Afrika flogen, um einen Löwen zu schießen und dann anschließend mit der toten Raubkatze für ein Foto posierten. Noch in Afrika ließen sie sich das Fell präparieren, um es zu Hause an die Wand zu nageln und vor ihren Freunden und Bekannten damit anzugeben. Was für ein kranker Zeitvertreib, dachte sie, vor allem, wenn man bedachte, dass die meisten Löwen nicht in freier Wildbahn, sondern in den riesigen Gehegen der Löwenranches erlegt wurden.

In der Küche erwartete Otto sie schon mit schuldbewusster Miene. »Gut, dass du kommst, Melissa. Ich ... nun ja, von den Apfelstrudeln ist nicht mehr viel übrig, und ich muss dich leider bitten, noch zwei, drei Strudel nachzulegen.« Er schob ihr eine Schüssel Apfelschnitze hin. »Ich hab schon mal angefangen, damit du nicht zu viel Arbeit hast. Bist du mir arg böse?«

»Du hast die ganzen Apfelstrudel aufgegessen?«, fragte sie ungläubig.

»Zwei, drei Scheiben«, gestand er reumütig. »Aber jeder Angestellte, der hier vorbeikam, wollte auch mal probieren, und bevor ich's mich versah, war fast alles weg. Zum Glück hab ich noch genug Zutaten da. Würdest du ...«

Sie lachte. »Mir bleibt ja wohl nichts anderes übrig. Nur gut, dass du nicht auch die Steaks und die Kartoffeln verputzt hast, sonst wärst du jetzt in Schwierigkeiten. Für eine zweite Portion Kudu-Steaks hätte es nicht gelangt.«

»Und wir hätten das Bauchweh des Jahrhunderts.«

»Hat dir der Strudel wenigstens geschmeckt?«

»Und ob, Melissa, das war der beste Apfelstrudel meines Lebens. Und alle anderen waren der gleichen Meinung. Du bist eine ausgezeichnete Köchin. Warum eröffnest du kein Lokal? Du würdest sicher einen Stern bekommen.«

»Mir gefällt es hier in Afrika.«

»Es ist nicht mehr so wie früher, sagen die Massai.«

»Alles ändert sich.«

»Aber wir sollten darauf achten, dass sich nicht alles zum Schlechten wendet. Hast du von der neuen Löwenranch am Duma River gehört? Da werden Löwen hingebracht, die von Menschen aufgezogen wurden und gar keine Ahnung haben, wie sie sich in der Wildnis verhalten sollen. Und wenn ein Jäger genug bezahlt, lassen sie eines der armen Tiere in einem großen Gehege laufen, meist noch mit einem Beruhigungsmittel gespritzt und sediert, damit es auch stillhält, wenn der tapfere Großwildjäger auf ihn anlegt. Zum Weinen!«

Melissa hatte den Koch selten so ernst erlebt. Sie wusste natürlich von den sogenannten Gatterjagden, hatte aber nicht gewusst, dass sie den Löwen manchmal Beruhigungsmittel verabreichten. »Und einen dieser Großwildjäger habe ich eben in seinen Bungalow gebracht. Billy Green, der reiche Texaner, der gerade mit seiner Cessna über uns hinweggebraust ist. Ein ekelhafter Kerl!«

»Sollen wir ihm Gift unters Essen mischen?«

»Im Gegenteil, wir müssen besonders nett zu ihm sein. Der Kunde ist König, das weißt du doch. Viel wichtiger wäre es, die Besitzer der Löwenranch zur Vernunft zu bringen. Diese

Gatterjagden sind doch krank. Ich weiß gar nicht, wie man Freude daran haben kann, einen halb betäubten Löwen in einem eingezäunten Gebiet abzuknallen. Einen Grizzly auf freier Wildbahn zu erschießen, das lasse ich mir ja noch irgendwie eingehen, aber so etwas …«

»Ich sage doch: Afrika ist nicht mehr das, was es einmal war.«

»Dann müssen wir es wieder dazu machen.«

»Aber wie?«

Melissa war verzweifelt. Sie hatte auch keine Ahnung, wie man den Problemen am besten begegnete. Das Wilderer-Problem war schon während ihres Praktikums aktuell gewesen, und man hatte das sinnlose Töten zwar in manchen Naturschutzgebieten eindämmen, aber nicht vollkommen aufhalten können. Dazu waren die Landstriche, in denen die wilden Tiere lebten, einfach zu weit und groß. Und über die Gatterjagden hatte sie zwar in einem Bericht gelesen, aber nicht geglaubt, dass sie damit so hautnah konfrontiert werden würde.

Sie bestrich die fertig eingerollten Apfelstrudel mit Butter und schob sie in den Ofen. Kurz vor dem Servieren würde sie frische Sahne schlagen und zu jeder Portion eine Kugel Vanilleeis geben, so wie es die Amerikaner bei ihrem Apple Pie taten. »Wieder auf Kurs«, sagte sie zufrieden. Sie beobachtete, wie Otto die Steaks zurechtschnitt. »Hast du noch mehr Arbeit für mich?«

»Nein«, erwiderte der Koch, »geh ruhig und ruhe dich ein bisschen aus. Komm um sechs wieder, dann hab ich ein mageres Steak für dich. Aber es wäre schön, wenn du beim Servieren helfen könntest, besonders bei unserem Problemkind aus

Texas. Diese Millionäre nehmen es oft genau und beschweren sich schon, wenn das Steak zu weit links liegt. Eigentlich sollten wir einem feigen Löwenschlächter wie ihm nur Hafergrütze servieren.«

»Dann könnten wir uns morgen einen neuen Job suchen.«

»Keine Angst, ich bin an seltsame Gäste gewöhnt.«

Melissa kehrte in ihr Zimmer im Anbau zurück und blieb am Fenster stehen. Von dort hatte sie einen guten Ausblick auf den Pfad, der die Lodge mit dem Bush Camp am Ufer des Grumeti River verband. Ein schmaler Feldweg, der durch das kniehohe Steppengras führte und von den Gästen nur in Begleitung betreten werden durfte. Wie meistens Ende Juni war das Wetter bestens. Die Sonne leuchtete vom blauen Himmel, und die Luft war trocken und klar. In ein, zwei Wochen, wenn vor allem die Gnus in riesigen Herden auf der Suche nach Wasser nach Norden zogen, würde die Lodge restlos ausgebucht sein. Die Große Wanderung war ein Spektakel, das extra viele Besucher anlockte.

Das Brüllen eines Löwen drang von der Steppe herüber. Der König der Tiere hatte es nicht mehr so einfach wie vor hundert Jahren, als er noch der unüberwindbare Herrscher der afrikanischen Steppe gewesen war. Unter den Tieren hatte er kaum Feinde. So richtig gefährlich werden konnte ihm nur der Mensch, wenn er ihm den Lebensraum nahm oder ihn als williges Opfer wie auf der Löwenranch abrichten ließ. Für die Massai war die Löwenjagd ein Ritual gewesen, das einen jungen Mann zum Krieger beförderte. Sonyanga hatte ihr verraten, dass die Löwenjagd in entlegenen Gebieten immer noch als Mutprobe galt. Aber diese Krieger traten auf offener Wildbahn und nur mit Speeren bewaffnet gegen die Löwen an, auch heute noch, und die Chancen waren einigermaßen gleich verteilt. Ein Millionär, der einen halb betäubten Löwen während einer Gatterjagd tötete, ging nicht das geringste Risiko ein.

Melissa wollte sich schon vom Fenster abwenden, als sie zwei Gestalten auf dem Pfad entdeckte. Zuerst waren sie in der blendenden Sonne nur als flimmernde Schatten auszumachen, dann ließ das Flimmern nach, und sie erkannte das chinesische Pärchen. Yeng Wei und Fu Ling. Sie würde sich wohl nie an diese chinesischen Namen gewöhnen, obwohl sie schon länger mit dem Gedanken spielte, sich zumindest die Grundkenntnisse der chinesischen Sprache anzueignen. Es kamen immer mehr Chinesen nach Afrika, und es würde einem Assistant Manager sicher gut zu Gesicht stehen, einen Gast in seiner Landessprache begrüßen und ein paar Worte mit ihm wechseln zu können.

Sie dachte an den brüllenden Löwen und rannte aus ihrem Zimmer. In wenigen Minuten hatte sie die Chinesen erreicht. »Miss Ling! Mister Wei!«, sagte sie. »Wissen Sie denn nicht, dass es gefährlich ist, allein durch die Steppe zu laufen? Besonders abends sind die Löwen nicht weit. Wenn Sie sich das Bush Camp ansehen wollen, ist Ihnen sicher einer der Guides behilflich.«

»Oh, tut mir leid«, reagierte die Chinesin mit so unsicherer Stimme, als hätte man sie bei etwas Verbotenem erwischt. Sie war eine zierliche Frau mit blassem Gesicht, die in ihren kurzen Khakihosen und dem gemusterten Herrenhemd wie eine Pfadfinderin aussah. »Yeng und ich wollten uns nur mal die

Krokodile ansehen. Wir wussten nicht, dass es so gefährlich ist.« Ihr Akzent war so stark, dass Melissa sie kaum verstand. »Wir tun es nicht wieder.«

»*Xiexie*«, kramte Melissa eines der wenigen chinesischen Wörter hervor, die sie beherrschte, aber nur mangelhaft aussprechen konnte, wie das Lächeln der Chinesin bewies. »Danke. Bleiben Sie bitte innerhalb der Umzäunung, dann kann Ihnen nichts passieren.« Sie führte die beiden in die Lodge zurück.

»Wir sehen uns beim Abendessen«, fügte sie hinzu, als sie die Lodge erreicht hatten. Sie blickte ihnen nach und hatte plötzlich das Gefühl, dass dies nicht der einzige Zwischenfall mit dem chinesischen Pärchen bleiben würde.

5

Die Terrasse war voll besetzt, als Melissa und eine ungefähr gleichaltrige Massai das Abendessen servierten. Otto hatte Tomatensuppe gekocht und jede Portion mit Croutons und einem Sahneklecks geschmückt – eine einfache, aber sehr schmackhafte Vorspeise, wenn man ein so gutes Händchen für Gewürze hatte wie der deutsche Koch. »Ein Tomatensüppchen zum Einstimmen«, sagte Melissa jedes Mal, wenn sie einen Teller auf den Tisch stellte.

Achtzehn Gäste wohnten in den Bungalows der Lodge, vor allem Paare aus England und Deutschland, die in erster Linie wegen der Safaris und den Besuchen im *Mokama Wildlife Sanctuary* gekommen waren. Auf der Tierstation bekamen sie auch neugeborene Tiere zu sehen und durften dabei sein, wenn die Tierpfleger den jungen Elefanten und Löwen die Flasche gaben. Doktor Wilburn war kein Freund dieser Show-Fütterungen, hatte aber zugestimmt, weil der Rummel den Tieren nichts auszumachen schien, und die Spenden der Besucher dringend benötigtes Geld in die Kassen der Station fließen ließen.

Yeng Wei und Fu Ling blickten ungläubig auf ihre Teller, bevor sie zu den Löffeln griffen. Melissa wartete, bis sie probiert hatten und beide das Gesicht verzogen. »Es dauert ein wenig, bis man sich an den neuen Geschmack gewöhnt hat«, sagte sie. »So ging es mir mit meinem ersten chinesischen Gericht auch.« Sie lächelte aufmunternd. »Tomatensuppe ist sehr gesund. Wenn Sie wollen, hole ich Ihnen noch ein paar Scheiben Weißbrot.« Auch die waren nicht gerade eine chinesische Spezialität, linderten aber die würzige Schärfe.

»Das wäre nett«, sagte der Chinese.

Melissa erfüllte ihren Wunsch und wunderte sich über das Benehmen des Pärchen. Sie benahmen sich nicht wie ein Liebespaar. Keine zärtlichen Berührungen, keine zärtlichen Worte, kein Lächeln. Lag es an dem eher zurückhaltenden Charakter der Chinesen? Fürchteten sie sich selbst hier in der Fremde davor, als Liebespaar erkannt zu werden? Oder waren sie vielleicht gar kein Paar?

Sie beherzigte die Grundregel einer Hotelmanagerin, sich nicht in die persönlichen Belange ihrer Gäste einzumischen, es sei denn, sie baten ausdrücklich darum. »Keine Angst, das Hauptgericht mögen Sie bestimmt. Und den Nachtisch habe ich selbst zubereitet, der muss Ihnen einfach schmecken.«

»Wo bleiben Sie denn, Melissa?«, rief Billy Green, der allein an seinem Tisch saß und seine Suppe noch nicht angerührt hatte. »Was sollen die albernen Toaststücke in meiner Suppe? Wollen Sie, dass ich meine Zähne verliere?«

»Das sind Croutons, Sir. Die müssen kross sein.«

»Ohne mich!«, sagte der Millionär und schob seinen Teller in die Tischmitte. »Bringen Sie mir lieber noch einen dieser Drinks. Wie hieß er noch?«

»African Dream.«

»Genau. Und schütten Sie etwas mehr Wodka rein.«

Melissa brachte ihm den gewünschten Drink. Auf dem Weg in die Küche warf sie dem Manager, der in der offenen Tür der Empfangshalle stand, einen besorgten Blick zu. Superreiche Gäste wie der Texaner waren gefährlich. Sie glaubten bereits nüchtern, die Welt beherrschen zu können, und wurden betrunken erst recht zu prahlenden Stinkstiefeln. Noch ein oder zwei Drinks, und auch Green war so weit. Ihre einzige Hoffnung war, dass ihm die Steaks schmeckten und er zumindest für eine Weile seine African Dreams vergaß.

Beim Hauptgericht hatte Otto sich selbst übertroffen. Melissa hatte vor dem Abendessen von den Steaks gekostet und musste zugeben, nur selten so zartes und würziges Fleisch gegessen zu haben. Der leichte Wildgeschmack war nicht zu aufdringlich, die Soße schmeckte nach dem guten Rotwein, den er geöffnet hatte, und die gebackenen Kartoffeln waren größer als in Texas.

Natürlich nicht, wenn man Billy Green fragte. »Bei uns in Houston sind die Kartoffeln doppelt so groß«, sagte er, als sie ihm das Essen brachte. Und nach dem ersten Bissen von dem Fleisch: »*Medium Rare?* Das ist eher *Well Done*. Wenn ich *Medium Rare* sage, will ich mein Steak auch so haben.«

Auch um eine lautstarke Diskussion zu vermeiden, brachte Melissa seinen Teller in die Küche zurück und ließ Otto ein neues Steak braten.

»So einen Stinkstiefel hatten wir schon lange nicht mehr«, sagte Otto. »Das war doch *Medium Rare*. Der reklamiert doch nur, um sich als großer Zampano aufzuspielen.«

»Machen Sie sich nichts draus«, erwiderte sie.

Diesmal war Green zufrieden, und seiner kurzzeitig entspannten Miene konnte man sogar entnehmen, dass ihm das Steak einigermaßen schmeckte. Zumindest so sehr, dass er ein zweites bestellte. »*Medium Rare!*«, betonte er. »Vergessen Sie das nicht! Und bringen Sie mir noch einen African Dream!«

Obwohl sich der Barkeeper beim Wodka zurückgehalten hatte, war der Texaner nach diesem Drink so weit, dass er lautstark zu prahlen begann. »Hab ich Ihnen schon gesagt, dass ich am Wochenende einen Löwen schießen werde?«, ging er das Ehepaar am Nachbartisch an. Beide Lehrer an einer Middle School in Birmingham, sehr reserviert und konservativ und peinlich berührt, als sich der Texaner zu ihnen herüberbeugte. »Yes, Sir! Ich suche mir einen besonders großen Löwen mit dunkler Mähne und nagele mir sein Fell über den Kamin in meinem Landhaus. Meine Freunde werden ganz schön Augen machen, das kann ich Ihnen sagen! Die haben nur mickrige Berglöwen erlegt, harmlose Miezekatzen im Vergleich zu den Prachtexemplaren hier!«

Das Ehepaar reagierte kaum. Die Frau mied den Blick des Texaners und gab vor, sich nur mit ihrem Steak zu beschäftigen. Der Mann trank einen Schluck von seinem Wein, schien kurz zu überlegen und sagte etwas zu seiner Frau, forderte sie wahrscheinlich auf, sich nicht um Green zu kümmern.

»Hey, hört ihr mir überhaupt zu?«, rief Green. Die exotischen Drinks allein konnten es nicht sein, überlegte Melissa, wahrscheinlich hatte er vor dem Essen von dem Mescal getrunken, den der Barkeeper in seiner Vorratskammer gefunden hatte. Nicht die Edelmarke, die er verlangt hatte, aber immerhin. »Ob ihr mir zuhört, verdammt! Ihr seht euch die Tierchen nur aus einem sicheren Geländewagen an, was? Ich halte es da lieber mit Hemingway, oder wie der Typ hieß. Ich stöbere den König der Tiere in der Steppe auf und lasse mich auf einen Kampf ›Mann gegen Bestie‹ mit ihm ein. Nur ich und mein Gewehr gegen eines der gefährlichsten Tiere, das es auf der

Welt gibt.« Er schüttete den Rest seines Drinks in sich hinein. »Noch einen!«, bestellte er.

»Wie wär's stattdessen mit einem starken Kaffee?«, versuchte Melissa es auf die sanfte Tour. »Ein Cappuccino? Der passt auch besser zum Nachtisch.«

»Zum Teufel mit Ihrem Cappu... Cappu...« Er brachte das Wort nicht mehr heraus. »Bringen Sie mir noch einen Drink! African ... African Dream!«

Melissa warf dem Manager einen fragenden Blick zu, erntete ein kaum sichtbares Kopfnicken und holte einen weiteren Drink, diesmal mit wenig Wodka. »Er fängt an, die Leute zu belästigen!«, flüsterte sie dem Manager zu.

»Setzen Sie sich zu ihm, wenn es schlimmer wird.«

Ihr Nachtisch kam sogar bei den Chinesen gut an. Sie hatten noch nie Apfelstrudel gegessen und waren erstaunt, wie gut er schmeckte, auch wenn Fu Ling nur ein paar Bissen schaffte. Sie war keine große Esserin, wirkte eher schmächtig und zerbrechlich, beinahe wie ein Schulmädchen, obwohl sie sicher schon um die dreißig war. Ihre Miene hellte sich schon beim ersten Bissen auf.

Die Massai, die mit Melissa bediente, servierte Kaffee und Tee und stellte einen Cappuccino neben Greens Cocktailglas. »Unser Kaffee kommt aus Kenia«, sagte sie, »bessere Bohnen gibt es in ganz Afrika nicht. Sie sollten ihn wenigstens mal probieren. Und vergessen Sie nicht Ihren Apfelstrudel, Sir!«

»Aber nur, wenn Sie sich zu mir setzen, Schätzchen.«

Die Massai blickte sich Hilfe suchend um.

»Ich mach das schon«, flüsterte Melissa ihr zu. Sie wandte sich mit ihrem professionellen Lächeln an den Texaner. »Und ich dachte, Sie hätten mich gebeten, Ihnen Gesellschaft zu leisten.« Sie nickte dem Ehepaar am Nachbartisch zu, bedeutete ihnen, dass sie sich um den betrunkenen Prahlhans kümmern würde. »Aber nur, wenn Sie meinen Apfelstrudel und den Cappuccino probieren. Sehen Sie sich die Gesichter der anderen Gäste an. Sie sind begeistert.«

»Meinetwegen«, erwiderte er und forderte sie mit einer großmütigen Geste auf, sich zu setzen. »Aber zuerst muss ich Ihnen von meiner Bärenjagd im letzten Sommer erzählen.« Er sprach jetzt leiser, aber immer noch so laut, dass ihn die Gäste in der näheren Umgebung verstehen konnten, und seine Aussprache war so schlampig, dass selbst der starke Cappuccino nichts mehr retten konnte. »Das war oben in Alaska in den Bergen. Ich hatte es auf einen Grizzly abgesehen und zog mit meinem Guide tief in die Berge hinein.«

»Und die Jagd macht Ihnen Spaß?«, fragte sie. Am liebsten hätte sie gefragt: Wie kann man nur Freude daran haben, ein wildes Tier abzuknallen?

Er verstand nicht, was sie meinte. »Na, was denn sonst? Es gibt nichts Aufregenderes als die Jagd. In der Wildnis fühlen Sie sich wirklich frei. Sie hätten mich sehen sollen. Ich hatte meinen Guide zurückgelassen und war einem Grizzly ganz allein auf der Spur. Und dann tauchte er plötzlich in meiner Nähe auf! Ein mächtiger Bursche mit riesigen Reißzähnen! Er stellte sich auf die Hinterbeine und ging auf mich los, aber ich blieb ruhig, drückte im richtigen Moment ab und jagte ihm eine Kugel ins Herz. Er überschlug sich ein paarmal und blieb liegen. Was für ein stattlicher Bursche! Wenn Sie mich mal in Houston besuchen, können Sie ihn bewundern. Ich hab ihn ausstopfen und in mein Büro stellen lassen. Genau die richtige Abschreckung für Kunden, die mich übers Ohr hauen wollen.« Er lachte dröhnend, verlor plötzlich die Kontrolle über sich und wäre vom Stuhl gefallen, wenn ihn der Engländer vom Nachbartisch nicht festgehalten hätte. »Ich befürchte, der Gentleman hatte einen oder zwei Drinks zu viel, meinen Sie nicht auch?«

»Tut mir leid, Sir. Ich dachte, der Cappuccino würde ihn zur Vernunft bringen. Ich hoffe, mein Apfelstrudel hat Ihnen dennoch geschmeckt. Eine österreichische Spezialität. Sie können gerne einen Nachschlag bestellen.«

»Ich bin schon froh, wenn dieser Gentleman endlich verschwindet.«

Zusammen mit zwei männlichen Angestellten brachte Melissa den Texaner zu seinem Bungalow zurück. Er war viel zu müde und zu betrunken, um sie dumm anzureden und fiel rückwärts auf sein Bett, als sie ihn absetzten.

Erleichtert, den Millionär endlich los zu sein, kehrte Melissa auf die Terrasse zurück. Sie freute sich über das viele Lob, das sie für ihren Apfelstrudel erhielt, und half beim Abräumen, bevor sie sich von Otto verabschiedete und noch einmal in der Bar vorbeisah, wie es von einem Assistant Manager erwartet wurde. Freundliche Worte mit den Gästen, ein paar Antworten auf meist gängige Fragen, den Leuten das Gefühl geben, dass man sich kümmerte.

»Darf man denn in der Serengeti jagen?«, fragte der Engländer vom Nachbartisch. »Ich dachte, im Nationalpark wäre die Löwenjagd streng verboten.«

»Ist sie auch«, erwiderte sie, »und nicht nur die Jagd auf Löwen. Mister Green jagt außerhalb des Nationalparks auf einer großen Löwenranch.«

»Auf einer Ranch? Nicht in der Wildnis wie bei dem Grizzly?«

Melissa hatte keine Veranlassung, ihm die Wahrheit zu verheimlichen. »Nein, leider nicht. Die Löwen werden von Menschen aufgezogen und für die Jagd abgerichtet. Diese Tiere könnten in der Wildnis gar nicht überleben.«

»*Canned Hunting*«, erinnerte er sich an den Fachbegriff.

»Gatterjagd, genau«, bestätigte sie. »Glauben Sie nicht, dass wir diese Art der Jagd gutheißen. Um ehrlich zu sein, bin ich nur für eine geordnete Jagd, wenn sie dem Gleichgewicht der Natur dient. Die Gatterjagd ist ein feiges Geschäft, das einzig und allein dem Vergnügen dieser sogenannten Großwildjäger dient. Vor ein paar Jahren hat ein Zahnarzt aus den USA einen Löwen auf diese Weise erlegt, ein bekanntes Tier, das durch zahlreiche Dokumentarfilme bekannt geworden war. Er hatte die Filme wahrscheinlich nie gesehen und sah sich plötzlich einem heftigen Shitstorm ausgesetzt.« Sie nahm einen Schluck von ihrem Mineralwasser. »Seitdem diskutieren wir in Tansania offen über das Problem, aber es ist bisher noch keinem gelungen, Gatterjagden zu verbieten. Obwohl die Naturschützer seit Jahren gegen diese unmenschliche Jagd vorgehen, auch die Zoologische Gesellschaft Frankfurt. Großwildjäger wie Green handeln legal, solange es kein Gesetz dagegen gibt.«

»Immerhin gibt es große Nationalparks wie die Serengeti«, sagte ein deutscher Tierfreund. »Hier darf sich die Natur wenigstens noch so präsentieren wie früher. Ich bin schon zum dritten Mal hier und freue mich immer wieder aufs Neue, Elefanten und Löwen in freier Wildbahn bewundern zu dürfen.«

»Und wie steht es mit Wilderern?«, fragte der Engländer.

Melissa wollte die Gäste nicht erschrecken und verschwieg das Verbrechen, das sie beobachtet hatte. Sehr feige, wie sie wusste, aber dringend notwendig, wenn man keine Gäste vergraulen wollte. Alles andere hätte ihr der Manager nicht verziehen. Als Assistant Manager einer Lodge unterlag sie besonderen Gesetzen, die vor allem ihrer Hotelanlage nutzten. Solange man dabei die Augen nicht vollkommen vor der Wirklichkeit verschloss, fand sie das auch in Ordnung. »Natürlich gibt es Wilderer, auch in der Serengeti. Auf einem Ihrer Ausflüge werden Sie sehen, wie sich die Kollegen von der Tierstation um verletzte und verwaiste Tiere kümmern.« Sie merkte, dass auch das chinesische Pärchen aufmerksam zuhörte. »Die Ranger haben spezielle Einheiten, die mit den modernsten Hilfsmitteln der Technik gegen sie vorgehen.«

»Hinter der Wilderei soll die chinesische Mafia stecken«, sagte Yeng Wei, »ein Mann, den sie den Elfenbeinkönig nennen. Seitdem das im Internet zu lesen war, hab ich das Gefühl, mich ständig verteidigen zu müssen.« Er lächelte geheimnisvoll. »In China gibt es 1,4 Milliarden Menschen. Ich glaube nicht, dass die alle für das organisierte Verbrechen arbeiten. Ich bin zum Beispiel strikt gegen Wilderei, sonst wären Fu Ling und ich nicht hier. Es macht Spaß, wilde Tiere in Freiheit zu beobachten, und die Serengeti ist einfach einmalig.«

»Das stimmt«, erwiderte der Engländer. »Sie kommen aus Peking?«

»Shanghai«, verbesserte ihn der Chinese. »Ich bin Manager

einer großen Supermarktkette. Fu Ling ist meine Nichte. Ich habe ihr die Reise zum Geburtstag geschenkt. Sie ist eine große Tierfreundin und träumt schon lange davon, wilde Tiere zu beobachten.« Er legte einen Arm um sie, so harmlos und beinahe väterlich, dass Melissa nicht mehr daran glaubte, dass sie ein Liebespaar waren. So benahmen sie sich auch nicht. »Morgen gehen wir zum ersten Mal auf Safari. Man hat uns gesagt, dass wir Elefanten zu sehen bekommen. Auf die Tiere sind wir besonders gespannt, mehr noch als auf Löwen.« Er lächelte seine Nichte an. »Bisher kennen wir diese Tiere nur aus dem *Wild Animal Park* in unserer Heimatstadt, aber sie in freier Wildbahn erleben zu dürfen, ist was anderes. Darf ich Ihnen einen Drink spendieren?«

Melissa blieb noch auf den einen Drink und verließ anschließend die Bar. Draußen begegnete sie Conroy, der wie jeden Abend seine Runde drehte.

»Gut, dass ich Sie treffe, Melissa. Ich möchte, dass Sie Green morgen früh auf Safari begleiten. Billy Green und die Chinesen. Patita wartet um fünf Uhr vor der Lodge.« Er erkannte wohl, wie wenig ihr das passte. »Ich weiß, ich mute Ihnen in letzter Zeit einiges zu, aber wir haben auch nicht jede Woche einen verrückten Texaner wie Green in der Lodge. Geben Sie sich einen Ruck, okay? Sobald er weg ist, geht es hier wieder ruhiger zu.« Er begleitete sie zum Anbau der Angestellten. »Und reden Sie um Himmels willen nicht so viel über Wilderer. Ich habe Sie in der Bar gehört. Sie haben richtig gehandelt, als Sie den Gästen den Zwischenfall in der näheren Umgebung verschwiegen. Mit dem Doktor habe ich bereits gesprochen, er wird den Gästen auch nicht verraten, wo die

Elefanten getötet wurden. Das würde die Leute nur unnötig erschrecken. Sie sollen einen unbeschwerten Urlaub erleben.«

»Totschweigen können wir die Wilderei nicht.«

»Das tun wir ja auch nicht«, erwiderte der Manager. »Sonst würden wir unsere Gäste wohl kaum zur Tierstation fahren. Die Leute sind nicht doof. Sie wissen, was in Afrika abgeht. Nur sollen sie nicht wissen, dass es auch in unmittelbarer Nähe passiert. Es liegt an der Regierung, ein neues Gesetz zu erlassen und für Abhilfe zu schaffen. Sie muss ihre Ranger besser ausrüsten. Es ist doch ein Witz, wenn eine deutsche Gesellschaft wie die Zoologische Gesellschaft Frankfurt den Rangern neue Landrover und Nachtsichtgeräte spendieren muss. Sie müssen endlich diesen Shetani und seine Männer fangen. Und der muss ihnen verraten, wer der Elfenbeinkönig ist. Eher haben wir in der Serengeti keine Ruhe.«

»Ich weiß, Mister Conroy. Ein heikles Thema, nicht wahr?«

»Besonders, wenn man für ein Touristik-Unternehmen arbeitet.« Er wandte sich zum Gehen. »Gute Nacht, Melissa. Der Apfelstrudel war erste Sahne.«

»Das freut mich, Sir.«

Melissa wartete, bis er gegangen war, dann lief sie ein paar Schritte, bis sie die nächtliche Serengeti überblicken konnte. Blasses Mondlicht lag über dem scheinbar endlosen Grasteppich, der sich wie ein Dünenmeer im Abendwind bewegte. Die Zikaden hatten ihr abendliches Konzert angestimmt, nur unterbrochen vom Lachen einer Hyäne. Scheinbar verlassen erstreckte sich die Steppe bis zum Horizont, der sich irgendwo in der Ferne mit dem sternenübersäten Himmel verband. Ein friedlicher Abend, würde ein ungeübter Beobachter sagen.

Bedrohlich und voller Gefahren, dachte Melissa, als sie das Fauchen eines Löwen vernahm. Sekunden später sah sie einen Schatten hinter einem Dornengestrüpp vortreten und in der Dunkelheit verschwinden.

6

Es war noch dunkel, als Melissa am nächsten Morgen aus den Federn kroch. Sie duschte heiß und eilte zur Küche, wärmte sich ein Croissant auf und kochte Kaffee und Tee, während sie die Proviantpakete für die Teilnehmer der Safari zusammenstellte. Mit den beiden Kannen und den Paketen betrat sie die Eingangshalle. »Guten Morgen, die Herrschaften«, rief sie fröhlicher, als ihr um diese Zeit zumute war. »Kaffee und Tee und Proviant für alle!«

Als Patita zur Tür hereinkam und sich ebenfalls bediente, zuckte sie unwillkürlich zusammen. Wie bei ihrer ersten Begegnung, als er sie in seiner Massai-Tracht sofort an Sonyanga erinnert hatte. Seine braune Haut hob sich deutlich gegen die roten *shukas* ab, die Tücher, in die sich die traditionellen Massai hüllten, und es hätte nicht einmal des Speeres bedurft, um ihn wie einen Krieger aus längst vergangener Zeit erscheinen zu lassen. Er überragte alle Teilnehmer mindestens um Haupteslänge.

»Good Morning«, sagte er zu dem Texaner und Melissa, *ni hao* zu den Chinesen.

»*Ni hao*«, erwiderten die Chinesen erfreut.

»Das ist doch der Millionär, der gestern beinahe vom Stuhl gekippt wäre«, flüsterte Patita, als Green und die Chinesen eingestiegen waren. »Der Texaner, der einen betäubten Löwen erschießen will.« Er blickte auf den Texaner, der sich auf der Mittelbank breitgemacht hatte. »Das kann ja heiter werden.«

»Der Chef schickt mich als Aufpasserin mit.«

»Ist er so schlimm?«

»Noch schlimmer«, antwortete sie.

Sie kletterte auf den Beifahrersitz und stellte Patita vor, während der Guide den Landrover in die Steppe lenkte. »Patita ist ein Massai. Er trägt die traditionelle Kleidung seines Volkes, die *shukas* genannten roten Tücher, die mit Lehm gefärbten Haare und den Speer, ohne den sich kein Krieger in die Steppe hinauswagen würde.« Sie versuchte, den Texaner nicht mit einem verächtlichen Blick zu bestrafen, als sie fortfuhr: »Nur mit einem Speer bewaffnet gingen die Krieger vor vielen Jahren auf Löwenjagd. Dazu gehörte sehr viel mehr Mut, als ihn die heutigen Jäger mit ihren Präzisionsgewehren aufbringen müssen.«

Der Großwildjäger war noch zu müde, um einen bissigen Kommentar von sich zu geben. Er brummte lediglich missmutig und nahm einen Schluck aus dem Flachmann, den er in der Innentasche seiner Khakijacke versteckt hatte.

Die sandige Straße führte über einige Hügel hinweg nach Süden. Zu beiden Seiten tauchten vereinzelte Schirmakazien im Scheinwerferlicht des Geländewagens auf. Die Sonne ging erst gegen sechs Uhr auf, stieg als roter Feuerball über den Horizont und tauchte die Serengeti in magisches Licht. Allein wegen dieses Spektakels hatte sich das frühe Aufstehen gelohnt, auch für Patita, der es schon tausend Mal erlebt haben musste und immer noch beeindruckt war. »Ich denke, ich kann Ihnen versprechen, dass wir heute einige Löwen und Elefanten zu sehen bekommen«, sagte er zu den Teilnehmern.

Mit seiner Stammestracht wollte Patita den Gästen vor allem ermöglichen, farbenprächtige Fotos zu schießen. Ein Entgegenkommen, das er auch nutzte, um ihnen die Kultur seines Volkes näherzubringen. »Viele meiner Leute leben heute noch in traditionellen *enkangs*, mit Dornengestrüpp befestigten Dörfern, in die sie zum Schutz gegen Raubkatzen auch ihre Rinder, Schafe und Ziegen treiben. Die Lodge bietet einen Ausflug zu einem dieser Massai-Dörfer an.«

Die Regierung hatte zahlreiche Dörfer der Massai evakuiert und die Bewohner umgesiedelt, um dort Naturschutzgebiete einzurichten, aber auch, um neue Lodges zuzulassen. Und das Geld, das die Massai durch die Besuche der Urlauber verdienten, war zumindest eine kleine Wiedergutmachung. Allerdings kam sie aus den Taschen der Touristen, nicht von der Regierung. Diese Erklärung sparte sich Patita jedoch.

Auf einer leichten Anhöhe hielt Patita zum ersten Mal. In der aufgehenden Sonne war eine Gnuherde zu sehen. Zu läppisch für den Großwildjäger Billy Green, um genauer hinzublicken. Die Chinesen standen beide auf und fotografierten durch das ausgestellte Sonnendach.

»Die Tiere sammeln sich für die Große Wanderung«, erklärte Patita. »In spätestens zwei Wochen, wenn das Wasser in dieser Gegend knapp wird, machen sie sich in riesigen Herden nach Norden auf. Ein Spektakel, das Sie unbedingt mal erleben sollten. Aber wir werden auch so genügend Tiere sehen. Ich war gestern schon unterwegs und weiß, wo sie sich aufhalten.«

Melissa saß seitlich auf dem Beifahrersitz und hatte alle drei Passagiere im Blick. Die Chinesen benahmen sich wie die meisten Touristen, hielten ihre Kameras in den Händen und warteten begierig darauf, Elefanten, Löwen und vielleicht sogar ein Nashorn zu sehen zu bekommen. Fast allen Besuchern ging es um die »Big Five«: Löwen, Elefanten, Nashörner, Büffel und Leoparden. Diese Tiere hatten den Ruf, besonders gefährlich zu sein, und stellten noch im 19. Jahrhundert die größte Herausforderung für Großwildjäger dar. Damals gab es weder Gatterjagden noch so effektive und genaue Waffen wie heute.

Sie fuhren zehn Minuten über freies Land, ohne ein einziges Tier zu Gesicht zu bekommen. Patita nutzte die Zeit, um den Teilnehmern zu erzählen, dass ein junger Massai einen langen Reifeprozess durchlief und erst zum Mann wurde, wenn er einen Löwen getötet hatte. Vor allem männliche Löwen mit dunklen Mähnen waren eine begehrte Beute. Wer ihr Fell trug, galt als besonders mutig und so gut wie unbesiegbar. »Aber das waren andere Zeiten«, beeilte sich der Massai zu sagen, »heute helfen auch die Massai dabei, die Löwen zu beschützen. Hier im Nationalpark bewahren wir die Raubkatzen vor dem Aussterben. Die Welt wäre ärmer ohne die Könige der Steppe.«

»Und was ist mit den Löwen außerhalb der Nationalparks?«, fragte Green. Er war inzwischen hellwach und anscheinend auch streitlustig. »Reißen die nicht auch mal Ziegen und Schafe? Und würden die nicht auch Menschen töten, wenn sie nichts anderes zu fressen hätten? Ich hab jedenfalls keine Gewissensbisse, wenn ich mir am Wochenende einen Löwen zur Brust nehme.«

»Was ist eigentlich so spannend an der Jagd?«, fragte Melissa.

Der Texaner blickte sie an, als hätte sie gefragt, warum jeden Morgen die Sonne aufging. »Der Mensch geht auf die Jagd, solange er denken kann. Er trat sogar gegen Mammuts an, um sein Überleben zu sichern. Auch heute noch schieße ich einen Elch oder Hirsch, um ihn später essen zu können.«

»Aber einen Löwen oder Elefanten jagen Sie wegen der Trophäen.«

»Ich will mich mit einem gleichwertigen Gegner messen«, sagte Green. »So wie Elefantenbullen, Nashörner und Löwen untereinander kämpfen, trete auch ich gegen sie an. Ein Wettstreit.« Er grinste überlegen. »Das ist was für Männer, meine Liebe. Das verstehen Frauen nicht. So ist es doch, Patita?«

Der Massai sparte sich eine Antwort und trat sachte auf die Bremse. Seine Stimme klang angespannt. »Halten Sie sich bereit!«, sagte er leise. »Unter der Akazie dort vorn liegt eine ganze Löwenfamilie.« Er drehte sich zu dem Texaner um. »Und jetzt stellen Sie sich vor, Sie hätten nur einen Speer dabei. So ging es den jungen Kriegern, die einen Löwen einkreisten und töteten.«

Die Chinesen waren bereits aufgestanden, die Kameras schussbereit in den Händen, und blickten unter dem ausgestellten Dach nach vorn. Green erhob sich ebenfalls, nahm ein unsichtbares Gewehr von den Schultern und legte auf die Löwen an. Die Sonne stand bereits eine Handbreit über dem Horizont und ließ das Fell der Raubkatzen goldgelb glänzen. »Ich wollte, ich hätte meine Jarrett dabei, dann hätte der König der Löwen nichts mehr zu lachen.«

Melissa blickte den Massai an und verdrehte die Augen. Der Millionär ging ihr gehörig auf die Nerven, und es kostete sie große Anstrengung, nett und höflich zu ihm zu sein und ihn als bevorzugten Gast zu betrachten. »Sprechen Sie am besten nicht und machen Sie keine unbedachte Bewegung, sonst erschrecken Sie die Löwen. Mit Jungtieren sind sie besonders nervös.«

Sie blickte durch ihr Fernglas und beobachtete, wie der männliche Löwe den Kopf hob und neugierig in ihre Richtung sah. Er hatte wohl lange keinen Safari-Wagen mehr gesehen. Vielleicht spürte er auch, dass Green ihm nicht gerade wohlgesonnen war. Der Texaner kümmerte sich nicht um ihre Warnung, richtete weiterhin sein unsichtbares Gewehr auf den Löwen und rief: »Da staunst du, was? Wenn ich meine Jarrett dabeihätte, würde ich dir jetzt eine Kugel auf den Pelz brennen. Du hättest keine Chance gegen mich. Aber was soll's, muss eben einer deiner Verwandten dran glauben. Ich werde ihm einen schönen Gruß von dir ausrichten, bevor ich die Knarre auf ihn richte und abdrücke.« Er tat so, als würde er zielen, und rief: »Peng! Eine Kugel genügt!«

Als wäre die Kugel dicht neben ihm eingeschlagen, war der Löwe mit einem Satz auf den Beinen, aber er rannte nicht davon. Stattdessen hielt er auf den Landrover zu und sprang fauchend und knurrend an dem Wagen empor. Die Chinesen erschraken so sehr, dass sie ihre Kameras fallen ließen und mit einem Aufschrei auf die Sitzbank zurückfielen. Green war in seinem Schock zu keiner Bewegung fähig und konnte von Glück sagen, dass Melissa ihn an der Jacke packte und zurückzog.

Gerade noch rechtzeitig, bevor der Löwe mit seinen Krallen an der Karosserie des Geländewagens entlangschabte. In seinen Augen blitzte Wut, glaubte sie zu erkennen, lag tiefe Verachtung gegenüber dem Texaner, denn nur ihn hatte er angegriffen, als hätte er seine verächtlichen Reden verstanden und gespürt, dass er mit unlauteren Mitteln gegen einen Artgenossen antreten würde. Unsinn, dachte sie im selben Atemzug, wie sollte er das verstehen?

»Festhalten!«, rief Patita und trat das Gaspedal durch. Der Landrover machte einen Sprung nach vorn und entkam dem Löwen, der noch eine Weile hinter ihnen herrannte und dann zu seinem Rudel zurücktrottete. Patita raste noch einen Kilometer weiter und ging erst dann vom Gas. »Tut mir leid«, sagte er, »das ist mir noch nie passiert. Ich werde sofort die Ranger informieren.«

Während er die Meldung über Funk durchgab, erkundigte sich Melissa nach dem Befinden der Passagiere. »Alles okay? Sind die Kameras heil?«

»*Shi*«, antwortete Yeng Wei, »alles okay.«

»Wie kann denn so was passieren?«, schimpfte der Texaner.

»Vielleicht hat er Sie verstanden«, sagte Melissa.

Green schürzte die Lippen. »*Bullshit!* Der muss was Falsches gefressen haben. Ein krankes Gnu oder Zebra. *Heavens!* Ich wollte, ich hätte mein Gewehr dabeigehabt, dann hätte ich dieser Bestie schon Manieren beigebracht!«

»Wir können gerne umkehren.«

»Wegen eines kranken Löwen? Fahren Sie weiter!«, sagte Green.

Auch das chinesische Pärchen war fürs Weiterfahren. »Wir würden gern Elefanten sehen«, sagte Yeng Wei. »Hier muss es doch große Herden geben.«

Melissa dachte an die Kadaver der gewilderten Elefanten,

an denen sich wahrscheinlich schon die Hyänen und Schakale zu schaffen machten, aber keinesfalls würde sie den Gästen davon erzählen. Dort würden sie bestimmt nicht nach Elefanten suchen. »Einige Kilometer von hier biegen wir nach Westen ab«, sagte sie, »dort ist die Chance, einer Herde zu begegnen, am größten.« Sie drehte sich um. »Elefanten sind wunderschöne Tiere, nicht wahr?«

»Wunderschön«, echote die Chinesin.

»So …«, Yeng Wei suchte nach dem passenden Wort, »… majestätisch.«

»Schwer zu jagen. Ohne eine 450er ist da nichts zu machen«, sagte Green.

Patita schaffte es nicht, den Mund zu halten. »Die Wilderer benutzen meist russische Kalaschnikows. AK 47. Deren Kugeln haben ein so kleines Kaliber, dass sie mehrere Garben in die Tiere feuern müssen. Sie haben keine Ehrfurcht vor dem Leben der Tiere. Seit vielen Jahren geht das nun schon so.«

»Sehr traurig«, sagte Fu Ling.

»Und als Chinesen bedauern wir diese Wilderer besonders. Seitdem wir wissen, dass der Elfenbeinkönig ein Chinese sein soll, denke ich täglich darüber nach, wie man diesen Wilderern das Handwerk legen könnte.« Yeng Wei blickte eine Weile ins Leere. »Gibt es denn keine einzige Spur zu dem Elfenbeinkönig? Wenn er so im Verdeckten arbeiten kann, muss er über ein ausgedehntes Netzwerk und zahlreiche Kontaktleute verfügen. Beinahe wie bei der Mafia.«

»Und einer von ihnen ist ein gewisser Shetani«, erklärte Patita. Er war so wütend, dass er gar nicht daran dachte, sich an die Anweisung des Managers zu halten, der allen Angestellten eingebläut hatte, Diskussionen über Wilderer möglichst zu vermeiden. »Ein Teufel in Menschengestalt. Er und seine Leute besitzen einen Hubschrauber und sind meist längst über alle Berge, wenn die Ranger die toten Elefanten entdecken. Sie mähen die Tiere nieder, sägen ihnen die Stoßzähne ab und verschwinden. Keine Ahnung, wo sie ihren Hubschrauber verstecken.« Er bemerkte Melissas mahnenden Blick und fügte rasch hinzu: »Wie wär's mit einer kurzen Rast? Dort auf dem Hügel haben wir einen guten Rundblick, da können uns nicht mal Löwen überraschen.«

Er trieb den Landrover den Hügel hinauf und parkte im Schatten eines Dornengestrüpps. Die Sonne stand hoch am Himmel, und alle waren froh, Kopfbedeckungen mitgenommen zu haben. Patita verteilte frisches Wasser aus der Kühlbox. Mit wachen Augen suchte er den Hügel ab, bevor er die Passagiere aussteigen ließ. »Bleiben Sie dicht beim Wagen, das ist sicherer.«

Während die Chinesen rundum fotografierten und die herrliche Aussicht zu genießen schienen, lehnte der Texaner am Wagen und blieb relativ schweigsam. Anscheinend hatte er den Angriff des Löwen noch immer nicht überwunden. Zu heftig und ungestüm war der Löwe am Wagen emporgesprungen.

Melissa und der Massai standen etwas abseits. Sie dachte an den Löwen, der sie beinahe angegriffen hatte. »Ob er gewusst hat, dass Green einen Artgenossen schießen wird? Ich weiß, das klingt irre, aber es sah so aus.«

»Wer weiß?«, erwiderte Patita. »In den Legenden der Massai spielen Löwen eine große Rolle. Sie sind Abgesandte der

Geister, überbringen schlechte Nachrichten oder kündigen mit ihrem Gebrüll den Tod eines Sünders an.«

»Eines Sünders? Wie bei den Christen und Muslimen?«

»Wie bei den Massai«, verbesserte er sie. »Wer sich an der Natur vergreift und Land in Besitz nehmen will, das nur Enkai gehören kann, macht sich schuldig. Du weißt, dass Enkai der Name unseres Gottes ist, nicht wahr?«

Sie nickte. »Er ist genauso einmalig und unsichtbar wie der Gott der Christen oder Allah. Gott hat unterschiedliche Namen, ist aber immer derselbe.«

Von Osten näherte sich ein Fahrzeug. Zuerst glaubten sie an den Geländewagen einer anderen Lodge, doch als er näher kam, erkannten sie das Logo des *Tansania National Parks* auf seinen Türen. »Ein Angestellter der Regierung«, antwortete Patita auf die fragenden Blicke von Green und den Chinesen. »Sobald er vorbei ist, fahren wir weiter. Bleiben Sie bitte in der Nähe!«

Melissas Herz begann schneller zu schlagen, als sie den Mann hinter dem Lenkrad zu erkennen glaubte. Ein hochgewachsener Massai, allerdings nicht in seiner traditionellen Tracht, sondern in gewöhnlicher Khakikleidung und mit einer dunkelgrünen Baseballmütze. »Das ist … das ist doch Sonyanga!«

»Sonyanga, tatsächlich«, bestätigte Patita. »Was macht der denn hier?«

Ihr war vollkommen egal, was er in dieser Gegend machte. Sie betrachtete es als Wink des Himmels, dass er ausgerechnet jetzt in ihrer Nähe auftauchte. Beinahe unbewusst, damit er sie besser sehen konnte, nahm sie ihre Mütze ab und fuhr sich durch die langen Haare. Ihr Pferdeschwanz hatte sich in dem böigen Wind auf dem Hügel gelöst, und die Haare flatterten um ihr Gesicht.

»Sonyanga!«, flüsterte sie, als er näher kam. »Du bist es wirklich!«

Doch ihr Wiedersehen fiel anders aus, als sie es sich erhofft hatte. Anstatt sich wie in einem kitschigen Hollywood-Film in die Arme zu fallen und ihr Wiedersehen mit einem langen Kuss zu feiern, hielt er lediglich an und ließ das Fahrerfenster herunter. »Melissa! Ich hab schon gehört, dass du wieder hier bist. Du bist tatsächlich zurückgekehrt, so wie du es versprochen hast.«

Sie war enttäuscht, dass er nicht ausstieg, und ermahnte sich zur Zurückhaltung. Wer sagte ihr denn, dass er tatsächlich auf sie gewartet hatte? Sie hatten sich bei ihrem Abschied weder die ewige Liebe geschworen, noch irgendwelche anderen Versprechungen gemacht. »Sonyanga«, begrüßte sie ihn leise. Sie hielt nur mühsam ihre Tränen zurück. »Ich hab oft an dich gedacht.«

»Du bist Assistant Manager, nicht wahr? Ein toller Karrieresprung.«

»Ich bin Conroy sehr dankbar, dass er mir diese Chance gibt.« Sie musste sich mit beiden Händen an seinem Wagen festhalten, um nicht das Gleichgewicht zu verlieren. Dabei kam sie ihm so nahe, dass sie gegen ihren Willen rot anlief. Sie hoffte, dass es in der hellen Sonne nicht auffiel. »Und du arbeitest für die Regierung, davon hast du doch geträumt. Bist du zufrieden?«

»Die Arbeit ist schwerer, als ich dachte«, räumte er ein. »Besonders das Wilderer-Problem. Mir wäre wesentlich wohler, wenn wir Shetani schon gefangen hätten und durch ihn an den Elfenbeinkönig rankämen, aber das ist nicht so leicht. Selbst in der Regierung kann man nicht jedem trauen. Wenn viel Geld im Spiel ist, können manche Leute der Versuchung nicht widerstehen.« Er blickte auf die Uhr. »Ich muss dringend weiter, Melissa.«

Sie legte eine Hand auf seinen Arm. »Freust du dich denn gar nicht, mich wiederzusehen, Sonyanga? Ich dachte … ich dachte … ach, ich weiß nicht, was ich dachte. Wahrscheinlich bin ich nur nervös, weil ich gesehen habe, was Shetani und seine Männer angerichtet haben. Es war ganz furchtbar, Sonyanga.« Sie atmete einmal tief durch. »Kommst du denn wieder mal zu unserer Lodge? Ich würde dir auch einen extratollen Nachtisch spendieren.«

»Im Augenblick habe ich gerade viel zu tun, Melissa. Die Wilderer …«

»Na, dann ein anderes Mal«, sagte sie.

»Ein anderes Mal, ja«, sagte er. Er hielt bei Patita an, wechselte ein paar Worte mit ihm und fuhr weiter, den flimmernden Hitzeschleiern entgegen.

7

Über eine Sandstraße, die kaum als solche zu erkennen war, fuhren sie zurück. Sie sahen eine Hyäne, die sofort Reißaus nahm, als sie sich ihr näherten, beobachteten einige Geier, die sich über die wenigen Fleischfetzen hermachten, die ein Löwe oder Leopard von einer Antilope übrig gelassen hatte, und erfreuten sich an zwei Giraffen, die Blätter von einer Schirmakazie zupften.

Am Himmel waren einige Wolken aufgetaucht, beeinträchtigten das sonnige Wetter aber kaum. Patita fuhr relativ langsam und vermied damit, dass die Räder zu viel Staub aufwirbelten. Wenn keine Tiere zu sehen waren, erzählte er von seinen Erlebnissen in der Serengeti, wie er in einem traditionellen Dorf aufgewachsen war, dass er zur Schule gegangen war und studiert hatte, bevor er als Ranger für den Nationalpark gearbeitet hatte. Erst seit einem halben Jahr war er als Nachfolger von Sonyanga für die Lodge unterwegs. »Ich möchte, dass sich die Leute an unseren Tieren erfreuen«, sagte er.

Melissa drehte sich zu der Chinesin um. »Sie haben mir von dem Wildlife Park in Shanghai erzählt. Gibt es da auch Elefanten, Löwen und Giraffen?«

»Das schon«, erwiderte Fu Ling, »aber die Tiere leben in relativ kleinen Gehegen. Sie tun mir leid. Ich habe mir immer vorgestellt, wie sie sich fühlen müssten, wenn man sie nach Afrika brächte und hier in der Serengeti freiließe … ich glaube, sie würden vor Freude einen Schock bekommen. Nicht wahr?«

Die Frage war an ihren Onkel gerichtet, der verständnisvoll nickte. »Das mag wohl stimmen«, sagte er lächelnd, »aber das gilt dann auch für alle Zoos und noch mehr für Zirkusse. Ich habe gelesen, dass manche Tierschützer ihnen das Halten von wilden Tieren am liebsten verbieten würden.« Er blickte seine Nichte an. »Fu Ling hat mich als kleines Mädchen immer gefragt, warum die Löwen nicht nach Hause gehen würden, wo sie auf die Jagd gehen können.«

»Arbeiten Sie im Tierschutz?«, fragte Melissa die Chinesin.

Fu Ling schüttelte den Kopf. »Ich arbeite für meinen Onkel. Er und seine Frau haben mich großgezogen. Sie waren sehr gut zu mir. Meine Eltern kamen bei einem Verkehrsunfall ums Leben, als ich sieben war. Ohne meinen Onkel wäre ich wohl nie nach Afrika gekommen. Ein faszinierendes Land.«

Irgendetwas an den Chinesen kam Melissa verdächtig vor. Hatte sie vor Kurzem noch geglaubt, Fu Ling wäre tatsächlich die Nichte von Yeng Wei, zweifelte sie plötzlich wieder daran. Ihre Geschichte klang zu aufgesetzt. Warum hatte Yeng Wei seine Ehefrau nicht mitgenommen? Oder bildete sich Melissa ihr Misstrauen nur ein? Eigentlich konnte es ihr egal sein, wie die Lodge-Gäste zueinander standen. Lediglich aus Neugier hätte sie die Chinesin gern gefragt, ob sie verheiratet war oder einen Freund hatte. Aber eine solche Frage gehörte sich nicht. Sie war Assistant Manager und hatte vor allem dafür zu sorgen, dass sich ihre Gäste wohlfühlten. Alles andere war zweitrangig. Die privaten Verhältnisse der Lodge-Gäste gingen sie nichts an. Solange sie keine Straftaten begingen und ihre Rechnung bezahlten, war alles okay. Es gab genug andere Probleme, die sie auf der Lodge zu lösen hatte.

Patita lenkte den Landrover ins Steppengras und deutete auf eine Elefantenherde, die sich scheinbar träge durch das hohe Gras bewegte. Sie waren nur ein paar Hundert Meter von ihnen entfernt, mächtige Tiere, die von einer Matriarchin angeführt wurden und ihre schutzbedürftigen Jungen in ihre Mitte nahmen.

»Elefanten teilen sich die Pflege ihrer Jungen«, erklärte Patita, »zusammen mit den anderen Tieren bilden sie praktisch eine Großfamilie. Sie gehorchen der Matriarchin, einer besonders kräftigen und erfahrenen Elefantenkuh, die alle Wasserlöcher und die besten Futterplätze kennt.«

Die Erklärungen des neuen Massai-Guides klangen oftmals zu einstudiert, fand Melissa. Er würde noch ein wenig üben müssen, bis sie so selbstverständlich herüberkamen wie bei Sonyanga. Auf einer Safari waren die Guides am meisten gefordert, wenn gerade keine Tiere zu sehen waren und sie die Zeit mit Erklärungen und interessanten Geschichten überbrücken mussten. Ein perfekter Guide wusste viel, lachte viel und war voller Geschichten.

Der Texaner und die beiden Chinesen standen bereits und blickten aus dem ausgestellten Dach auf die Elefanten. Fu Ling fotografierte angestrengt. Sie besaß eine sündhaft teure Kamera, um die sie jeder Profi beneidet hätte. »Zwanzig Tiere«, zählte sie. »Halten die sich immer in dieser Gegend auf?«

»Zwei Kilometer von hier gibt es eine Wasserstelle«, erklärte Patita, »wahrscheinlich sind sie dorthin unterwegs. Ich kenne die Herde. Die Matriarchin ist besonders erfahren und sucht sich die Wasserstellen aus, an denen sie keine Wilderer vermutet. Ich bin sicher, sie verfügt über einen sechsten Sinn.

Ich habe schon beobachtet, wie sie ihre Herde in ein Akaziendickicht treibt, wenn sich ein Flugzeug nähert. Als ob sie wüsste, dass die Wilderer in einem Hubschrauber kommen. In letzter Zeit hält sie sich mit ihrer Herde vor allem in der Nähe der Lodge auf. Dort wagen sich die Wilderer nicht hin.«

Melissa gab dem Guide durch einen Blick zu verstehen, nicht zu viel über Wilderer zu sprechen, einer Versuchung, der auch sie manchmal unterlag, weil sie so wütend auf diese Männer war. »Berichten Sie möglichst nüchtern über das Wilderer-Problem«, hatte Martin Conroy seine Angestellten ermahnt. »Machen Sie den Leuten klar, dass die Wilderer den Fortbestand unserer Tierwelt bedrohen, wir ihre Taten auf das Schärfste verurteilen und Organisationen wie Frankfurt sich sogar finanziell engagieren, um diesen Wilderern endlich das Handwerk zu legen. Erzählen Sie den Gästen bitte keine Schauergeschichten! Und machen Sie immer deutlich, dass sie auf unserer Lodge absolut sicher sind.«

Fu Ling hatte genug fotografiert und setzte sich. Mit einer Landkarte wandte sie sich an den Guide. »Wo sind wir eigentlich genau? Und wo ist die Wasserstelle? Können wir da auch vorbeifahren? Da sind sicher viele Tiere.«

Patita zeichnete ihre Position und die Wasserstelle auf der Karte ein und blickte auf seine Armbanduhr. »Für einen kleinen Umweg reicht die Zeit noch.«

Melissa hatte nichts dagegen, obwohl sie noch in der Tierstation vorbeifahren und beim Füttern der jungen Elefanten zusehen wollten. Der Weg zur Wasserstelle verlief über eine sandige Straße, die vor allem von den Rangern genutzt wurde und auf einen Hügel führte, von dem aus man die Tiere besonders gut beobachten konnte. Der Besuch der Wasserstelle gehörte eigentlich zum Programm einer Abendsafari, aber da sie früh dran waren, betrachtete sie den Umweg als Extra-Service für die Chinesen. Billy Green hingegen wusste die Extra-Tour weniger zu schätzen, er sprach unterwegs nur über den Löwen, den er am Wochenende schießen, und den Elefanten, den er nächstes Mal erlegen würde.

Eigentlich lohnte die Fahrt zur Wasserstelle kaum. Sie war bereits fast ausgetrocknet, und es gab nur wenige Tiere zu bewundern. Nach der Regenzeit im späten Frühjahr regierte wieder die Trockenheit in der Serengeti, und es würde nicht mehr lange dauern, bis Gnus, Zebras und andere Herdentiere auf die große Wanderung nach Norden gehen würden. Billy Green hatte wohl erwartet, ein Löwenrudel sehen zu können, und winkte beim Anblick einiger Warzenschweine mürrisch ab. Nur ein Elefant erschien an der Wasserstelle.

Melissa blickte durch ihr Fernglas. Der Elefantenbulle kam ihr bekannt vor, und als er sich in die Sonne drehte und die dunkle Narbe an seinem linken Ohr sichtbar wurde, wusste sie auch, wen sie vor sich hatte. »Das ist Mabu«, sagte sie, »ein verbitterter Einzelgänger. Die Narbe an seinem Ohr stammt aus dem Gewehr eines Wilderers. Mabu konnte entkommen und hält sich seitdem meist in dieser Gegend auf, weil sich die Wilderer nicht so nahe an die Lodge heranwagen.« Sie setzte das Fernglas ab. »Ein stolzer Bursche.«

Sie bewunderte den Einzelgänger. Selbst aus der Ferne glaubte sie in seinen Augen die Abscheu zu erkennen, die er gegenüber den Wilderern und vielleicht sogar allen Zweibeinern empfand. An der rücksichtslosen Art, wie er sich am

Wasserloch breitmachte und andere Tiere verjagte, obwohl sie ihm nicht im Weg standen, machte er deutlich, wie viel Wut sich in ihm angestaut hatte. Er strahlte eine ungeheure Energie aus und schien nur noch Feinde zu sehen.

Als er die Wasserstelle verließ, trottete er scheinbar gleichmütig um den Tümpel herum und auf den Pfad, der dicht an ihrem Hügel vorbeiführte. Normalerweise war das kein Grund, sich zu ängstigen. Die meisten Tiere schienen sie gar nicht zu beachten und verschwanden in der Steppe, nachdem sie sich gestärkt hatten. Sie waren den Anblick von Touristen gewöhnt und nahmen sie nicht als Bedrohung wahr. Doch Mabu reagierte anders, er hatte sie schon seit Längerem im Blick und schien es auf sie abgesehen zu haben.

»Weg hier!«, sagte sie zu Patita. »Der hat was gegen uns!«

Der Guide hatte es selbst schon bemerkt und ließ den Motor an. Für Mabu das Signal, stehen zu bleiben und misstrauisch zu ihnen herüberzublicken. Er wiegte den Kopf wie ein Elefant im Zoo, stellte die Ohren ab, als wäre er nicht sicher, ob der Motor wirklich angesprungen war, und trompetete durch den Rüssel, ein deutliches Zeichen dafür, dass er aufgeregt und wütend war.

Patita wusste die Signale zu deuten und wendete den Wagen. Noch bevor Mabu zum Angriff überging und erstaunlich schnell auf sie zurannte, fuhr er von dem Hügel und raste über den Pfad zur Sandstraße zurück. Im Rückspiegel beobachtete auch Melissa, wie er immer weiter zurückblieb und widerwillig abdrehte, als er merkte, dass er den Geländewagen nicht einholen konnte.

Nach ungefähr einem Kilometer verlangsamte Patita das

Tempo und drehte sich zu den Chinesen und dem Texaner um. »Tut mir leid, Leute. Mabu hatte heute wohl besonders schlechte Laune. Ein Scheinangriff. Selbst wenn wir stehen geblieben wären, hätte er uns wahrscheinlich nichts getan. Aber sicher ist sicher. Der arme Kerl hat einiges durchgemacht, da kann man schon mal wütend werden. Wie wär's mit einem Besuch in unserer Tierstation?«

Während sie zum *Mokama Wildlife Sanctuary* fuhren, ging Melissa das Bild des angreifenden Mabu nicht aus dem Sinn. Die meisten Elefanten starteten einen Scheinangriff, wenn man ihnen zu nahe kam oder sie beim Fressen störte, aber sie hatten weit vom Wasserloch entfernt angehalten und ihm eigentlich keinen Grund für eine Attacke gegeben. Fast kam es ihr so vor, als hätte er gewusst, dass ein Großwildjäger bei ihnen war, der bei seinem nächsten Besuch in Afrika vielleicht auf einen Elefanten zielen würde. Aber das war natürlich Unsinn. Auch ein erfahrener Bulle wie er konnte nicht hellsehen.

Patita dachte ebenfalls über ihre Begegnung mit Mabu nach. »Seltsam«, sagte er so leise, dass es die anderen nicht verstanden, »ich habe Mabu ein paarmal während der letzten Wochen getroffen, und er hat nie angegriffen. Von einem Ranger weiß ich, dass er nur durchdreht, wenn sich ihm ein Hubschrauber nähert. Und angreifen würde er wohl nur, wenn Shetani oder einer seiner Männer auftauchen und ihm zu nahe kommen würden. Sehr seltsam.«

»Mabu ist launisch. Oder er weiß, dass ein Jäger bei uns mitfährt.«

Darauf wusste Patita nichts zu sagen. Er lenkte den Landrover auf die Straße zur Tierstation und fuhr durch das Tor zum Haupthaus. Seitdem Gordon Brentwood, der Besitzer der *Seronera African Lodge*, die Tierklinik gekauft hatte, bildete sie den Abschluss jeder Safari-Fahrt und bot den Gästen interessante Einblicke und ein zusätzliches Vergnügen. Auf dem Programm standen eine Führung zu den Gehegen und eine Fütterung der Jungtiere.

Mandisa empfing sie mit einem Lächeln. »Willkommen im *Mokama Wildlife Sanctuary*!« Sie ließ einen Teller mit schmackhaften Keksen herumreichen und informierte die Besucher über die Klinik. »Wir sind erst seit ein paar Jahren hier. Die Stiftung einiger wohlhabender Ärzte aus England hat sie möglich gemacht. Inzwischen gehören wir zur *Seronera African Lodge* und sind ein kommerzielles Unternehmen, anders wäre die viele Arbeit auch gar nicht zu bewältigen. Wir kümmern uns um kranke und verletzte Tiere, pflegen und versorgen sie, bis sie wieder in der Lage sind, allein in der Wildnis zu überleben. Bei Elefanten kann das über zehn Jahre dauern. Doktor Jonas Wilburn, mein Mann, ist ein angesehener Tierarzt aus Südafrika und leitet die Station. Er kümmert sich gerade um einen der jungen Löwen. Kimberly und Dave, zwei langjährige Mitarbeiter, führen Sie gerne hin. Anschließend wartet ein besonderes Highlight auf Sie, die Fütterung unserer Baby-Elefanten.«

Wie auf ein Stichwort erschienen Kimberly und Dave, beide in kurzen Khakihosen und dunkelgrünen Lodge-T-Shirts, sie mit Baseballkappe, er mit einem breitrandigen Cowboyhut. Sie hatten sich bereits daran gewöhnt, mit Touristen umzugehen und kamen sich schon beinahe als Entertainer vor.

»Wie ich sehe, haben wir heute nur eine kleine Gruppe«,

sagte Kimberly. »Aus China und Texas, habe ich mir sagen lassen.« Sie blickte Green an. »Dann sind Sie wohl der Texaner. Billy Green, nicht wahr? Ich habe eine Überraschung für Sie, Sir. Unser Dave ist auch Texaner und kann Sie sogar in dem Dialekt begrüßen, bei dem ich als Engländerin nur Bahnhof verstehe.«

»*Allright*«, legte Dave im besten Texanisch los und rang sogar dem stets mürrischen Billy Green ein Lächeln ab. »Dann sehen wir uns mal unseren kleinen Patienten an.« Er forderte die Gäste auf, ihm zu folgen, und führte sie an einigen anderen Gehegen vorbei. Auf seine lockere Art berichtete er über zwei Warzenschweine, die ein Virus erwischt und sterbend in der Savanne gelegen hatten, und einen Gepard, der sich einen Vorderlauf gebrochen hatte.

Melissa und Kimberly überließen ihm das Feld. Dave spielte gern den Entertainer, besonders natürlich, wenn junge Damen in der Gruppe waren, legte sich aber auch für den Texaner voll ins Zeug. Er schien nicht zu merken, dass Green nur mäßig an seinen Kommentaren interessiert war und anscheinend nur noch an seine bevorstehende Jagd dachte.

»Kleinvieh«, lästerte Green leise.

Kimberly rückte ihre Kappe zurecht. »Sonyanga war hier.«

»Und?«

»Er sah unglücklich aus. Hast du ihm den Laufpass gegeben?«

»Wie kann ich ihm den Laufpass geben, wenn wir gar nicht zusammen sind?«, erwiderte Melissa. »Ich hab ihn vorhin getroffen. Du hättest mal sehen sollen, wie kühl er zu mir war. Ich hatte eher das Gefühl, er hätte kein Interesse mehr an mir.«

Kimberly lächelte. »Dafür sprach er aber ziemlich viel über dich.«

»Das wird nichts, Kimberly. Ist vielleicht auch ganz gut so.«

»Besonders glücklich siehst du aber auch nicht aus«, sagte Kimberly.

Melissa dachte eine Weile nach. »Auf der Safari heute lief einiges schief.« Sie berichtete von dem wütenden Löwen, der an ihrem Landrover hochgesprungen war, und dem Scheinangriff des Elefanten. »Als ob sich die Tiere gegen uns verschworen hätten. Ob sie was gegen unseren Texaner haben?«

»Verdient hätte er's. Höchste Zeit, dass Gatterjagden verboten werden.«

»Das kann dauern ... leider.«

Normalerweise waren entzückte »Ooohs!« und »Aaahs!« zu hören, wenn die Besucher einen der jungen Löwen zu Gesicht bekamen, aber die Chinesen verzogen keine Miene, und der Texaner war wohl nur an erwachsenen Löwen interessiert. Immerhin fotografierte die Chinesin, was das Zeug hielt, und beugte sich tief über den bewusstlosen kleinen Löwen, als Doktor Wilburn ihm ein Antibiotikum spritzte.

»Er kommt bald wieder auf die Beine«, versprach der Arzt, »aber wir müssen ihn noch eine Weile hierbehalten, bis er stark genug ist, sich allein in der Serengeti zu behaupten. Er hat seine Mutter verloren.« Er blickte lächelnd auf. »Sie dürfen ihn gerne einmal streicheln.«

Nur Fu Ling ging auf sein Angebot ein und vergaß für einen Augenblick sogar zu fotografieren. Ihre Miene blieb jedoch ausdruckslos. Dave steuerte einige Informationen bei, verriet den Besuchern, dass weibliche Löwen durchschnittlich vier, fünf Jahre älter wurden als ihre männlichen Artgenossen, um die neunzehn Jahre, und dass ein ausgewachsener männlicher Löwe um die 270 Kilo wog.

»So, jetzt wird's aber Zeit für unsere jungen Dickhäuter«, sagte Dave und führte die Besucher zu ihrem Landrover zurück. »Kopano und seine Helfer sind bereits draußen bei ihnen. Fahren Sie uns nach, es sind nur zehn Minuten.«

Die Fütterung der Baby-Elefanten gehörte zu den Highlights jeder Führung und machte auch Melissa am meisten Spaß. Kopano und seine Leute waren mit zwei Pick-up-Trucks in eine Senke gefahren und warteten bereits auf die Besucher. Noch schneller waren die fünf kleinen Elefanten, die wohl die frische Milch auf den Pick-ups witterten und es kaum erwarten konnten, dass die Fütterung begann.

»Wir füttern die Elefanten die ersten zwei bis drei Jahre mit Milch, erst dann sind sie in der Lage, sich selbst zu ernähren«, erklärte Kopano. »Sie können gar nicht genug von der Milch bekommen.«

Rambo war zuerst bei ihm und saugte gierig an der Flasche, die Kopano ihm ins Maul schob. »Rambo ist neu bei uns. Er musste mit ansehen, wie seine Mutter starb, hat sich aber gut erholt und wird es schaffen. Ob es ein Elefant schafft, entscheidet sich meist während der ersten drei Tage. Wenn ihr Trauma zu groß ist, verweigern sie selbst unsere gute Milch und verhungern. Wir müssen dringend etwas gegen die Wilderer tun, wenn wir die Elefanten retten wollen. Wäre doch schade, wenn so großartige Tiere aussterben würden, nur weil sich einige Leute eine Elfenbeinfigur in den Schrank stellen wollen.«

»Die Tierpfleger leben mit den Baby-Elefanten«, erklärte

Kimberly. »Sie schlafen sogar bei ihnen. Ohne Fürsorge würden die Tiere nicht überleben.«

Nachdem Rambo eine Flasche geleert hatte, blickte er in ihre Richtung und trompetete angestrengt. Melissa hoffte, er hätte sie bereits wiedererkannt und wollte sie begrüßen, aber stattdessen klappte er die Ohren ab und rannte wütend auf sie zu, beinahe wie Mabu, und brach erst kurz vor ihnen den Angriff ab.

»Was ist heute bloß mit den Tieren los?«, wunderte sich Melissa.

8

Am Abend rief ihre Mutter aus Frankfurt an. Melissa hatte nach ihrer Ankunft in Tansania mit ihr gesprochen, sich danach aber nicht mehr bei ihr gemeldet. Obwohl Corinna Baxter selbst mitten im Leben stand und in verantwortungsvoller Position für eine Versicherung arbeitete, gewöhnte sie sich nur schwer daran, dass ihre Tochter auf einem anderen Erdteil arbeitete.

»Hallo, Schatz!«, rief sie besorgt. »Alles okay bei dir? Warum meldest du dich denn nicht?«

»Das kannst du dir doch denken, Mom«, erwiderte Melissa. »Hier gibt es viel zu tun. Als Assistant Manager hab ich doppelt so viel Arbeit wie früher.«

»Und du fühlst dich in Afrika wirklich wohl?«

»Natürlich«, versicherte sie ihrer Mutter, »sonst hätte ich die Stelle doch niemals angenommen. So vielseitig wie hier ist die Arbeit nirgendwo, und du weißt doch, wie gerne ich Tiere habe. Stell dir vor, neulich haben wir einen verwaisten Baby-Elefanten auf die Tierstation gebracht. Der war vollkommen verstört, weil er gerade seine Mutter verloren hatte.« Sie dachte nicht daran, ihr von den Wilderern zu erzählen. »Kopano, einer von Doktor Wilburns Leuten, zieht ihn mit der Flasche groß. Ist das nicht wunderbar?« Als keine Reaktion kam, fragte sie: »Und wie geht es dir? Alles im Lot?«

»Nun ja«, ihre Mutter lachte gekünstelt, »ich muss mich erst mal daran gewöhnen, dass du in Afrika lebst. Bisher haben wir uns ja wenigstens einmal im Monat gesehen, selbst als du in

Österreich warst. Aber jetzt?« Man hörte, wie ein Stuhl verrückt wurde, sie saß in der Küche. »Kommst du denn irgendwann zurück?«

»Das weiß ich noch nicht«, antwortete Melissa, »ich hab doch gerade erst angefangen. Könnte gut sein, dass ich mein ganzes Leben in Afrika verbringe. Aber ich komme dich natürlich besuchen. Wie geht es Dad?«

»Woher soll ich das wissen?«

Melissa lächelte. »Mom, ich weiß doch, dass du ihn immer noch liebst. Und du wärst nicht die erste Frau, die ihren Ex wieder heiratet. Das kommt in den besten Familien vor. Er kann doch nicht bis in alle Ewigkeit in der Gegend rumfliegen.«

»Du meinst, ich soll ihn im Alter pflegen?« Wieder dieses gekünstelte Lachen. »Dafür bin ich mir zu schade. Ich komme auch allein ganz gut zurecht.«

»Solange du Action in der Firma hast. Und dann?«

»Ich brauche keine Altersbeschäftigung. Jedenfalls nicht so eine.«

»Du liebst ihn doch noch.«

»Selbst wenn«, erwiderte sie. Ihre Stimme klang verbittert. »Solange sich Dad mit diesen hübschen Stewardessen …«

»Flugbegleiterinnen. Die heißen jetzt Flugbegleiterinnen.«

»Auch gut. Solange er sich mit diversen Damen rumtreibt, kann er meinetwegen bleiben, wo der Pfeffer wächst. Weißt du, wie oft er sich während der letzten drei Monate gemeldet hat? Ein einziges Mal, mein Schatz …«

»Wusste ich's doch. Du liebst ihn noch.«

Ihrer Mutter schien das Gespräch peinlich zu werden. Anscheinend suchte sie krampfhaft nach einem anderen Thema, sagte aber lediglich: »Und was macht dein Liebesleben? Du bist doch nicht wegen dieses Massai nach Afrika gegangen? Du weißt doch, was so ein Kulturunterschied alles bewirken kann.«

»Keine Angst, Mom. Ich kann auf mich aufpassen.«

»Rufst du mich an, wenn du Kummer hast?«

»Nicht nur dann, Mom«, versprach sie.

Dennoch war sie froh, als ihre Mutter aufgelegt hatte. In ihrer Versicherung war Corinna Baxter eine nüchterne Abteilungsleiterin, die stets das Wohl ihrer Firma im Auge haben musste und sich keine Gefühlsduseleien erlauben durfte. Daher wunderte sich Melissa manchmal, dass sie zur besorgten Mutter wurde, sobald es um ihre Tochter ging. Sie war sogar dagegen gewesen, dass Melissa nach Österreich ging.

Ihr Vater war unkomplizierter und entsprach der Vorstellung, die sich die meisten Menschen von einem Piloten machte. In seiner British-Airways-Uniform sah er richtig gut aus, seine Haut war stets gebräunt, und er hatte den Ruf, an keiner hübschen Flugbegleiterin vorbeigehen zu können. Wenn er überhaupt mal anrief, beschränkte er sich auf allgemeine Floskeln wie »Lass dir nicht von einem x-beliebigen Jüngling einen Ring anstecken!« und »Du machst das schon!«. Und sie antwortete dann: »Keine Panik, Dad! Ich werde schon merken, wenn der Richtige vor mir steht. Er ist leicht zu erkennen. Er trägt eine Ritterrüstung, reitet ein weißes Pferd und macht einen tiefen Diener, bevor er mich einlädt, auf seine Burg zu kommen und ihn zu heiraten.«

Aber so einfach war es in Wirklichkeit natürlich nicht. Einen tapferen Ritter auf einem weißen Pferd gab es nur im

Märchen. Er schnappte sich sein Aschenputtel oder Dornröschen und ritt mit ihr in ein glückliches Leben. Im wirklichen Leben war alles viel komplizierter. Falls Sonyanga ihr weißer Ritter war, begannen die Schwierigkeiten erst, wenn sie sich offen zueinander bekannten. Der Fall einer jungen Europäerin, die einen Massai geheiratet hatte und kläglich mit ihrer Ehe gescheitert war, diente allen Frauen, die eine solche Verbindung »exotisch« und »aufregend« fanden, als Warnung. Ihre Mutter hatte recht, auch kulturelle Unterschiede konnten eine Liebe zerstören. Sie war zwar mit der Kultur der Massai vertraut, und Sonyanga war ein moderner Mann, der sich in der Welt der Weißen zurechtfand, und dennoch würden sie zu kämpfen haben. Gegen Vorurteile auf beiden Seiten, denn auch bei den Massai gab es Rassismus.

Aber was machte sie sich Gedanken. Sonyanga hatte bei ihrem kurzen Wiedersehen in der Steppe nicht den Eindruck gemacht, als wäre er noch sonderlich an ihr interessiert, auch wenn er bei Kimberly öfter ihren Namen genannt hatte. Ohnehin war sie als Assistant Manager mit so viel Arbeit eingedeckt, dass sie gar keine Zeit für Beziehungen hatte. Zuerst einmal galt es, einen guten Einstand auf der Lodge zu feiern und ihre Stellung zu festigen. Das war schwierig genug. Sobald die Große Wanderung der Gnus begann, würden sie ein volles Haus haben, und sie wäre von frühmorgens bis spätabends im Einsatz. Das erwartete man von einem Assistant Manager, und sie war ehrgeizig genug, diese Herausforderung anzunehmen.

Am nächsten Tag nach dem Frühstück rief Conroy sie in sein Büro. »Ich habe einen Spezialauftrag für Sie, Melissa. Wie Sie wissen, arbeiten wir schon seit Jahren mit der Zoologischen

Gesellschaft Frankfurt zusammen. Sie tun unendlich viel für die Serengeti, das auch uns zugutekommt, und wir unterstützen sie mit Spenden oder stellen unsere Lodge in der Nebensaison für eine Tagung zur Verfügung. Sie kennen Jules Durand, den neuen Mitarbeiter von Frankfurt?«

»Ich hab ihn neulich getroffen.«

Conroy nickte. »Er nimmt an der Elefantenzählung teil und hat Sie eingeladen, heute mit ihm zu fliegen. Auf die Weise erfahren wir, wie schlimm es mit der Wilderei wirklich steht, und ob die Zahl der Elefanten tatsächlich so dramatisch zurückgegangen ist, wie manche Leute behaupten. Außerdem ist es sicher aufschlussreich, die Serengeti auch mal von oben zu sehen. Einverstanden?«

»Natürlich. Gerne. Wann soll es denn losgehen?«

»In ungefähr zehn Minuten.« Conroy lächelte. »Jules und der Pilot holen Sie mit ihrem Flieger ab. Nehmen Sie sich was zu essen und Ihre Kamera mit. Vielleicht finden wir auf diese Weise eine neue Route für unsere Safaris.«

»Aye, Sir.«

Sie rannte in ihre Unterkunft, holte ihre Kamera, das Fernglas und tauschte ihre Baseballkappe gegen den breitkrempigen Hut, der besser gegen die Sonne schützte. Dann schnappte sie sich ein Sandwich in der Küche und erklärte Otto, dass sie den ganzen Tag unterwegs wäre. Als sie in die Eingangshalle zurückkehrte, sah sie die Maschine mit dem Zebra-Muster auf der nahen Piste landen.

Jules Durand stieg aus und lief ihr entgegen. »Salut, Melissa«, begrüßte er sie. »Entschuldigen Sie, dass wir Ihnen nicht eher Bescheid geben konnten, aber bei uns geht es zurzeit sehr hektisch zu. Gestern haben wir die neuen Fahrzeuge an Commander Gayoye und seine Task Force übergeben, auch bearbeiten wir unsere Zentrale in Frankfurt bereits seit Längerem, um weitere Spenden für eine verbesserte Ausrüstung zu beschaffen. Die Elefantenzählung wollen wir so schnell wie möglich hinter uns bringen, auch wegen der Wilderer, um weitere Argumente für unsere Zentrale und auch für die Regierung hier in Tansania zu haben. Aber ich rede schon wieder zu viel. Steigen Sie ein, Mademoiselle! Der stramme Bursche am Steuerknüppel ist Bob, unser Meisterpilot. Die beiden Kollegen in der letzten Reihe sind Johnny und Eli, unsere Zähler.«

»Hey, Bob!«, grüßte sie. »Hey, Johnny und Eli!«

Melissa kletterte in die Maschine und machte es sich auf der Mittelbank bequem. Kamera und Fernglas hatte sie griffbereit um den Hals hängen. Sie wurde tief in ihren Sitz gedrückt, als Bob die Cessna nach oben zog und in einer weiten Kurve über die Lodge nach Süden flog. In ausreichender Höhe, um die Tiere nicht zu stören, aber tief genug, um die Aktivitäten auf dem Boden genau beobachten zu können, steuerte er die Maschine über die Savanne.

»Wir haben die Serengeti in Planquadrate eingeteilt«, erklärte Jules, »so bekommen wir die Suche am effektivsten hin. Wir sind das Vorauskommando, das heißt wir unternehmen heute eine Probezählung, um zu testen, ob unser GPS funktioniert und wir alle Daten so aufzeichnen, dass es bei der offiziellen Zählung keine Schwierigkeiten gibt. Ich diktiere meine Beobachtungen in einen Recorder. Und Sie fotografieren alle Herden mit mehr als zwanzig Tieren, okay?«

»Aye, Sir«, sagte Melissa auch zu ihm.

Was sich anfangs wie ein unterhaltsamer Flug über die afrikanische Savanne angehört hatte, stellte sich als anstrengende Arbeit heraus. Jules sprach in seinen Recorder, sobald sie einen Elefanten sichteten, und hinter ihr mischten sich aufgeregte Stimmen, wenn sie zwischen den Bäumen und Felsen, die im Norden noch häufiger als im Süden vorkamen, Elefanten zu sehen glaubten. Wenn Bob zu schnell flog und die Zähler nicht mitkamen, drehte er eine Kurve und flog noch mal über die gesichteten Tiere hinweg. Die Elefanten und auch die anderen Tiere ließen sich durch den Motorenlärm nicht stören. Sie flüchteten nur, wenn der Pilot zu tief flog oder der Wind ungünstig stand.

Melissa genoss den Blick aus luftiger Höhe. Nur hier oben war man in der Lage, die scheinbar unendliche Weite der Serengeti zu erfassen. Nicht mal aus einem Flugzeug sah man, wo sie zu Ende war, als würde sie den ganzen afrikanischen Kontinent bedecken. Das Steppengras, nach der Trockenheit der letzten Wochen wieder braun geworden, erwachte in dem heißen Wind zum Leben, wiegte sich wie die sanften Wellen eines ruhigen Meeres.

An der Wasserstelle, die sie mit dem Landrover angefahren hatten, standen eine ganze Reihe von Elefanten, die Jungtiere zum Schutz gegen mögliche Angreifer in ihrer Mitte. Während ihre Mütter die Rüssel in das brackige Wasser tauchten, saugten sie frische Muttermilch, noch zu jung, um die Sorgen der erwachsenen Tiere zu verstehen. Sie würden noch lernen müssen, dass das Leben in der Savanne ein ewiger Kampf gegen die Elemente war, und dass es feindliche Zweibeiner gab, die ein Tier nur wegen seines Elfenbeins abknallten. Melissa drückte mehrfach auf den Auslöser ihrer Kamera, griff nach dem Fernglas und suchte nach Mabu, bekam ihn aber nicht zu sehen.

Am Orangi River wollte Bob schon nach Westen abbiegen, als Melissa einen Kadaver zwischen den Akazien entdeckte. »Hinter dem Hügel! Zwischen den Bäumen!«, rief sie ins Mikrofon. Sie trugen alle ein Headset, um sich besser verständigen zu können. »Liegt da nicht ein toter Elefant?« Sie griff nach ihrem Fernglas. »Ein Elefant ohne Stoßzähne! Das waren Wilderer!«

Bob hatte den Kadaver bereits ausgemacht und landete im Steppengras. Die Cessna rollte bis dicht an den toten Elefanten heran. Jules zog sein Funkgerät aus der Halterung und informierte seine Kollegen in der Zentrale, die wiederum die Wilderer-Einheit der Ranger alarmieren würden. Seine Miene war ernst, als er aus der Cessna kletterte. Melissa folgte ihm. Der Pilot blieb sitzen, falls sie überstürzt fliehen mussten, die beiden Zähler wagten sich vor lauter Angst nicht aus der Maschine. Sie fürchteten Shetani wie den Teufel.

»*Mon Dieu!* Nicht schon wieder!«, rief Jules, als er den Kadaver erreichte. »Das waren Shetani und seine Bande. Langsam kenne ich ihre Handschrift.«

Melissa holte ihn ein und war ebenso entsetzt wie er. Der Elefant musste schon seit einigen Stunden tot sein. Die Hyänen hatten sich bereits an ihm zu schaffen gemacht und das blutige Fleisch unter seiner Haut freigelegt. In einer dunklen Wolke summten unzählige Insekten über ihm. Seine Stoßzähne fehlten wie bei allen gewilderten Tieren, seine Augen waren stumpf und leer.

»Wann erwischen sie den Mistkerl endlich?«, fragte sie bestürzt.

»Shetani? Vielleicht nie!«

Sie verscheuchten einige Geier und kleinere Tiere und gingen um den Kadaver herum. Sein Körper war von Kugeln regelrecht durchsiebt.

»Kalaschnikows«, erkannte Jules. Er lachte bitter. »Und ich dachte, ich bin hier unten, um beim Naturschutz zu helfen. Wenn das so weitergeht, werde ich noch zum Militärexperten. Ich kann schon die Kaliber auseinanderhalten. Höchste Zeit, dass Gayoye und seine Männer die Wilderer hochnehmen und einsperren.«

Melissa schoss einige Fotos von dem Elefantenkadaver und ließ die Kamera sinken. »Wenn sie Shetani haben, kommt ein anderer«, sagte sie. »Sie müssen den Elfenbeinkönig finden, nur damit würden sie den Wilderern so richtig eins auswischen. Ich befürchte aber, der hat seine Verbindungen und besticht jemanden bei der Regierung, um immer freie Bahn zu haben. Vielleicht hat er sogar einen Verbindungsmann bei den Rangern. Woher sollte Shetani sonst wissen, wo sich die meisten Elefanten aufhalten? Er bekommt eine Nachricht, startet den Hubschrauber und fliegt los. Eine Stunde später sind er und seine Männer mit dem Elfenbein am Hafen. Ich bin sicher, das geht blitzschnell.«

Sie warteten, bis Commander Gayoye und seine Ranger eingetroffen waren, und berichteten ihnen, was sie wussten. Viel hatten sie nicht zu erzählen. Die Wilddiebe hatten wieder einmal ganze Arbeit geleistet.

»Dabei habe ich die Patrouillen verstärkt. Seit wir die neuen

Fahrzeuge haben, wechseln sich acht weitere Mitglieder unserer Task Force auf den Landrovern ab.« Der Commander rief nach einem der Ranger, einem jungen Mann mit starken Muskeln, wie man sie sonst nur bei Bodybuildern sah. »Ranger Chikawe? Erzählen Sie unseren Partnern, was Sie heute Nacht gesehen haben!«

Der Ranger blickte ihn erstaunt an. »Nichts, Sir.«

»Genau … nichts!«, echote der Commander. »Und genau das ist unser Problem. Und wenn wir noch zehn Landrover und hundert Männer mehr hätten, wäre es schwierig, die Wilderer auf frischer Tat zu ertappen. Was wir brauchen, ist eine noch modernere Ausrüstung, und die kostet viel Geld.«

»Wir arbeiten daran, Commander«, versprach Jules. »Aber auf der Welt gibt es unendlich viel Leid, und die Menschen überlegen sich ganz genau, wem sie ihr Geld spenden. Nicht alle kapieren, dass Tierschutz auch Menschenschutz bedeutet. Das Leben zu vieler Afrikaner hängt von einer intakten Tierwelt ab. Das gesamte Ökosystem ist in Gefahr. Und Sie wissen ja selbst, welchen Anteil der Tourismus an Ihrer Wirtschaft hat. Ohne Safaris und Lodges sähe die Zukunft von Tansania sehr bitter aus.«

Die Ranger waren noch bei der Arbeit, sammelten Spuren und Abdrücke, als Melissa und Jules zur Maschine zurückkehrten. Sie würde sich wohl nie an den Anblick eines toten Elefanten gewöhnen. Umso erstaunlicher war es, dass Jules trotz der ernsten Umstände noch Zeit fand, mit ihr zu flirten.

»Ich arbeite gern mit Ihnen zusammen«, sagte er. Das sanfte Lächeln stand ihm, musste sie zugeben. »Hübsch und kompetent, das findet man selten.«

»Sind alle Franzosen so wie Sie?«, fragte sie.

Er blickte sie fragend an.

»Auf dem ständigen Anmachtrip«, ergänzte sie.

Er musste lachen. »Das kommt immer auf die junge Dame an, in deren Gesellschaft man sich befindet. Bei Ihnen kann ich leider nicht anders. Sie sind hübsch, sportlich, charmant und kennen sich in Ihrem Job aus. Die meisten Frauen, die man hier unten trifft, kommen zwar mit guten Absichten, weil sie den armen Tieren helfen wollen, sind dem Alltag in der Savanne aber kaum gewachsen. Ihnen macht so schnell keiner was vor, Mademoiselle.«

»Jetzt sollte ich wohl rot werden«, konterte sie.

Beim Einsteigen zögerte sie. Mit dem Türgriff in der linken Hand blickte sie auf die Steppe hinaus. Im wogenden Gras war eine Bewegung zu erkennen. Sie kniff die Augen zusammen, um besser gegen die helle Morgensonne geschützt zu sein, und sah einen dunklen Schatten, der sich stolpernd durch das Gras bewegte. Ein verletztes Tier? Sie blickte durch ihr Fernglas und erkannten einen Menschen. Eine junge Frau in den traditionellen Tüchern der Massai. Sie war verletzt, zog das linke Bein hinter sich her und hob die Hand, als wollte sie sich bemerkbar machen, dann brach sie zusammen und stand nicht wieder auf. »Da ist jemand!«, sagte sie zu Jules. »Eine Massai-Frau!«

Sie liefen beide los, ungeachtet der Gefahren, die sie in dem hohen Steppengras erwarten konnten, und sahen die Frau auf dem Boden liegen. Sie rührte sich nicht. Melissa drehte sie vorsichtig auf den Rücken und erschrak.

»Oh mein Gott!«, sagte sie. »Das ist Malaika!«

9

Melissa beugte sich über die Massai und strich einige Grashalme aus ihrem Gesicht. »Malaika! Was ist passiert? Bist du okay? Sag doch was, Malaika!«

Malaika öffnete die Augen. Sie brauchte einige Zeit, bis sie erkannte, wer bei ihr war. »Melissa!«, wunderte sie sich. »Du bist zurück? Ich dachte ...« Sie verzog das Gesicht vor Schmerz und wollte sich nach vorn beugen, sank aber gleich wieder zurück. »Mein Fuß! Ich hab mir den Knöchel verstaucht. Ich bin in ein Loch getreten.« Sie stöhnte. »Es tut weh! Es tut furchtbar weh!«

»Ich hole den Verbandskasten«, sagte Jules. »Das haben wir gleich.«

»Jules arbeitet für Frankfurt, das heißt für die Zoologische Gesellschaft Frankfurt«, erklärte Melissa. »Wir sind mit dem Flugzeug hier. Sollen wir dich zum Arzt bringen? Vielleicht ist was gebrochen.«

»Nein, es geht schon wieder. Der Knöchel ist nur verstaucht. Immer noch besser, als von einem Krokodil gefressen zu werden. Es ist unten am Fluss passiert. Das Wasser war nicht besonders tief, und ich dachte, ich bin längst am anderen Ufer, wenn die Krokodile die Augen aufmachen. Bis zur Brücke war es zu weit. Ich wollte so schnell wie möglich zur Lodge. Doch eines der Krokodile wachte früher auf, und ich rannte so schnell, dass ich am Ufer in ein Loch trat und umknickte.« Ein flüchtiges Lächeln huschte über ihr Gesicht. »Ziemlich dumm für eine Massai, die hier aufgewachsen ist, nicht wahr?«

»Ziemlich«, bestätigte Melissa, der schon übel wurde, wenn sie sich die Szene nur vorstellte. Bilder von blitzschnell zupackenden Krokodilen, die sich während der Großen Wanderung auf schwache Gnus stürzten, kamen ihr in den Sinn. Krokodile waren sehr viel schneller, als sie angenommen hatte.

Jules kehrte mit dem Verbandskasten zurück und reichte Malaika zwei Schmerztabletten, die sie hastig schluckte und mit etwas Wasser aus ihrer Feldflasche hinunterspülte. Glücklicherweise trug sie Sandalen, sodass er sie nicht auf schmerzhafte Weise von einem Stiefel oder festen Schuh befreien musste, bevor er den Verband anlegte. Der Knöchel war tatsächlich nur verstaucht. Die Heilung war langwierig, und sie würde auch während der nächsten Tage nicht ohne Schmerztabletten auskommen, aber in spätestens drei Wochen würde sie wieder normal gehen können. Sie war jung und sportlich.

»Ich glaube, wir haben noch zwei Krücken in der Maschine«, fiel ihm ein. »Wir hatten neulich schon mal einen Fußkranken an Bord. Ich bin gleich wieder hier.« Er rannte erneut zur Maschine und kam mit den Krücken zurück.

Melissa half ihr auf und hielt sie fest, bis sie sich von ihrer Benommenheit erholt hatte. Malaika tat sich etwas schwer mit den Krücken.

»Was ist passiert, Malaika? Warum wolltest du zur Lodge? Warum hast du nicht auf den Doktor gewartet, der hätte dich sicher in seinem Wagen mitgenommen.«

Malaika antwortete nicht. Sie entdeckte erst jetzt den Elefantenkadaver bei den Bäumen und blieb entsetzt stehen. »Shetani!«, sagte sie leise. »Das waren Shetani und seine Männer. Ich habe sie gesehen. Gestern Abend. Sie flogen mit ihrem Hubschrauber über mich hinweg. Ich habe mich schnell versteckt, weil ich Angst hatte, dass sie mich entdecken. Sie waren es – ganz bestimmt!«

»Woher kam der Hubschrauber? Aus Süden?«

»Er kommt jedes Mal aus einer anderen Richtung«, erwiderte Malaika, den Blick noch immer auf den toten Elefanten gerichtet. »Niemand weiß, wo Shetani und seine Männer sich versteckt halten. In Kenia, sagen manche. In den Bergen im Osten, sagen andere. Die Massai unternehmen nichts gegen sie. Wir sind zu schwach. Wer sich gegen sie stellt, wird erschossen. Wen würde es schon kümmern, wenn ein Massai stirbt?« Vor Entsetzen vergaß sie für einen Moment sogar ihre Schmerzen. »Mir tun die Elefanten leid. Sie sind gutmütige Tiere. Sie kümmern sich um ihre Schwachen und Kranken, und ich kenne kein Tier, das so aufopferungsvoll für seine Jungen sorgt. Ist das der Lohn?«

»Die Ranger tun alles, um Shetani und seine Männer zu finden.«

»Was nützt das, wenn es Regierungsleute gibt, die ihn schützen? Die Geld dafür bekommen, dass sie ihn nicht verraten. Sonyanga ist der Einzige, für den ich meine Hand ins Feuer legen würde, dass seine Weste rein ist. Sogar bei den Rangern soll es eine undichte Stelle geben. Ich weiß nicht, ob es stimmt, aber es würde mich nicht wundern. Der Elfenbeinkönig soll reicher als manche Könige sein.«

Malaika kniff die Lippen zusammen und humpelte weiter. Die Schmerztabletten wirkten bereits, aber es tat immer noch höllisch weh, wenn sie zufällig mit dem verletzten Fuß den Boden berührte. Selbst in ihrem Schmerz sah sie noch ausgesprochen anmutig aus. Sie trug den roten Umhang und die farbenprächtigen *shukas* aller traditionellen Massaifrauen, hatte ihren kahlen Schädel mit Ockerfarbe bemalt und trug silberne Ohrringe, an denen bunte Perlen baumelten. Olonona, der Medizinmann ihres Dorfes, war ein Verfechter der alten Sitten und Gebräuche. Er bestand darauf, dass sich alle Bewohner auf traditionelle Weise kleideten und nach den alten Gesetzen lebten.

»Sind Sie auf der Flucht?«, fragte Jules vorsichtig.

Die Massai blieb stehen. Sie war froh, als Melissa ihr unter die linke Achsel griff und sie zusätzlich stützte. »Olonona wollte mich nicht weglassen«, erklärte sie. »Er hat monatelang meine Mutter gequält, und jetzt geht er auf mich los, weil ich die Einzige bin, die offen ausspricht, was mir nicht gefällt. Die anderen haben längst aufgegeben. Er hat einige Krieger auf seiner Seite.«

Melissa berichtete dem Franzosen in wenigen Sätzen, was während ihres letzten Besuches passiert war. Dass Olonona ihre Mutter trotz ihres Alters und ihrer schweren Krankheit zur Arbeit gezwungen hatte, und dass Sonyanga ihm gedroht hatte, ihn anzuzeigen, falls er die Mutter nicht in Ruhe ließ.

»Olonona hat unser Volk verraten«, sagte Malaika. »Er hat unser Dorf an einen amerikanischen Geschäftemacher verkauft und wahrscheinlich viel Geld dafür kassiert. Wir mussten zehn Kilometer weiter nach Osten ziehen und haben es jetzt doppelt so weit zum Fluss. Der Amerikaner hat uns einen Brunnen versprochen, aber auf den müssen wir sicher noch lange warten.«

»Ein Amerikaner? Ein Geschäftemacher?«

Malaika nickte. »Kevin Ramsey. Er kam mit Geschenken in unser Dorf und hielt eine Rede, versprach uns den Brunnen, und dass wir von seinen Plänen profitieren würden. Er wäre ein Freund der Massai.« Sie musste trotz ihrer Schmerzen lachen. »Dabei sind wir ihm doch vollkommen egal. Er brauchte nur unser Land und hatte sogar schon die Regierung hinter sich. Wir mussten unser Dorf über Nacht räumen und die zehn Kilometer zu Fuß nach Osten gehen. Hinter uns brannten Ramseys Leute unser Dorf nieder. Einige unserer Leute weinten. Und das Ganze nur, damit er seine Ranch vergrößern kann.«

»Die kleine Ranch außerhalb des Nationalparks?« Melissa blickte sie verwundert an. »Ich dachte, die gehört einem Rinderzüchter aus Australien.«

»Jetzt nicht mehr. Ramsey hat sie ihm abgekauft und ein großes Gebiet für Löwen eingezäunt. Dort veranstaltet er Gatterjagden für reiche Großwildjäger, die zu feige sind, einen Löwen in freier Wildbahn herauszufordern.« Sie blickte verächtlich zu Boden. »Bisher dachte ich immer, Olonona hätte nichts mit dem Verkauf zu tun. Aber er hat heimlich kassiert und musste dafür versprechen, uns nicht gegen Ramsey aufzuhetzen. Er ist genauso schuld wie einige andere. Ich hab ihn zufällig belauscht.«

»Und darum wolltest du fliehen?«

Sie humpelte ein paar Schritte und blieb erneut stehen. »Ich glaube, er hat gemerkt, dass ich ihn belauscht habe, und will mich loswerden. Ich hatte Angst, dass er mir was antut. Ein Fanatiker wie er ist zu allem fähig.«

»Besonders, wenn es um viel Geld geht«, stimmte Melissa ihr zu.

Jules wirkte aufgebrachter als Malaika selbst. »Wenn das alles stimmt, muss dringend etwas gegen diesen Mann unternommen werden. Sobald ich zurück bin, werde ich mit meinem Chef sprechen. Vielleicht kann er helfen.«

»Und ich werde mich mit Sonyanga zusammentun«, sagte Melissa.

»Das ist gut«, sagte Malaika dankbar. »Bringt ihr mich zurück?«

Melissa traute ihren Ohren nicht. »Du willst in dein Dorf? Aber …«

»Ich muss«, erwiderte die Massai. »Sobald Olonona weiß, dass ihr über seine Machenschaften informiert seid, wird er es nicht mehr wagen, mir was anzutun. So dumm ist er nicht. Aber ich muss verhindern, dass er meine Mutter schikaniert. Es gibt keinen anderen Platz für sie als dieses Dorf, auch wenn es jetzt woanders liegt. Sie wird nicht mehr lange leben, das weiß sie, und so lange möchte ich bei ihr sein.«

»*Ça marche*«, sagte Jules. »Der kleine Umweg wird uns nicht wehtun.«

Sie halfen Malaika in die Cessna und stellten sie Bob und den beiden Helfern vor. Der Massai erklärten sie, warum sie mit dem Flugzeug unterwegs waren.

Melissa setzte sich neben sie. »Hast du diesen Ramsey mal gesehen?«, fragte sie.

»Nur aus der Ferne«, erwiderte Malaika. »Er wohnt in einem herrschaftlichen Haus auf seiner Ranch, wie ein König zur Kolonialzeit, als die Engländer und die Deutschen in unser Land einfielen und alles an sich rissen. Diese Zeiten sind zum Glück vorbei, aber Ramsey benimmt sich immer noch so.«

»Und die Gatterjagden?«

»Organisieren seine Leute vom Verwaltungsgebäude aus. Das liegt direkt an der Straße.«

Bob ließ den Motor an und startete die Cessna gegen den Wind, ging auf südlichen Kurs und hielt auf das Massai-Dorf zu.

»Weißt du, was so ein Großwildjäger für einen ausgewachsenen Löwen bezahlen muss?«, fragte Malaika.

Melissa wusste die Antwort. »Bis zu vierzigtausend Dollar. Bei uns in der Lodge wohnt einer dieser Jäger. Billy Green, ein reicher Amerikaner aus Texas. Er schießt dieses Wochenende einen Löwen. Ich würde am liebsten vor ihm ausspucken, aber wir müssen nett zu ihm sein. Er ist ein guter Kunde und bringt viel Geld in die Kassen. Wie du es auch anpackst, ist es falsch.«

Obwohl sie während des Fluges zum Massai-Dorf keine Elefanten mehr zählten, blickte Melissa weiterhin durch ihr Fernglas. Ihr Herzschlag stockte, als sie die niedergebrannten Überreste des ursprünglichen Dorfes am Ufer des Duma River entdeckte. Der Boden war noch schwarz von dem Feuer, das die dornigen Akazienzäune verschlungen hatte. Einige Erdbrocken erinnerten an die *enkajis* der Bewohner, Hütten aus Kuhdung, Lehm und Sträuchern.

»Es ist schwer, sein Dorf auf diese Weise zu verlieren«, sagte Malaika. Als Melissa ihr das Fernglas reichen wollte, schüttelte sie den Kopf. »Ich möchte es so in Erinnerung behalten, wie es in meinen Gedanken aussieht. Wenn meine Mutter nicht mehr ist … irgendwann mal, werde ich in die Stadt ziehen und mir dort eine neue Heimat suchen. Ich habe keine Angst vor einem neuen Anfang.«

»Oder du kehrst in die Lodge zurück. Wir könnten deine Hilfe gebrauchen. Wir haben nicht nur Billy Green zu Gast, es checken auch andere Leute ein, die wegen der wilden Tiere kommen und damit zufrieden sind, sie anzusehen und zu fotografieren. Sie würden dir sicher zuhören, wenn du über die Kultur deines Volkes berichtest. Überleg es dir noch mal, noch ist ja genug Zeit.«

Melissa wusste, dass ihre Massai-Freundin ihr Dorf nicht von heute auf morgen verlassen würde. Und dass es außerdem ein schmerzhaftes Thema für sie war. Malaikas Mutter war noch keine fünfzig, aber sehr krank und gebrechlich und würde nicht mehr lange leben. Sie hatte Darmkrebs, der viel zu spät erkannt und behandelt worden war, weil Operationen viel Geld kosteten und der Arzt viel zu spät reagiert hatte. Inzwischen hatte Sonyanga dafür gesorgt, dass sie behandelt wurde, aber der Krebs hatte schon gestreut, und es ging nur noch darum, ihr die größten Schmerzen zu ersparen. Auch die Behandlung mit Morphium hatte sie Sonyanga zu verdanken. Wie stolz Malaikas Mutter war, zeigte sich im täglichen Leben. Sie verrichtete ihre Arbeit, als wäre sie kerngesund.

»Hat deine Mutter große Schmerzen?«, fragte Melissa.

»Es geht so.« Malaika hatte Tränen in den Augen.

»Warum ziehst du nicht gleich in die Stadt und nimmst sie mit?«

»Sie hängt an ihrer Heimat. Sie würde ihr Dorf niemals verlassen, und wenn ich noch so eine schöne Wohnung in der Stadt finden würde. Leider sind wir im Dorf auf die Gnade der Männer angewiesen. Ich habe etwas Geld gespart und trage es dicht an meinem Körper, damit Olonona es nicht findet, aber damit können wir uns am Duma River nichts kaufen. Wir müssen uns mit dem Essen begnügen, dass uns die Männer übrig lassen. Sonyanga besucht uns regelmäßig und bringt uns Lebensmittel und Schokolade mit. Wenn er nicht wäre, hätte meine Mutter längst aufgegeben. Sie mag Sonyanga.«

»Und du?« Melissa war plötzlich sehr nervös.

»Er ist wie ein großer Bruder zu mir.« Malaika lachte. »Du liebst ihn immer noch, nicht wahr? Das hab ich mir gedacht. Er spricht sehr oft von dir.«

»Ehrlich?«

»Er hat dich nie vergessen, Melissa.«

Melissa wandte sich ab, damit Malaika nicht sah, wie sie rot im Gesicht wurde, und blickte durch das Fernglas auf die Sandpiste östlich des niedergebrannten Dorfes hinab. Ein Landrover der Regierung fuhr in einer Staubwolke am Flussufer entlang. Einer der Regierungsbeamten, die sich von Kevin Ramsey bestechen ließen? Sie blickte genauer hin und sah eine vertraute Gestalt am Steuer sitzen. »Sonyanga! Das ist Sonyanga!«, rief sie überrascht. »Können Sie da unten landen, Bob? Malaika und ich werden in den Wagen umsteigen.«

»Und was wollen Sie damit bezwecken?«, fragte Jules. Er klang ein wenig ärgerlich, vielleicht sogar eifersüchtig. »Er kann auch nicht mehr ausrichten als wir.« Er drehte sich zu ihr um. »Es sei denn, Sie bevorzugen seine Gesellschaft?«

»Tut mir leid, Jules.«

»Meine Chance kommt vielleicht noch«, erwiderte er.

Sie ließ ihn in dem Glauben und nickte Malaika aufmunternd zu, als Bob den Motor drosselte und mit der Cessna nach unten ging. Er machte Sonyanga auf sich aufmerksam, indem er seitlich auf seinen Landrover zuflog, dann nach Osten abbog und einige hundert Meter vor dem Wagen auf der Sandpiste landete.

»Sagen Sie bitte Conroy Bescheid, dass ich noch einen Tag hier unten bleibe und mir das neue Dorf und die Löwenranch ansehe?«, fragte Melissa den Franzosen.

»Natürlich«, versprach Jules. »Vergessen Sie bitte nicht, mir die Fotos von den Elefanten zu mailen.«

»Kein Problem.«

Sie half Malaika aus der Maschine und trat mit ihr an den Straßenrand. Noch bevor Sonyanga heran war, startete Bob die Cessna und flog über die Bäume davon. In einer weiten Linkskurve zog er über den Fluss und nahm Kurs nach Norden. Die Sonne spiegelte sich auf seiner Maschine. Jules war gar nicht so übel, dachte sie, kein so schlimmer »Womanizer«, wie sie befürchtet hatte, aber solange es Sonyanga gab, hatte er keine Chance. Das wurde ihr sofort wieder klar, als der Massai anhielt und aus seinem Landrover stieg. Bei keinem anderen Mann hatte sie jemals ein solches Kribbeln gespürt.

Doch wie würde er diesmal reagieren? So wie letztes Mal, als er sie kaum beachtet hatte und schon nach wenigen Minuten weitergefahren war? Oder stimmte es, was Kimberly und Malaika sagten, dass er sie nicht vergessen hatte und oft von ihr sprach? Sie war sich plötzlich gar nicht mehr sicher.

»Melissa! Malaika! Seid ihr per Anhalter unterwegs?«

»Nimmst du uns mit?«, fragte Melissa.

»Bevor euch die Löwen fressen.« Seine Antwort täuschte nicht darüber hinweg, dass er sich freute, sie wiederzusehen. »Es ehrt mich, dass ihr einen Platz in einer modernen Cessna gegen die Sitzbank in meinem alten Landrover eintauschen wollt. Soll das heißen, dass ihr mich gut leiden könnt?«

»Bei mir auf jeden Fall«, sagte Malaika. »Und bei Melissa noch mehr.«

»Sie hat recht«, räumte Melissa verlegen ein.

»Und ich dachte, du und der Franzose, ihr würdet ...« Er druckste ein wenig herum, als wäre es ihm peinlich, überhaupt darüber zu sprechen. »Na ja, als ich ihm nach meiner Rückkehr aus Kenia über den Weg lief und er mir pausenlos von seiner Begegnung mit dir vorschwärmte, da dachte ich ...«

Melissa ließ ihn den Satz nicht zu Ende sprechen. »Warst du deshalb so komisch? Du hast tatsächlich geglaubt, ich würde was mit Jules anfangen? Du bist ein Dödel, weißt du das?«

Das Wort kannte er nicht. »Ein Dödel?«

»Ein Dummkopf! Nimmst du uns jetzt mit?«

Sie stiegen ein und berichteten in wenigen Worten, was geschehen war. Als er von dem erschossenen Elefanten erfuhr, verfinsterte sich seine Miene. Und als sie von der Löwenranch erzählte und Malaika wiederholte, dass sie Olonona für bestechlich hielt, lehnte er sich mit beiden Unterarmen aufs Lenkrad und sagte: »Den Verdacht hatte ich auch schon, aber bisher konnten wir ihm nie etwas nachweisen. Weder ihm noch Kevin Ramsey. Die Papiere waren in Ordnung. Alles streng nach dem Gesetz. Es sei denn, wir können eindeutig beweisen, dass Olonona bei Ramsey auf der Lohnliste steht. Und das können wir nicht, solange irgendein Regierungsmitarbeiter bestechlich ist und ihn deckt.« Er seufzte. »Manchmal bereue ich es, Politiker geworden zu sein.«

»Wir müssen mit Olonona reden«, sagte Melissa. »Wir müssen ihm klarmachen, dass wir seine üblen Machenschaften kennen und ihn anklagen würden, wenn er nicht damit aufhört, Malaikas kranke Mutter und andere Frauen zu quälen. Bei uns würde man sagen, er ist ein unverbesserlicher Macho.«

»Bei uns auch«, stimmte ihr Sonyanga zu, »aber ich will es gerne wieder versuchen.« Er fuhr langsam weiter und blickte Malaika im Rückspiegel an. »Er ist sicher wütend, weil du ohne seine Erlaubnis das Dorf verlassen hast.«

»Das ist mir egal. Ich weiß mich zu wehren.«

»Ich tue, was ich kann.«

Sie erreichten das Dorf eine halbe Stunde später. Es erhob sich wie eine Festung aus dem Savannengras und war von einem Wall aus dornigem Akaziengestrüpp umgeben, der Löwen, Leoparden und andere wilde Tiere von den Hütten aus Kuhdung und Lehm abhalten sollte. Die Sonne stand bereits weit im Westen und überschüttete die Steppe mit goldenem Licht. Das Blöken von Rindern drang durch den Wall nach draußen. Es stank nach Schweiß und Urin, anders als die Dörfer, die von Touristen angefahren wurden und eher nach Disneyland aussahen. Immerhin bekamen die Leute dort authentische Tänze zu sehen und durften *saroi* kosten, ein Getränk aus Milch und Blut.

Sie parkten im Schatten neben dem Eingang und näherten sich dem dornigen Wall. »Macht auf!«, rief der Massai, »Ich bin Sonyanga und bringe euch Malaika zurück. Ich will mit Olonona sprechen. Bist du zu Hause, *laibon*?«

10

Ein junger Massai öffnete ihnen und führte sie ins Dorf. Acht Lehmhütten waren kreisförmig um den *boo-o-nkishyu* – oder abgekürzt einfach nur *boo* – angeordnet. Das war die Rinderkoppel, die ebenfalls mit einem Dornenwall eingezäunt war. Wegen der Raubkatzen wäre es zu gefährlich gewesen, die Weidetiere auf der Steppe übernachten zu lassen. Aus den Hütten traten Männer, Frauen und Kinder und blickten ihnen neugierig entgegen. Man begegnete Weißen stets mit großem Misstrauen.

Olonona ließ sich Zeit. Wie die meisten Medizinmänner zeigte er eine Vorliebe für dramatische Auftritte. Aus seiner Hütte drang dumpfer Trommelwirbel, als er ins Freie trat und sich mit verschränkten Armen vor Malaika, Sonyanga und Melissa aufbaute. Er trug ein Löwenfell über seinen *shukas*, eine Ehre, die in den alten Zeiten nur den tapfersten Kriegern vorbehalten war, um seinen Hals und seine Handgelenke hingen perlenbestickte Reifen, Bänder und Ketten. Seine kurzen Haare glänzten ockerfarben in der tief stehenden Sonne. »Sonyanga, was willst du in meinem Dorf?«, fragte er.

»Du zeigst wenig Respekt für Malaika und Melissa, sonst hättest du auch sie begrüßt«, antwortete Sonyanga. Eigentlich hatte er vorgehabt, ihn nicht vor anderen Dorfbewohnern bloßzustellen, doch seine arrogante Art reizte ihn. »Oder wollen die Geister nicht, dass du Frauen respektvoll behandelst?«

»Du hast mir nichts zu sagen. In diesem Dorf gilt mein Wort.«

Sonyanga hatte sich wieder in der Gewalt und gab ihm die Gelegenheit, das Problem zu lösen, ohne sein Gesicht zu verlieren. »Dann bitte ich dich, *laibon*. Ich bitte dich, Malaikas Mutter gut zu behandeln. Sie ist schwer krank und kann keine schweren Arbeiten mehr verrichten. Gib ihr genug zu essen und zu trinken und habe Nachsicht mit Malaika, die sich um sie kümmert.«

»Was geht dich das an?«

»Malaika ist meine Freundin, und ich sehe, wie sie leidet.«

»Du hast zwei Frauen? Eine Massai und eine Weiße? Wer bist du, dass du glaubst, mir Vorschriften machen zu können, wenn du dich selbst nicht daran hältst? Hat man den Massai nicht verboten, mehrere Frauen zu besitzen?«

»Ich besitze keine Frau. Malaika ist eine gute Freundin.«

»Und die weiße Frau?«

Sonyanga erkannte, dass Olonona nicht an einer friedlichen Aussprache gelegen war, und reagierte schroff. »Das geht dich nichts an. Aber wenn ein *laibon*, ein heiliger Mann, eine kranke Frau schwer arbeiten lässt, geht es mich sehr wohl etwas an. Warum wendest du dich gegen dein eigenes Volk, Olonona?«

Der Medizinmann griff nach dem Messer, das er in einem Futteral an seinem perlenverzierten Gürtel trug, zog es aber nicht heraus. Stattdessen brach er in schallendes Gelächter aus. »Habt ihr das gehört?«, rief er den Dorfbewohnern zu. »Er behauptet, ich würde mich gegen mein Volk wenden. Gegen meine Blutsverwandten! Gegen euch!« Er blickte Beifall heischend in die Runde, stieß aber nur auf peinliches Schweigen. »Habe ich nicht dafür gesorgt, dass wir ein neues Dorf bekommen? Habe ich den reichen weißen Mann nicht dazu gebracht, uns Rinder zu kaufen? Auch den Brunnen werden wir noch bekommen, ich habe sein Wort. Glaubt diesem Massai nicht! Er arbeitet für die Regierung und will, dass wir weiter in Armut leben.«

»Und was hast du bekommen, Olonona? Hat er dich dafür bezahlt, dass ihr euer altes Dorf aufgebt und in ein neues zieht? Wohin hast du das Geld gebracht? Hättet ihr dafür nicht vieles kaufen können, das allen Bewohnern zugute käme und den Hunger der Frauen und Kinder lindern würde? Die Rinder, die euch der weiße Mann gegeben hat, sind doch nur ein Almosen. Er hat euch die Heimat genommen, die du niemals aufgeben wolltest. Was ist mit dir los, Olonona?«

Darauf wusste auch der Medizinmann keine Antwort. Obwohl er inzwischen Englisch sprach, schickte er ein Wort in seiner Sprache zum Himmel, einen Fluch, der Sonyanga noch wütender dreinblicken ließ. Dann befahl Olonona wieder auf Englisch: »Verlasst mein Dorf! Du und die weiße Frau!« Er sagte erneut etwas in der Sprache der Massai, woraufhin zwei junge Männer erschienen und sich bedrohlich vor Sonyanga und Melissa stellten. Wenn sie einen offenen Streit vermeiden wollten, blieb ihnen nichts anderes übrig, als zu gehorchen. Sie wichen langsam vor den Männern zurück. »Malaika bleibt hier!«, rief der Medizinmann.

»Hab keine Angst!«, raunte Sonyanga Malaika zu. »Olonona hat gegen das Gesetz verstoßen. Sobald wir handfeste Beweise haben, kommt er ins Gefängnis. Ich sage dem Arzt, dass er dir und deiner Mutter ein paar Lebensmittel bringen soll. Ich werde dafür sorgen, dass ihr endlich in Frieden leben könnt.«

»Du willst sie allein lassen?«, erschrak Melissa.

»Du siehst doch, in was für einer Stimmung der *laibon* ist«, flüsterte er. »Wenn wir uns jetzt weigern, passiert vielleicht ein Unglück.« Zu Malaika sagte er noch einmal: »Hab keine Angst, Malaika! Ich komme bald wieder!«

Melissa konnte sich nicht beherrschen. Die Arroganz des Medizinmanns machte sie so wütend, dass sie nicht mehr an sich halten konnte: »Damit kommst du nicht durch, Olonona! Hörst du mich? Wenn du glaubst, du könntest dich über das Recht hinwegsetzen und dich wie ein verdammter Diktator benehmen, täuschst du dich gewaltig! Dafür wirst du bezahlen müssen! So benimmt sich nur ein Mann, der sich mit den bösen Geistern verbündet hat!«

Sie verließen das Dorf und kehrten zu ihrem Landrover zurück. Beide brauchten eine Weile, um sich von der Begegnung mit dem Medizinmann zu erholen. Sie blieben im Wagen sitzen und blickten in die untergehende Sonne, normalerweise ein Spektakel, das selbst Einheimische nicht unberührt ließ. An diesem Abend bildete es jedoch nur eine Kulisse für ihre finsteren Gedanken.

»Wir haben uns gehen lassen«, sagte Sonyanga, als die Sonne hinter dem Horizont verschwunden war und die Nacht mit dunklen Schatten über die Savanne kroch. »Olonona ist ein dünnhäutiger Egoist. Wir hätten ihn nicht vor allen Leuten abkanzeln sollen. Jetzt fühlt er sich in seiner Ehre gekränkt und schaltet auf stur. Nach der Strafpredigt, die du ihm verpasst hast, erst recht.«

»Ich weiß«, sagte Melissa entschuldigend, »aber ich konnte nicht anders. Ich musste diesem sturen Macho die Meinung sagen. Wie kann man sich als heiliger Mann aufspielen und sein eigenes Volk auf so schamlose Weise betrügen?«

»Du hast ja recht. Mir geht der Bursche schon lange auf die Nerven. Ich brauche mehr Verbündete in der Regierung, die mir dabei helfen, ihn hinter Schloss und Riegel zu bringen. Wenn er tatsächlich Geld für die Verlegung des Dorfes bekommen und auf ein geheimes Konto gebracht hat, gehört er ins Gefängnis, aber das müssen wir ihm erst mal beweisen. Am besten, indem ich endlich die undichte Stelle in der Regierung finde. So einen Deal wie mit der Löwenranch bekommt man nicht ohne amtliche Hilfe unter Dach und Fach.«

»Und jetzt fahren wir nach Hause und überlassen Malaika und ihre Mutter ihrem Schicksal? Was passiert, wenn Olonona seine Wut an ihnen auslässt?«

»Das wird er nicht wagen. Er weiß, dass wir ihm auf der Spur sind.«

Dennoch startete Sonyanga nicht den Motor. Sie hatten beide noch keine Lust zu fahren, glaubten wohl, den Medizinmann an irgendwelchen Dummheiten hindern zu können, wenn sie in der Nähe blieben. Über ihnen flammten unzählige Sterne auf, und der Mond zeigte sich über dem Dorf. Plötzlich schien er so nahe, dass man die Krater auf seiner Oberfläche sehen konnte.

»Hab ich dir schon gesagt, dass du mir sehr gefehlt hast?«, fragte Sonyanga.

»Hast du.«

»Und dass ich mich mit Händen und Füßen gegen meine Gefühle gewehrt habe, als du in Österreich warst, weil ich Angst davor hatte, dass du nicht mehr zurückkommen würdest? Und ich gleichzeitig Angst hatte, dass es nicht funktionieren würde, weil wir aus verschiedenen Kulturen kommen, und so eine Beziehung nur äußerst selten klappt?«

»Nein, aber mir ging es ähnlich.«

»Inzwischen habe ich keine Angst mehr.«

»Ich auch nicht. Nur ein kleines bisschen.«

»Das heißt?«

Sie lächelte. »Das heißt, du kannst aufhören, schlau daherzureden, und mir endlich einen Kuss geben. Oder muss ich erst vor dir auf die Knie fallen?«

Sie schloss die Augen und spürte seinen warmen Atem auf ihrem Gesicht, bevor sich ihre Lippen berührten. Er küsste sie unendlich sanft, beinahe vorsichtig, als wäre sie ein zerbrechliches Wesen, das man nicht zu hart anfassen durfte. Ein warmes Gefühl durchströmte sie und brachte sie dazu, ihre Arme um seinen Hals zu schlingen und seinen Kuss zu erwidern. Schlagartig vergessen waren die arroganten Worte des Medizinmannes, die Angst um Malaika und ihre Mutter, der Ärger über ihre eigene Unbeherrschtheit. Es gab nur noch ihn und seine sanfte Berührung, selbst der dunkle Himmel leuchtete plötzlich rosarot.

Das leise Brummen eines Motors holte sie in die Wirklichkeit zurück. Ein Geländewagen, der mit aufgeblendeten Scheinwerfern über die Steppe fuhr und auf das befestigte Dorf zuhielt, näherte sich ihnen. Im Mondlicht war das Logo des Nationalparks auf der Fahrertür zu erkennen. Der Wagen hielt vor dem Dorfeingang. Der Fahrer stieg aus, blickte sich misstrauisch nach allen Seiten um, bevor er sich dem Eingang näherte.

»Phil Ngotli«, flüsterte Sonyanga überrascht. »Ein Staatssekretär des Ministeriums für natürliche Ressourcen und Tourismus. Die rechte Hand des Ministers.«

Sie beobachteten, wie das Tor geöffnet wurde, und der Afrikaner aus der Hauptstadt ungehindert passieren durfte. »Was will der denn hier?«

»Aus dem Tourismus-Ministerium? Vielleicht will er aus dem Dorf eine Attraktion machen, das passiert zurzeit mit einigen Siedlungen. Die Europäer, vor allem aber die Amerikaner, mögen so was, auch wenn sie von unserer Kultur kaum etwas mitbekommen. Das Dorf, zu dem ihr von der *Seronera African Lodge* fahrt, ist die große Ausnahme. Dort versucht man, den Besuchern einen ehrlichen Einblick in unsere Kultur zu geben.« Er überlegte eine Weile. »Olonona ist ein geschäftstüchtiger Mann. Könnte sein, dass ihm der Deal noch mehr einbringt. Und unsere Regierung würde daran verdienen, weiteres Bauland abzuzweigen. Für Löwenranches, Lodges, Safari-Camps … als ob wir hier endlos Platz hätten.«

»Für Malaika und ihre Mutter wäre es gar nicht so schlecht«, gab Melissa zu bedenken. »Sie könnten selbst gemachte Ketten und Armbänder verkaufen, so wie die Massai in unserem Vorzeigedorf, und von dem Geld, das die Touristen bezahlen, würden sie doch sicher auch einen Anteil bekommen, oder?«

Sonyanga behielt das Tor im Auge. »Nicht in diesem Dorf. Keiner besitzt so viel Macht wie Olonona. Manchmal kommt er mir wie ein Sektenprediger vor, der Frauen und Kinder als niedere Wesen betrachtet und nur sein eigenes Wohl im Auge hat. Ich weiß, das sagt man vielen Afrikanern nach. Woher sollen die Leute auch wissen, dass es nicht so ist? Und natürlich, während der Kolonialzeit, als die Engländer und Deutschen hier waren, haben sie nichts anderes kennengelernt. Aber die Zeiten ändern sich schneller als überholte Klischees.«

Das Tor schwenkte nach außen, und zwei Massai mit Fackeln geleiteten den Angestellten der Regierung zu seinem Landrover. Im flackernden Lichtschein glänzte seine schwarze Haut wie poliertes Ebenholz. Er trug einen Khakianzug, der selbst aus der Ferne so neu aussah, als hätte er ihn extra für diese Fahrt gekauft. Allerdings bewegte er sich weniger selbstsicher als bei seiner Ankunft.

»Und wegen der paar Minuten ist er hier rausgefahren?«, fragte sie.

»Wer weiß«, antwortete Sonyanga.

Melissa duckte sich unwillkürlich, als Phil Ngotli den Motor anließ und den Wagen wendete. Nur für den Bruchteil einer Sekunde strichen die Lichtkegel der Scheinwerfer über ihren Wagen, dann fuhr er davon, und sie standen wieder im Schutz der Akazien, in deren Schatten sie geparkt hatten.

»Seltsam«, sagte Melissa, »er fährt nach Westen weiter.«

»Er will zu Ramsey.«

»Um diese Zeit?«

»Ich bin sicher, Ramsey hat nichts dagegen, wenn er es sich in einem seiner Gästezimmer gemütlich macht.« Sonyanga blickte den Rücklichtern des Landrovers nach. »Phil Ngotli, wer hätte das gedacht. Schon komisch, dass er sich bei Olonona und Kevin Ramsey rumtreibt. Ein Staatssekretär wie er würde doch niemals allein in die Steppe fahren. Er würde immer einen Guide mitnehmen. Und wenn die Fahrt offiziell wäre, müsste ich davon wissen.«

»Du meinst, er hat Dreck am Stecken?«

»Es sieht ganz so aus.«

Sonyanga wartete geduldig, bis die Männer mit den Fackeln hinter dem Dornenwall verschwunden waren, und startete erst dann den Motor. Ohne die Scheinwerfer einzuschalten, folgte er dem Wagen von Phil Ngotli. In der offenen Savanne waren der Mond und die Sterne hell genug. Er blieb so weit hinter dem Landrover zurück, dass der Regierungsbeamte sie nicht im Rückspiegel erkennen konnte. Ohnehin glaubte er zu wissen, wohin Ngotli wollte.

»Was hast du vor?«, fragte Melissa. »Willst du ihn verhaften?«

»Ich will ihn zur Rede stellen, ihn und Kevin Ramsey«, antwortete Sonyanga. »Vor allem den Amerikaner. Ich will ihm klarmachen, dass er dieses eine Mal mit seiner krummen Tour durchgekommen ist, denn diesen Deal werden wir kaum rückgängig machen können, aber dass es zukünftig nur noch legale Geschäfte geben wird. Und dass wir ein besonderes Auge auf seine Löwenranch haben werden.« Er fuhr eine Weile schweigend dahin und schien ihren zweifelnden Blick zu spüren. »Ich weiß, er wird wahrscheinlich darauf pochen, dass alles legal gelaufen ist, und uns mit Schimpf und Schande davonjagen, aber unsere Botschaft wird ankommen, nur das ist wichtig.«

Die letzten drei Kilometer führte die jetzt wieder breitere Sandstraße am Zaun der Löwenranch entlang. Ein massiver Metallzaun, teilweise hinter hohen Dornengestrüppen versteckt. Melissa verzog geringschätzig den Mund. »Wie in einem Zoo! Wie ekelhaft muss man sein, den König der

Tiere hinter einem solchen Gatter zu verstecken? In direkter Nachbarschaft zu seiner eigentlichen Heimat in der Serengeti? Geht es den Leuten denn nur ums Geld?«

»Um Geld und Macht«, erwiderte Sonyanga. »So wie in jeder Kultur, von der ich jemals gehört habe. Kevin Ramsey kauft die Löwen für verhältnismäßig wenig Geld und verkauft sie als Beute für ein Vielfaches an amerikanische Millionäre weiter, die ihre Männerfantasien ausleben und einen Löwen abschießen wollen, ohne sich dabei in Lebensgefahr zu begeben. Damit sie ihr Foto mit dem erlegten Löwen auf Facebook posten und zu Hause mit ihren angeblichen Abenteuern prahlen können. Das kann kein Massai nachempfinden, doch solange es kein Gesetz dagegen gibt, macht sogar die Regierung mit, und das zur Abwechslung ganz offiziell, denn auch sie verdient dabei.«

Weit vor ihnen bog Phil Ngotli nach rechts und entschwand für einen Moment ihren Blicken. »Siehst du«, sagte Sonyanga, »er will zu Kevin Ramsey. Mal sehen, was er uns für eine Lüge auftischt, wenn wir dort auftauchen.«

Der Regierungsbeamte war bereits in der Villa verschwunden, als sie neben seinem Landrover parkten. Wie aus dem Nichts tauchte ein bewaffneter Security-Mann auf, als sie aus dem Wagen stiegen, ein baumlanger Afrikaner in Khakikleidung und mit dem Logo der Löwenranch auf dem Polohemd.

»Wer sind Sie? Was wollen Sie?«, fragte er. Er schien von Natur aus misstrauisch zu sein und hatte seine rechte Hand auf dem Griff seiner Pistole liegen. »Mister Ramsey ist heute Abend für keinen Besucher zu sprechen.«

Sonyanga ließ sich nicht beirren. »Sagen Sie ihm und Phil

Ngotli, dass Sonyanga, ein Mitarbeiter der Regierung, und Melissa Baxter von der *Seronera African Lodge* in einer wichtigen Angelegenheit gekommen sind und ihn kurz sprechen möchten. Ich bin sicher, er hat ein paar Minuten Zeit für uns.«

Der Security-Mann erkannte wohl, dass er von den Besuchern nichts zu befürchten hatte, und griff nach seinem Funkgerät. »Mister Ramsey? Hier spricht Greg Walker von der Security. Tut mir leid, wenn ich Sie noch einmal stören muss, aber hier sind ein Mann und eine Frau, die Sie unbedingt sprechen möchten. Ein gewisser Sonyanga von der Regierung und eine Melissa Baxter von der *Seronera African Lodge*. Soll ich Sie hochschicken, Sir?«

Eine ganze Weile herrschte Stille. Nur das atmosphärische Knistern aus dem Funkgerät war zu hören. Dazwischen mischte sich das ferne Brüllen eines Löwen, das aber gleich darauf wieder verstummte. »Schicken Sie die beiden rein!«, antwortete schließlich eine Stimme mit amerikanischem Akzent.

»Aye, Sir.« Walker steckte das Funkgerät weg und wandte sich an Sonyanga. »Den Plattenweg hoch zur Tür. Dort erwartet Sie einer der Diener.«

Melissa fühlte sich sofort an »Jenseits von Afrika« und andere Filme erinnert, die in der ersten Hälfte des 20. Jahrhunderts spielten. Sie folgte Sonyanga den Weg zum Haus hoch, einer zweistöckigen viktorianischen Villa mit Erkern und Türmchen, die so gar nicht in die weitläufige Umgebung der Steppe passte. Noch bevor sie die Tür erreicht hatten, öffnete ein junger Afrikaner in einem weißen Anzug.

»Wenn Sie mir bitte folgen wollen«, forderte er sie auf.

Die Eingangshalle der Villa sah genauso aus, wie es das Äußere vermuten ließ: dunkle Möbel aus Edelholz, mit dicken Teppichen belegte Böden, an den Wänden historische Waffen, Gewehre und Pistolen der Engländer, Massai-Speere und mehr oder weniger fantasievolle Gemälde mit Jagdszenen aus dem alten Afrika. Aus einem der angrenzenden Räume drangen Stimmen.

»Warten Sie bitte hier«, bat der Diener.

Wenige Minuten später öffneten sich die Schiebetüren zum großen Wohnraum, und ein bärtiger Mann mit einem durchaus sympathischen Lächeln trat ihnen entgegen.

»Mister Sonyanga? Miss Baxter? Ich bin Kevin Ramsey. Tut mir leid, dass Sie etwas warten mussten. Kommen Sie doch bitte rein.«

11

Kevin Ramsey war ein untersetzter Mann um die fünfzig mit einem sauber gestutzten Vollbart. Seine wenigen Haare versteckte er unter einer Baseballmütze mit dem Logo der *Dallas Cowboys*. Die Vorliebe für den texanischen Footballverein und sein starker Akzent wiesen ihn als waschechten Texaner aus. Er trug sorgfältig gebügelte Hosen, ein gemustertes, am Kragen offen stehendes Hemd und verzierte Cowboystiefel.

»Ich nehme an, Sie kennen sich«, sagte Ramsey, als sich Phil Ngotli von der Couch erhob und ihnen entgegenblickte. Der Texaner schien sich über die Verlegenheit des Regierungsbeamten zu amüsieren und grinste verstohlen.

»Sonyanga!«, rief Phil Ngotli erstaunt. In seinem neuen Khakianzug und dem Rangerhut, der an einem Lederband auf seinem Rücken hing, sah er wie ein Forscher in einem alten Hollywood-Film aus. »Was tun Sie denn hier?«

»Ich bin Melissa Baxter, Assistant Manager der *Seronera African Lodge*«, stellte sie sich vor, bevor sie erwiderte: »Dasselbe könnten wir Sie fragen, Sir.«

Phil Ngotli fing sich allmählich. »Wir hatten noch einige Kleinigkeiten wegen der Verträge zu besprechen. Die neue Ranch, Sie verstehen. Auch bei uns in Tansania herrscht die Bürokratie, und es mussten noch einige letzte Vereinbarungen unterzeichnet werden. Vollkommen überflüssig, wenn Sie mich fragen, und ich werde in meiner Eigenschaft als Staatssekretär auch alles daran setzen, die Vorschriften einfacher und übersichtlicher zu gestalten.«

»Und deswegen kommen Sie abends hierher?« Sie ahnte, dass Ngotli sie mit seinen vielen Worten nur verwirren wollte. »Um über die lästigen Vorschriften zu sprechen, die Ihnen und Mister Ramsey im Weg sein könnten?«

»So würde ich es nicht ausdrücken, Miss«, erwiderte er.

Ramsey erstickte den aufkommenden Konflikt im Keim. »Setzen Sie sich doch bitte!«, forderte er die Besucher auf. »Kaffee? Tee? Kühle Limonade?«

Sie entschieden sich für Limonade und warteten, bis der Diener die Gläser gebracht hatte und gegangen war. Das Wohnzimmer war noch üppiger eingerichtet als die Eingangshalle. Es wurde von einer Sitzgruppe mit rotbraunen Ledermöbeln beherrscht und erinnerte mit seinen ausgestopften Tierköpfen und Gemälden mit Jagdmotiven an den Beruf des Besitzers. Zwischen den beiden Fenstern stand ein verglaster Waffenschrank mit modernen Jagdgewehren aus England, Deutschland und den USA, wie Ramsey ihnen stolz berichtete, als er ihre Blicke bemerkte. »In Texas darf ich das nicht laut sagen, aber ich habe ein Faible für deutsche und englische Jagdgewehre«, sagte er, während er Ngotli und sich einen Whisky mixte. »Auch einen?«, fragte er Sonyanga.

»Nein, danke«, erwiderte Sonyanga ungeduldig. »Wenn Sie gestatten, kommen wir gleich zur Sache. Wir waren gerade in dem Massai-Dorf, das Ihretwegen verlegt werden musste. Leider bringt die Umsiedlung den Bewohnern nur Nachteile. Es liegt abseits der Straße, sie haben es weiter zum Wasser, und die Gegend ist lange nicht so fruchtbar wie hier am Fluss. Ich kann mir nicht vorstellen, dass unsere Regierung der Verlegung so ohne Weiteres zugestimmt hat.« Er blickte Phil

Ngotli zweifelnd an. »Haben Sie denn kein schlechtes Gewissen, mit der Verlegung für so viel Leid gesorgt zu haben?«

»Wir haben es alle nicht leicht im Leben«, erwiderte Ramsey, ein falsches Lächeln im Gesicht. »Oder meinen Sie, die amerikanische Regierung hätte bei mir angefragt, ob sie eine neue Schnellstraße in der Nähe meines Hauses bauen dürfe? Natürlich habe ich vollstes Verständnis für die Klagen der Massai, aber ich habe eine Menge Geld für die Erlaubnis bezahlt, meine Ranch hier am Duma River zu errichten, und auch den Massai habe ich eine stattliche Summe zukommen lassen.« Er trank einen Schluck. »Ich habe mir nichts vorzuwerfen.«

Sonyanga blickte seinen Kollegen von der Regierung an. »Nur komisch, dass nichts von dem Geld bei den Massai angekommen ist. Bei Olonona, dem Medizinmann, das mag sein, aber nicht bei den Bewohnern. Vor allem die Frauen und Kinder hungern wie eh und je. Es wird sogar gemunkelt, dass Olonona ein geheimes Konto in der Schweiz eröffnet hat. Nur ein Gerücht.«

»Auf Gerüchte gebe ich nichts«, sagte Ramsey. »Und selbst wenn es so wäre. Wollen Sie mich im Ernst dafür verantwortlich machen, dass ein Medizinmann in die eigene Tasche wirtschaftet? Von meiner Seite lief alles legal ab. Und was die Regierung mit ihrem Geld macht, ist mir ziemlich egal.«

»Auch bei uns lief alles legal ab«, begehrte Ngotli auf. »Ich weiß gar nicht, was Sie haben, Sonyanga. Sie brauchen nur Ihren Computer einzuschalten und nachzusehen, dann wissen Sie, was mit dem Geld passiert ist. Wir haben alles ordnungsgemäß abgerechnet. Also seien Sie bitte vorsichtig mit dem, was Sie behaupten. Wenn Sie mir etwas vorwerfen wollen, brauchen Sie Beweise.«

»Und woher kommen die Gerüchte in dem Massai-Dorf?«

»Was Olonona mit dem Geld macht, ist mir ziemlich egal. Oder soll ich jedem einzelnen Massai einen Schein in die Hand drücken? Das ist doch alles lächerlich, Sonyanga. Mister Ramsey hat den Besitz auf rechtmäßige Weise erworben und erweitert, und ich war eingeteilt, die Verhandlungen mit ihm zu führen. Keine Sache, wegen der man sich aufregen müsste. Sie werden lachen, ich war vorhin sogar bei Olonona, um sicherzugehen, dass der gezahlte Betrag sinnvoll investiert wird. Er hat mir versprochen, dass sie mit dem Geld landwirtschaftliche Geräte, einige Rinder sowie Saatgut anschaffen werden.«

»Haben Sie Verwandte in dem Dorf?«, fragte Ramsey.

Sonyanga erkannte, dass er mit seinen Vorwürfen nicht weiterkam. »Malaika, eine gute Freundin, und ihre krebskranke Mutter. Es fehlt der Mutter an Lebensmitteln und Medikamenten, damit sie würdevoll sterben kann.«

»Ich werde dafür sorgen, dass sie beides bekommt«, versprach der Texaner. »Phil, Sie kümmern sich bitte darum. Schicken Sie mir die Rechnung.«

Melissa seufzte innerlich. So schnell machte man sich abhängig. Eben noch hatte Sonyanga seinen Kollegen kritisiert, und jetzt ließ er sich selbst auf einen zweifelhaften Deal ein. Aber sollte er die Hilfe des Texaners ablehnen? Sollte er aus purem Stolz darauf verzichten, Malaikas Mutter zu helfen?

»Ich verstehe, dass Sie aufgebracht sind, Mister Sonyanga«, schob Ramsey eilig hinterher, »aber ich habe mir wirklich nichts zuschulden kommen lassen. Die Massai werden sich schon bald mit den Veränderungen abgefunden haben. Noch dazu, wo ich sehr wahrscheinlich einige Jobs für sie habe.«

»Auf Ihrer Löwenranch?«, fragte Melissa.

Der Texaner mixte sich einen weiteren Whisky. »Sie sagen das so vorwurfsvoll. So eine Ranch kommt doch auch Ihrer Lodge zugute. Billy Green dürfte nicht der einzige Großwildjäger sein, der sich bei Ihnen einquartiert, und so wie ich meinen texanischen Landsmann kennengelernt habe, ist er sicher sehr großzügig. Wir tun hier nichts Unrechtes, Miss Baxter. Ich weiß, in Europa wird die Löwenjagd sehr kritisch gesehen. Da verwechselt man junge Löwen mit kleinen Schmusekatzen, die keiner Seele was zuleide tun können. Und man beschwert sich über Wilderer, die unerlaubt in den Nationalparks wildern und sich dafür feiern lassen. Auch um diese bedauernswerten Tiere zu schützen, habe ich meine Ranch eingerichtet. Hier gebe ich Großwildjägern aus der ganzen Welt die Gelegenheit, Löwen zu jagen, die sich ohnehin nicht mehr in der Wildnis zurechtfinden würden. Wir führen eine Tradition fort, die mit den Massai schon vor vielen Hundert Jahren begann: den Kampf zwischen Mann und Bestie, das ultimative Abenteuer für wahre Männer.«

»In einem eingezäunten Gebiet und mit Löwen, die so vollgepumpt mit Medikamenten sind, dass sie sich kaum noch gerade halten können. Und das ist kein Gerücht. Das haben seriöse Tierschützer einwandfrei nachgewiesen.«

»Eine Vorsichtsmaßnahme«, erklärte der Texaner, »mit der schon viel Unheil abgewendet wurde. Auch bei der Löwenjagd kann ich das Leben eines Menschen nicht unnötig in Gefahr bringen. Die Löwen sind selbst in diesem Zustand noch gefährlich genug, glauben Sie mir. Kein Grund, sich aufzuregen. Wir sorgen für unsere Löwen, auch wenn manche Tierschützer etwas anderes sagen. Und ich bin es leid, mich dauernd verteidigen zu müssen.«

»Und was sagt Ihre Frau dazu?«, versuchte Melissa es auf andere Weise.

»Sie werden lachen, meine Frau ist Tierärztin und hilft uns dabei, die Löwen anständig zu behandeln. Erica ist gerade in Daressalam beim Einkaufen, sonst würde sie Ihnen das auch selbst sagen. Sie sind noch jung, Miss Baxter, und wie ich gehört habe, auch noch nicht lange in Afrika. Aus europäischer Sicht sieht die Wildnis ganz anders aus. Ich bin Amerikaner und musste auch erst lernen, die Welt mit afrikanischen Augen zu sehen. Hier hat man eine andere Einstellung zur Natur. Fragen Sie die Massai, die wissen das seit vielen Jahren.« Er ging zur Terrassentür. »Kommen Sie, ich will Ihnen was zeigen.«

Melissa stellte ihr Glas ab und folgte ihm nach draußen. Die Terrasse führte um das ganze Haus herum und öffnete den Blick auf die Savanne, die sich dunkel und geheimnisvoll bis zum fernen Horizont erstreckte. Der Mond und ein Teil der Sterne hatten sich hinter einigen Wolken versteckt. Die Zikaden waren verstummt, und eine beinahe lähmende Stille lag über der Serengeti. Als gäbe es nicht die geringste Spur von Leben in dieser scheinbar endlosen Weite.

»Ein Europäer oder Amerikaner, der noch nie in Afrika war, würde sich an dieser friedvollen Stimmung berauschen«, sagte Ramsey. Er griff nach einem Fernglas, das auf einem Tischchen bereitlag, und reichte es ihr. »Ein Nachtglas, das sie wie ein Afrikaner sehen lässt. Er braucht nicht einmal durch das Fernglas zu sehen, um zu erkennen, wie viele Gefahren dort draußen lauern.«

Melissa folgte seiner Aufforderung und blickte durch das Fernglas. Schon beim ersten Schwenk entdeckte sie einen Löwen, offenbar einen Einzelgänger, der sich für kurze Zeit am Flussufer sehen ließ und gleich drauf hinter einem Hügel verschwand. Einige Antilopen rannten aufgeregt davon. Der Duma River führte kaum Wasser, und es waren nur zwei Krokodile zu sehen, die offenbar darauf lauerten, dass sich eines der Tiere in ihre Nähe verirrte.

»Hab ich zu viel verraten?«, fragte Ramsey. »Dort draußen liegen Krieg und Frieden dicht nebeneinander, das Gleiche gilt für unser Gatter, wie es manche nennen. Kommen Sie am Sonntag mit, dann können Sie sich mit eigenen Augen davon überzeugen, dass wir keine Tierquäler sind. Sie sind herzlich eingeladen. Als Hotelmanagerin sollten Sie eine solche Jagd mal erlebt haben.«

Melissa folgte dem Texaner ins Haus zurück. »Ich weiß, dass man in einigen Teilen des Landes nicht ohne Jagd auskommt, weil manchen Tieren die natürlichen Feinde fehlen. Aber auf Löwen zu schießen, die nur aus diesem Grund gezüchtet wurden, kann ich nicht nachvollziehen. Wie kann einem so was Spaß machen?«

»Das verstehen, glaube ich, nur Männer.«

Sie glaubte ihm auch das nicht, schwieg aber, um keine neue Diskussion heraufzubeschwören. Solange die Regierung kein neues Gesetz erließ, war die Gatterjagd legal, und für eine Anklage wegen des sicher schmutzigen Deals zwischen Ramsey und Phil Ngotli fehlten ihnen eindeutige Beweise. Die Stimmen einiger Massai, falls sie überhaupt aussagten, reichten nicht aus, schon gar nicht vor Gericht. Auch in Daressalam wurde mit zweierlei Maß gemessen. Die Aussagen verarmter Landbewohner nahm man nicht für voll.

Melissa und Sonyanga verabschiedeten sich und waren froh, als sie die Zufahrtsstraße hinter sich hatten und wieder unterwegs nach Norden waren. Es war spät geworden. Melissa würde erst nach Mitternacht die Lodge erreichen und in dieser Nacht ohnehin kein Auge zutun. In ihrem Kopf schwirrten zu viele Gedanken herum. Die Wilderer, die Gatterjagden, die Korruption – niemals hätte sie gedacht, nach ihrer Rückkehr nach Afrika mit so ernsten Problemen konfrontiert zu werden. Was war bloß in diesem Sommer los? War sie zu blauäugig gewesen, als sie die Stelle als Assistant Manager angenommen hatte? Hatte sie die Probleme unterschätzt? Stieß sie bereits jetzt schon an ihre Grenzen?

Sonyanga schien ihre Gedanken lesen zu können. »Wir schaffen das, Melissa. Wenn wir alle an einem Strang ziehen, bekommen wir die Probleme in den Griff. Mir geht es vor allem darum, die Korruption zu bekämpfen. Ganz werde ich das nie schaffen, dazu sind die meisten Menschen zu gierig, aber selbst wenn ich sie nur etwas eindämmen kann, werden sich die Verhältnisse bessern. Ohne Korruption gäbe es weder Wilderer noch Gatterjagden. Man würde neue Gesetze schaffen, die bestehenden Gesetze strenger überwachen und es den Verbrechern nicht mehr so leicht machen.«

Sie lächelte. »Zusammen sind wir stark?«

»Zusammen sind wir stark.«

Melissa fühlte sich wohl neben Sonyanga. Sie empfand es als großes Glück, einen Menschen neben sich zu wissen, den sie wirklich liebte, ungeachtet der Probleme, die ihre unterschiedliche Kultur und Hautfarbe mit sich bringen könnten. Denn reibungslos würde sich ihre Liebe kaum entwickeln, und sie ahnte bereits jetzt, welche Steine man ihnen in den Weg legen würde. Es bedurfte großer Kraft und Ausdauer, sich solcher Hindernisse zu erwehren.

»Es war dumm von uns, Ramsey zu besuchen«, sagte Melissa nach einer Weile. »Der Bursche kommt mir wie ein Wolf im Schafspelz vor, nach außen hin der freundliche Millionär, der hier mal einen Brunnen stiftet und dort einer kranken Frau die Medikamente spendiert, aber eigentlich ist er nur an seinem Verdienst interessiert und dafür zu jeder Schweinerei bereit. Da kommt ihm ein Mann wie Phil Ngotli gerade recht. Oder glaubst du, dass er unschuldig ist?«

»Nie im Leben«, erwiderte Sonyanga.

Seine weiteren Worte gingen im Rattern eines Hubschraubers unter, der in einiger Höhe über sie hinwegflog und nach Süden verschwand. Seine Positionslichter waren ausgeschaltet, und man konnte weder seine Farbe noch eine Kennung ausmachen. So dumm waren Shetani und seine Wilderer nicht, auch wenn es ihnen wahrscheinlich egal war, wenn man sie entdeckte. Sie waren so schnell und schlugen so überraschend zu, dass die Ranger der Task Force sie nicht zu fassen bekamen. Und es war immer noch ein Geheimnis, wo sie ihre Verstecke hatten.

»Sie fliegen wahrscheinlich direkt zum nächsten Flughafen. Wenn sie dort ihre Leute sitzen haben, fällt es ihnen bestimmt nicht schwer, ihre kostbare Fracht in die Maschinen zu laden. Ihr Vorteil besteht darin, dass sie ständig unterwegs sind, wie eine Guerilla-Einheit im Krieg.«

Sie kürzten quer durch die Savanne ab, konnten den Kadaver der gewilderten Tiere aber nicht finden. Ihre Überreste lagen wahrscheinlich noch weiter nördlich. Sonyanga informierte die Ranger über Funk und bekam zu hören, dass ihr Trupp weit im Westen auf Spurensuche war, und es wohl einige Stunden dauern würde, bis sie die Kadaver fanden und die Spuren sichern konnten. »Aber ein Fahrzeug von Frankfurt befindet sich in Ihrer Nähe. Jules Durand wollte überprüfen, ob die Elefanten vom Orangi River neuerdings zu einer anderen Wasserstelle ziehen.«

Es war bereits Mitternacht, als sie zur Hauptstraße zurückfuhren. Beide waren müde von dem langen Tag und den sinnlosen Gesprächen mit Olonona und dem Texaner und sehnten sich nach einem Bett und ein paar Stunden Schlaf. Doch nicht einmal Melissa auf dem Beifahrersitz schloss die Augen. In der Savanne konnte schon ein Moment der Unachtsamkeit für Gefahr sorgen. Sonyanga behielt die Straße im Auge, und sie ließ ihren Blick über das Land schweifen und griff zum Fernglas, wenn irgendetwas ihre Aufmerksamkeit erweckte. Das Mondlicht spielte ihr so manchen Streich, doch einmal stieß sie gerade noch rechtzeitig einen Warnruf aus, bevor mehrere Elefanten die Piste kreuzten und zwischen dem Buschwerk im Osten verschwanden.

Die reglose Gestalt, die am Straßenrand auf dem Boden lag, sahen sie gleichzeitig. Sonyanga trat sofort auf die Bremse und griff nach seinem Gewehr, sprang aus dem Wagen und rannte zu ihr. Melissa beobachtete, wie er zwei Finger an ihren Hals legte und sie vorsichtig auf die Seite drehte. »Es ist Jules! Er lebt!«, rief er aufgeregt. »Aber sie haben ihn angeschossen! Bring den Verbandskasten!«

Sie lief mit dem Verbandskasten zu ihm und erschrak, als sie die blutige Schulter des Franzosen sah. »Sie haben ihn ganz schön zugerichtet.« Sie schnitt sein Polohemd auf und legte vorsichtig die Wunde frei. »Die Kugel steckt noch drin. Ruf sofort den Doc, ich kümmere mich inzwischen um ihn.«

Viel konnte sie jedoch nicht für ihn tun. Sie säuberte die Wunde und desinfizierte sie, stellte zu ihrer Erleichterung fest, dass er nicht lebensgefährlich verletzt war. Aber wenn er die Kugel nicht bald loswurde, entzündete sich die Wunde, und er musste mit einer Blutvergiftung rechnen. Sie rannte zum Wagen zurück, holte einige Decken, schob zwei unter ihn und deckte ihn mit den anderen zu. Nur mit halbem Ohr hörte sie, wie Sonyanga vergeblich versuchte, Doc Brown zu erreichen, und dann Doktor Wilburn in der Tierstation anrief.

»Wie weit sind Sie von der Tierstation entfernt?«, fragte der Tierarzt, nachdem Sonyanga ihm in wenigen Worten die Lage geschildert hatte.

»Keine zehn Kilometer.«

»Ist er transportfähig?«

»Ich denke schon.«

»Dann bringen Sie ihn her! Auch als Tierarzt kann ich eine Kugel aus einem Menschen holen. Legen Sie ihm einen festen Verband an, damit unterwegs kein Blut fließt. Ich bin sicher, er hat sowieso schon genug Blut verloren.«

»Alles klar, Doc.«

Melissa war bereits damit beschäftigt, Jules einen Verband anzulegen. Nachdem sie ihn befestigt hatte, legte sie noch einmal zwei Finger an seine Halsschlagader und fühlte seinen Puls. Er ging regelmäßig, aber Jules war noch immer bewusstlos, vielleicht auch wegen seiner leichten Verletzungen an der Stirn. Er musste mit dem Kopf gegen irgendetwas geprallt sein, wahrscheinlich während eines Unfalls mit seinem Landrover.

»Sein Wagen muss hier irgendwo sein. Ich nehme an, er ist den Wilderern unabsichtlich vor die Gewehre gelaufen und hatte Glück, dass sie ihn nur an der Schulter erwischt haben. Für eine Verfolgung hatten sie keine Zeit, da ging es ihm wie Rambo, unserem Baby-Elefanten.« Sie schob einen Arm unter die Beine des bewusstlosen Franzosen. »Hilfst du mir?«

Sie luden Jules auf den Rücksitz und sicherten ihn mit den Gurten. »Alles okay, es ist nicht so schlimm«, sagte sie, ohne zu wissen, ob er sie hören konnte. »Wir bringen dich zu Doktor Wilburn, der flickt dich wieder zusammen.«

12

Im *Mokama Wildlife Sanctuary* erwartete man sie bereits. Trotz der späten Stunde waren sofort zwei Helfer zur Stelle, die den Verletzten auf einer Trage in den Behandlungsraum schafften, und Wilburn und seine Frau standen in ihren OP-Kitteln bereit.

»Wartet im Wohnzimmer!«, bat Mandisa Melissa und Sonyanga. »Kimberly und Dave haben dort eine Kanne heißen Tee und einige Sandwiches für euch vorbereitet.«

»Jules hat eine Kugel in der linken Schulter«, sagte Melissa aufgeregt.

»Wir kriegen ihn schon wieder hin«, versicherte ihr Mandisa.

Im Wohnzimmer machte sich Dave gerade über eines der Sandwiches her.

»Nun seht euch diesen Vielfraß an!«, rief Kimberly. Sie hatte ihre Khakikleidung gegen einen etwas zu großen Trainingsanzug ausgetauscht. »Diese Texaner wissen einfach nicht, was sich gehört. Gegen ihn war der Elefantenbulle, den wir letztes Jahr hier hatten, der reinste Diät-König. Nur gut, dass ihr euch beeilt habt, sonst wäre von dem kleinen Festmahl nichts mehr übrig.«

»Sorry«, entschuldigte Dave sich mit vollem Mund. »Ich hab Hunger.«

»Dabei hat er vorhin erst einen dreifachen Burger mit doppelt Käse verschlungen. Einen XXL-Burger, wie sie ihn in Texas als Vorspeise servieren.«

Dave spielte den Beleidigten. »Der Burger war nur doppelt.«

»Wie geht es Jules?«, fragte Kimberly.

Melissa erzählte ihnen, was geschehen war. »Er kann von Glück sagen, dass er noch am Leben ist. Wenn wir ihn nicht entdeckt hätten, wäre er vielleicht gestorben.« Die angestaute Wut und Sorge entluden sich langsam. »Nicht genug, dass sie Tiere umbringen! Jetzt schießen sie schon auf Menschen!« Sie blickte Sonyanga an. »Ihr müsst die Wilderer so schnell wie möglich fassen, sonst passiert noch ein Unglück! Die werden immer dreister.«

»Wir tun, was wir können«, erwiderte der Massai. »Aber du hast ja selbst gesehen, wie raffiniert Shetani und seine Leute vorgehen. Von dem geheimnisvollen Elfenbeinkönig ganz zu schweigen. Der hat sich ein Netzwerk mit korrupten Beamten aufgebaut und fühlt sich wahrscheinlich sicher. Dem ist es vermutlich egal, ob ein unschuldiger Mann wie Jules dabei draufgeht.«

Melissa und Sonyanga setzten sich an den großen Esstisch, tranken Tee und nahmen sich ein Sandwich. Sie brachten kaum etwas herunter. Zu groß war die Sorge um den Franzosen, der auf bittere Weise erfahren hatte, wie gewalttätig und skrupellos die Wilderer sein konnten. Die Operation schien ewig zu dauern, obwohl jeweils nur ein paar Minuten vergangen waren, bis wieder jemand auf die Uhr blickte. Kimberly und Dave flüchteten sich in Neckereien, Melissa stand auf und lief unruhig in dem großen Zimmer auf und ab. Nur Sonyanga schien unbeeindruckt von der quälenden Ungewissheit und blieb ruhig sitzen. Er trank nachdenklich von seinem inzwischen lauwarmen Tee und wartete geduldig, bis die Tür aufging und Doktor Wilburn und seine Frau erschienen. Sie trugen wieder ihre Alltagskleidung und sahen erleichtert aus.

»Jules wird wieder gesund«, sagte Wilburn. »Die Kugel ist draußen. Sie hat keine wichtigen Organe getroffen. Aber er hat eine Menge Blut verloren. Wir behalten ihn zwei oder drei Tage hier, bis er sich wieder erholt hat.«

Melissa war erleichtert. »Gott sei Dank! Können wir zu ihm?«

»Morgen früh«, antwortete der Doktor. »Ich habe ihm ein starkes Beruhigungsmittel gegeben. Aber er war vor der OP kurz wach, und ich hab ihm gesagt, dass ihr hier seid und ihm die Daumen drückt.« Er blickte Melissa und Sonyanga an. »Ihr habt ihn gut versorgt. So wünsche ich mir alle Sanitäter.«

»Mit was haben die Wilderer auf ihn geschossen?«, fragte Sonyanga.

Wilburn griff in seine Hosentasche und zog einen kleinen Plastikbeutel mit der noch blutverschmierten Kugel heraus. »Mit einer AK 47. Die Munition könnte ich inzwischen blind ertasten. Wenn der Schütze auf Dauerfeuer geschaltet hatte, betrachte ich es als glattes Wunder, dass er nur von einer Kugel getroffen wurde. Jules muss wirklich unverschämtes Glück gehabt haben.«

Da es schon zu spät war, um noch zur Lodge zu fahren, blieben Melissa und Sonyanga in der Tierstation. Beide waren todmüde. Melissa, die in einem der Gästezimmer im ersten Stock übernachtete, schaffte es gerade noch, sich auszuziehen, und schlief sofort ein. Nicht einmal die Gedanken, die sich nach dem ereignisreichen Tag in ihrem Kopf gesammelt hatten, vermochten sie daran zu hindern. Und als spätnachts die beiden Hyänen in einem der Gehege wegen irgendetwas ausrasteten und laut lachten, schreckte sie nicht einmal hoch.

Noch vor dem Frühstück sah sie bei Jules vorbei. Er war aufgewacht und fühlte sich schon wesentlich besser. Der Blutverlust und das Beruhigungsmittel hatten ihm weniger zugesetzt, als alle befürchtet hatten. Neben seinem Bett stand ein Tablett mit seinem Frühstück. Er grinste bis über beide Backen.

»Hey«, begrüßte Melissa ihn.

»*Salut*«, erwiderte der Franzose.

»Wie ich sehe, geht es dir schon besser.«

»Das wird wieder«, sagte er. »Danke, dass ihr mich gefunden und hierher gebracht habt. Ein paar Stunden später, und ich hätte mich mit Hyänen und Geiern herumschlagen müssen. Auf diese Weise wäre ich ungern von dieser Welt gegangen.«

»Wie konnte das passieren?«

Seine Miene verfinsterte sich, als er an die Wilderer dachte. »Ein böser Zufall. Ich war auf die Elefanten aufmerksam geworden und wollte sie mir aus der Nähe ansehen. Wir hatten in letzter Zeit einige verletzte Tiere. Den Hubschrauber sah ich erst, als er keine hundert Meter von mir entfernt zwischen den Büschen landete. Ich stieg aus … ein Fehler, ich weiß … und sah, wie die Wilderer mit ihren Schnellfeuergewehren auf die Elefanten schossen. Ein furchtbarer Anblick. Eine Elefantenkuh versuchte ihr Junges zu schützen und schien vor Schmerz zu stöhnen, als beide getroffen wurden und zu Boden sanken.« Er hielt einen Augenblick inne und kniff die Lippen zusammen, ob aus Schmerz oder wegen der schrecklichen Erinnerung, vermochte Melissa nicht zu sagen. »Ich wurde von einer verirrten Kugel getroffen und schaffte es gerade noch, in meinen Landrover zu klettern und davonzufahren. Doch nach ein paar Metern blieb ich in einem Dornengestrüpp stecken und floh zu Fuß weiter. Ich hatte wahnsinnige Angst, dass sie mich gesehen hatten und mir folgten, um mir den Rest zu geben, aber es kam niemand, und dann wurde es plötzlich schwarz um mich. An das Funkgerät kam ich nicht mehr ran. Ich habe so ziemlich alles falsch gemacht, was man falsch machen konnte. Aber ihr ahnt ja nicht, was das für ein Gefühl ist, in einen solchen Kugelhagel zu geraten.«

»Dann hast du die Wilderer nicht erkannt?«

»Der Hubschrauber wirbelte zu viel Sand auf. Überall war plötzlich Sand, und als die Schüsse fielen und der erste Elefant zu Boden sank, sah ich nur einen dunklen Schatten. Dann kam die Elefantenkuh mit ihrem Jungen auf mich zu, und nachdem sie gefallen war, sah ich überhaupt nichts mehr.« Er blickte ins Leere, als könnte er die schrecklichen Bilder nicht abschütteln. »Es ging alles so schnell, Melissa. Mein letzter Gedanke war, dass ich jetzt sterben würde.«

»Es ist ja noch mal gut gegangen. Tut es sehr weh?«

»Mit den Tabletten geht es einigermaßen.«

Sie deutete auf das Tablett mit dem Frühstück. »Und Hunger hast du keinen? Du musst ordentlich was essen, wenn du wieder auf die Beine kommen willst. Ein Spruch meiner Mutter, wenn ich mit einer Erkältung im Bett lag.«

Er dachte an etwas anderes. »Du und Sonyanga, ihr versteht euch?«

»Sehr sogar«, antwortete sie ehrlich.

»Tut mir leid, wenn ich dir zu nahe gekommen bin.«

»Schon gut. Das konntest du ja nicht wissen.«

Er lächelte. »Vielleicht gibt's dich ja noch mal ... irgendwo.«

»Irgendwo wartet auch auf dich die richtige Frau«, sagte sie.

Nachdem sie die Tür seines Zimmers hinter sich geschlossen hatte, atmete sie erst einmal tief durch. Der ganze Beziehungskram, wie sie es nannte, die Eitelkeiten und Empfindlichkeiten, auf die man Rücksicht nehmen musste, gingen ihr manchmal gehörig auf den Senkel. Es schüttelte sie jetzt noch, wenn sie an ihren ersten festen Freund dachte, der sich plötzlich als unverbesserlicher Macho geoutet hatte und sie monatelang genervt hatte. Sonyanga war anders. Ein Mann, der wusste, was er wollte, aber auch sehr rücksichtsvoll sein konnte.

Nach dem Frühstück sahen sie beide bei Kopano vorbei, der gerade die Milchflasche für Rambo vorbereitet hatte und sich freute, sie zu sehen. »Hey, Melissa, du kommst gerade richtig. Willst du ihm mal die Flasche geben?«

Sie hatte den Helfern oft genug beim Füttern zugesehen und steckte dem Elefanten den Sauger ins Maul. Gierig schlürfte Rambo die nahrhafte Milch in sich hinein. Er hatte sich gut entwickelt. Es kam ihr beinahe so vor, als wäre er während der letzten Tage gewachsen. Er brauchte nicht einmal drei Minuten für die erste Flasche und riss das Maul für die zweite auf. Melissa gab sie ihm bereitwillig und freute sich, wie sicher er auf den Beinen stand. »Gute Arbeit«, sagte sie zu Kopano. »Du kannst gut mit Elefanten, nicht wahr?«

»Sie sind meine Brüder und Schwestern«, erwiderte er stolz.

Zusammen mit Sonyanga kehrte Melissa zur Lodge zurück. Der Massai hatte es eilig und fuhr gleich weiter, fand aber vorher noch Zeit für einen zärtlichen Kuss. »Ich bin froh, dass du wieder hier bist«, sagte er.

»Ich auch«, antwortete sie leise.

Es war noch früh am Morgen, und die Sonne war gerade erst am fernen Horizont aufgegangen. Das Licht der Morgensonne war unvergleichlich, es gefiel ihr besser als die Sonnenuntergänge, die bei den meisten Urlaubern so hoch im Kurs standen. Das braune Steppengras verwandelte sich in einen goldenen Teppich, der sanft im Morgenwind wogte und selbst den Gnus zu gefallen schien, die auf ihre wandernden Artgenossen warteten, um mit ihnen in feuchtere Gebiete zu ziehen. Die Große Wanderung, das spektakulärste Ereignis der Serengeti, stand unmittelbar bevor.

Entsprechend aufgeregt war man in der Lodge. Martin Conroy fing sie bereits in der Eingangshalle ab und rief: »Da sind Sie ja, Melissa! Doktor Wilburn hat mir schon erzählt, was gestern Abend passiert ist. Furchtbare Sache! Ich hoffe, es geht dem Franzosen schon besser. Jules ist ein netter Kerl.«

»Er bekommt die beste Pflege, die man sich vorstellen kann.«

»Da bin ich ja beruhigt.« Er senkte seine Stimme. »Aber kein Wort zu unseren Gästen, hören Sie? So eine Nachricht würde sie nur unnötig ängstigen.«

»Keine Sorge«, beruhigte sie ihn.

»Wir werden heute und die nächsten Tage ein volles Haus haben. Wie Sie unterwegs sicher bemerkt haben, sind die ersten Herden bereits im Anmarsch. Das bedeutet für uns, dass wir heute Abend unser erstes Barbecue im Bush Camp servieren. Sie waren letzten Sommer schon dabei und wissen hoffentlich noch, was dafür alles zu tun ist. Ich kann mich doch auf Sie verlassen?«

»Natürlich, Sir. Werden die Guides dabei sein?«

»Patita«, antwortete der Manager, »in traditioneller Tracht. Und zwei, drei andere. Ich wünschte, Malaika wäre wieder hier, sie hatte ein Händchen für so was und kannte sich gut in der Tierwelt aus.« Er zögerte einen Moment. »Ach ja, und noch was. Morgen schießt Billy Green seinen Löwen. Ich möchte, dass Sie mit ihm fliegen. Er hat ausdrücklich darum gebeten und zahlt so gut, dass wir ihm diesen Wunsch nicht abschlagen können. Plaudern Sie ein wenig mit ihm und sorgen Sie vor allem dafür, dass er wieder zurückkommt.«

»Aber, Sir ...«

»Ich weiß, dass Sie den Burschen nicht leiden können. Er geht uns allen auf die Nerven, und ich kenne keinen, der diese Gatterjagden gut findet. Aber solange sie gesetzlich erlaubt sind, können wir uns den Großwildjägern nicht verschließen. Im Gegenteil, sie gehören zu unseren zahlungskräftigsten Kunden. Erzählen Sie ihm, was er noch alles bei uns erleben kann. Eine maßgeschneiderte Safari, einen Ritt auf einem Elefanten, was auch immer, okay?«

»Ich werde mir Mühe geben, Sir.«

»Jeder kommt mal mit so was dran, Melissa.«

»Schon gut. Ich sehe ihm auf die Finger.«

Melissa machte einen Umweg über ihr Zimmer, wo sie rasch die Kleider wechselte und dann in die Küche ging. Otto war hellauf begeistert, als er sie kommen sah. »Da sind Sie ja, Melissa! Oh Mann, ich hatte schon Angst, Sie würden so spät kommen, dass ich das Mittagessen selbst zubereiten muss.«

»Das würde ich doch niemals wagen«, erwiderte sie lachend.

»Ich hab schon genug mit den Fleischspießen und den gebackenen Kartoffeln am Hals. Conroy hat Ihnen hoffentlich erzählt, dass wir heute Abend ein Barbecue stemmen müssen. Für das Mittagessen sind Sie zuständig. Ich hab frische Mangos und Avocados aus Kenia bekommen. Irgendeine Idee?«

Sie durchforstete ihre Lieblingsrezepte, mit denen sie an der Schule in Österreich gepunktet hatte. »Mango-Avocado-Salat mit Hähnchenfleisch. Alle Hauptzutaten aus Ost-Afrika, das müsste den Gästen gefallen. Und schmecken tut er auch. Wenn Sie wollen, fange ich gleich damit an. Volles Haus?«

»Volles Haus«, bestätigte er, »die reisen alle heute Vormittag an.«

Zuerst kümmerte Melissa sich um das Hähnchenfleisch. Fleisch und Geflügel hatten sie genug auf Vorrat, und auch die anderen Zutaten waren da: frischer Ingwer, Chilischoten, Honig, Gewürze, nur Radicchio-Salat hatten sie nicht vorrätig. Kein Beinbruch, sie behalf sich mit dem Chicorée, den sie vor zwei Tagen bekommen hatte und der ganz ähnlich schmeckte. Nachdem sie das Hähnchenfleisch mit Chili, Ingwer und Thymian angebraten hatte, bestrich sie es mit Honig und schob es in den Backofen. Für den Salat würfelte sie die frischen Mangos und schnitt die Avocados in Scheiben. Damit sie nicht braun wurden, beträufelte sie das grüne Fruchtfleisch mit Zitronensaft. Eine halbe Stunde vor dem Mittagessen vermischte sie alle Zutaten mit einem Dressing aus Wasser, Zitronensaft, Honig, Pfeffer und Öl. Genau das Richtige für einen leichten Lunch, wenn es abends eher schweres Barbecue gab.

»Ein Gedicht!«, lobte Otto, der wie immer erst mal selbst probierte und dann gleich darauf mit einer Portion im Nebenraum verschwand. »Ich hab plötzlich großen Hunger.«

Melissa wollte ihn begleiten und bemerkte Janet, die Engländerin von der Rezeption. »Melissa! Sie haben Besuch! Ein Mister Ngotli will Sie sprechen!«

»Phil Ngotli? Was will der denn?«

»Er wartet an der Rezeption auf Sie.«

Melissa folgte ihr in die Empfangshalle und sah ihn neben der Tür stehen. Er wirkte unruhig und nervös. Als er sie entdeckte, änderte sich seine Miene, und ein Ausdruck überschwänglicher Freude machte sich auf seinem Gesicht breit. »Miss Baxter!«, rief er schon von Weitem. »Danke, dass Sie einen Moment Zeit für mich haben.«

Sie hatte Angst, dass er sie umarmen würde, so euphorisch wirkte er, und hielt ihn auf Abstand. »Fünf Minuten, Mister Ngotli. Ich werde in der Küche gebraucht.«

»Wollen wir ein paar Schritte gehen?« Er wartete ihre Antwort nicht ab und öffnete die Tür. Ihr blieb nichts anderes übrig, als sein Angebot anzunehmen. Weit genug vom Eingang entfernt, dass sie niemand hören konnte, blieb er stehen. Seine aufgesetzte Fröhlichkeit war einer Büßermiene gewichen. »Ich bin eigentlich nur hier, um mich bei Ihnen zu entschuldigen. Tut mir sehr leid, wenn ich den Eindruck vermittelt habe, unsaubere Geschäfte mit Kevin Ramsey auszuhandeln. Nichts läge mir ferner, Miss Baxter. Wir haben uns auch bei den Verträgen mit ihm streng an die Vorschriften gehalten. Wenn irgendjemand ein falsches Spiel betrieben hat, dann Olonona, aber darauf habe ich leider keinen Einfluss. Natürlich liegt uns sehr viel daran, Kevin Ramsey in unserem Land zu wissen. Er tätigt wichtige Investitionen, die für das ganze Land von Bedeutung sein könnten. Großwildjäger bringen sehr viel Geld hierher, aber auch die müssen sich selbstverständlich an die Gesetze halten.«

»Und warum befürwortet Ihre Regierung die Gatterjagd? Ihre Leute müssten doch wissen, welch grausames Spiel dort mit den Löwen veranstaltet wird. Die Gatterjagd müsste verboten werden. Geht es der Regierung denn nur ums Geld? Wissen Sie denn nicht, wie die internationale Presse darüber denkt? Irgendwann könnten sich diese Gatterjagden als Bumerang erweisen.«

»Auch deshalb war ich bei Kevin Ramsey«, sagte Ngotli. Seine Nervosität hatte wieder zugenommen. »Ich wollte mich vor Ort davon überzeugen, dass bei seinen Jagden alles den Vorschriften entspricht.« Er versuchte ein Lächeln, das aber nur schlecht gelang. »Ich kann Sie beruhigen, Miss Baxter. Kevin Ramsey ist kein Tierquäler. Und er hält sich mehr als die meisten anderen Rancher, die ich kenne, an die Vorschriften. Das wollte ich Ihnen unbedingt noch sagen. Vor allem aber wollte ich Ihnen versichern, dass der Regierung kein Vorwurf zu machen ist. Sonyanga ist anderer Meinung, aber das ist doch normal in einer Demokratie. Entschuldigen Sie, wenn Sie auf der Ranch einen anderen Eindruck bekommen haben, und seien Sie mir bitte nicht mehr böse.« Er streckte eine Hand aus, und sie griff zögernd danach.

Dennoch wurde sie das Gefühl nicht los, dass Phil Ngotli den Umweg nur in Kauf genommen hatte, um sie von einer heißen Spur abzubringen. Nachdenklich kehrte sie in die Küche zurück. Otto war gerade dabei, sich eine zweite Portion von dem Mango-Avocado-Salat zu holen. Sein Schuldbewusstsein war noch so stark ausgeprägt, dass er rot anlief. »Oh!«, sagte er.

Sie musste lachen. »Gib mir auch einen Teller, Otto!«

13

Melissa musste noch während des Essens eine weitere Schüssel zubereiten, so gut kam ihr Mango-Avocado-Salat bei den Gästen an. Wie an jedem sonnigen Tag servierten sie auch diesen Lunch auf der Terrasse, eine willkommene Gelegenheit für die vielen neuen Gäste, den herrlichen Ausblick auf die Serengeti zu genießen. Aus den Lautsprechern klang leise Musik, die jedoch gar nicht nötig war, um die Leute in Stimmung zu bringen. Das Gebrüll eines Löwen, das aus der Ferne herüberdrang, war besser als jeder musikalische Soundtrack.

Während des Nachtischs, es gab Vanilleeis mit Mangostückchen, war Melissa an der Reihe, die Gäste über den Nachmittag und Abend im Bush Camp zu informieren. Nach einem schüchternen Versuch während ihrer Praktikumszeit zeigte sie inzwischen keine Hemmungen mehr, vor den versammelten Gästen zu sprechen. »Ladies and Gentlemen«, sagte sie lächelnd, »im Namen des Managements darf ich Sie ganz herzlich in der *Seronera African Lodge* begrüßen. Ich hoffe, unser Salat hat Ihnen geschmeckt. Alle Zutaten stammten aus afrikanischen Plantagen hier in Tansania und im benachbarten Kenia.«

Die Gäste bedankten sich mit höflichem Klatschen, sogar Billy Green, der texanische Millionär, applaudierte ihr. Die beiden Chinesen konnte Melissa nirgendwo entdecken. Sie trödelten meist ein wenig und kamen gern zu spät.

»Aber keine Angst, meine Damen und Herren, wir setzen Sie nicht auf Diät. Wir haben das Mittagessen bewusst leicht gehalten, damit Sie bei unserem abendlichen Barbecue ordentlich zugreifen können. Heute Abend, so viel darf ich schon verraten, kommen Sie in den Genuss besonderer Grillspezialitäten.«

Sie blickte lächelnd in die Runde, bevor sie fortfuhr: »Als Gäste der *Seronera African Lodge* erleben Sie noch das echte Afrika, beinahe so, wie Sie es aus Filmen und Büchern kennen. Weite Savannen, riesige Herden, jagende Löwen und Leoparden. Im Schutzgebiet der Serengeti hat sich das Leben kaum verändert. Ich will nicht verhehlen, dass auch unsere heile Welt ein paar Risse bekommen hat. Auch in der Serengeti haben wir ein Wilderer-Problem. Aber die Wilderer scheuen die Nähe von Siedlungen und Lodges, und die Ranger sind inzwischen so gut ausgerüstet, dass wir das Problem bald gelöst haben dürften. Die Regierung von Tansania ist sehr daran interessiert, möglichst viele Urlauber in diesem wunderschönen Land begrüßen zu dürfen, und tut alles, um beste Voraussetzungen für Ihren Aufenthalt zu schaffen.«

Dass sie die Wilderer erwähnte, hatte sie mit Martin Conroy abgesprochen. In vielen Zeitungen standen Berichte über den geheimnisvollen Elfenbeinkönig und Shetani, den »Teufel in Menschengestalt«, und es hätte ohne ihre Erklärungen nur unliebsame Fragen und Diskussionen gegeben. Die Gäste sollten wissen, dass in der Lodge alles für ihre Sicherheit getan wurde. Vor allem aber sollten sie sich auf einen erlebnisreichen Nachmittag und Abend freuen.

»Heute Nachmittag offenbart sich Ihnen Afrika in seiner ganzen monumentalen Pracht«, fuhr sie fort. »Die Große Wanderung beginnt, die Suche von über zwei Millionen wilden Tieren nach frischen Weidegründen. Seit mehr als hunderttausend Jahren, haben archäologische Funde bewiesen, wandern vor allem Gnus, aber auch Zebras und Gazellen über tausend Kilometer weit nach Norden, ungeachtet der Gefahren durch hungrige Raubkatzen und Krokodile, die nur darauf warten, sich auf das Festmahl stürzen zu können. Ein einzigartiges Schauspiel, das sie von der Terrasse unseres Bush Camps aus beobachten können, unserem Außenlager am Grumeti River, wo wir auch unser legendäres Barbecue servieren werden.« Da sie sich selbst auf die Wanderung und das Barbecue freute, fiel es ihr nicht schwer, ihr Lächeln durchzuhalten. »Da der Pfad zum Bush Camp über die offene Savanne führt, bitten wir Sie, einen der bereitstehenden Landrover zu besteigen oder sich einem unserer Angestellten anzuvertrauen. Vielen Dank. Ich wünsche Ihnen ein spannendes Erlebnis und freue mich darauf, Sie im Bush Camp zu treffen.«

Den frühen Nachmittag verbrachte Melissa in der Küche. An Tagen wie diesem kam sie nicht ohne Überstunden aus. Während der Großen Wanderung mussten alle Angestellten »eine Schippe drauflegen«, wie es der Manager nannte, um die viele Arbeit zu schaffen. Dafür gab es einen Bonus und mehr Trinkgeld von den Gästen. Melissa half Otto und seinen Mitarbeitern bei der Vorbereitung der Fleischspieße, die mit Rind-, Puten- und Kudufleisch auf die Tabletts gelegt wurden. Sie war auch dabei, als das vorbereitete Essen mit einem Wagen zum Bush Camp gebracht wurde. In der Lehmhütte gab es einen großen Kühlschrank, der durch eine Verlängerungsschnur mit einem Stromanschluss im Haupthaus verbunden war. Der Grill stand im Freien. Unter einem bunten Sonnenschirm mixte der Barkeeper seine Drinks, und Patita stand in traditioneller Kleidung bereit, die Fragen der Gäste zu beantworten.

Es war schon dunkel, und die meisten Gäste saßen bereits an den beiden langen Tischen und aßen, als Melissa stutzte. Sie ging zu Otto, der sich gerade selbst einen Spieß gönnte, und fragte: »Waren die Chinesen schon hier?«

»Nicht, dass ich wüsste. Und ich stand die meiste Zeit am Grill.«

»Die Safari-Leute sind schon zurück. Ob sie keine Lust hatten?«

»Keine Lust auf die Große Wanderung?« Otto blickte sie ungläubig an. »Die fliegen doch nicht um die halbe Welt, um die größte Attraktion der Serengeti zu versäumen. Das kann ich mir nicht vorstellen. Sie wären die Ersten, die sich lieber aufs Ohr hauen als diesem großen Spektakel beizuwohnen.«

Melissa rief die Kollegin an der Rezeption an und fragte nach den Chinesen, aber auch dort hatte man sie nicht gesehen und wusste nicht, wo sie sein könnten. Sie wurde langsam nervös. Es war tatsächlich noch niemals vorgekommen, dass jemand freiwillig auf die Große Wanderung verzichtet hätte. »Ihnen wird doch nichts passiert sein? Ich kann mich nicht erinnern, dass sie ein Taxi oder einen Mietwagen angefordert hätten. Oder haben Sie was gehört? Haben Sie die beiden gesehen?«

»Ich war die ganze Zeit in der Küche«, sagte Otto.

»Vielleicht haben sie was Falsches gegessen.« Sie bemerkte seinen vorwurfsvollen Blick. »Nein, nichts aus unserer Küche.

Eher Süßigkeiten oder Kekse, die sie unterwegs gekauft haben. Ich sehe besser mal nach, okay?«

»Bleiben Sie nicht zu lange. Hier gibt's viel zu tun.«

Sie winkte einen Helfer herbei und ließ sich zur Lodge zurückfahren. Der Bungalow der Chinesen lag oberhalb des kleinen Pools im Schatten einiger Akazien, der beste und begehrteste Platz der Lodge. In beiden Stockwerken brannte Licht. Sie klopfte an die Tür. »Miss Ling! Mister Wei! Melissa Baxter vom Management! Sind Sie zu Hause? Wir machen uns Sorgen um Sie.«

Keine Antwort.

Sie versuchte es noch einmal, klopfte heftiger und rief die Namen der Chinesen lauter, bekam aber wieder keine Antwort. Nach einigem Überlegen zog sie ihre Magnetkarte hervor und öffnete die Tür. »Miss Ling! Mister Wei!«, rief sie laut und deutlich. »Melissa Baxter vom Management! Sind Sie hier?«

Als sich immer noch niemand meldete, betrat sie den Bungalow und sah in alle Zimmer. Die Chinesen waren nicht zu Hause. In Mister Weis Schlafzimmer lagen einige Kleidungsstücke auf einem Hocker, auf dem Nachttisch stand ein Foto mit ihm, seiner Frau und zwei Kindern. Seltsamerweise war Fu Ling nicht mit auf dem Bild. Das Päckchen mit den zwei Pralinen, das die Zimmermädchen auf die Kissen der gemachten Betten legten, hatte er nicht berührt. In Fu Lings Schlafzimmer lag ein Buch auf dem Nachttisch, kein Familienfoto, und neben dem Kissen hockte ein altmodischer Teddy. Über einem Sessel hing ein Kleid.

Obwohl es nicht den geringsten Grund für ein solches Vorgehen gab und sie dazu gar nicht befugt war, öffnete Melissa den Kleiderschrank und zog einige der Schubladen heraus. Ihr Bauchgefühl trieb sie dazu, ihr Verdacht, mit den Chinesen könnte tatsächlich etwas nicht stimmen. Falls man ihr auf die Schliche kam, könnte sie sich immer noch damit herausreden, sie hätte nach einem Anhaltspunkt für das geheimnisvolle Verschwinden der beiden gesucht.

In der zweiten Schublade wurde sie fündig. Zwischen der Unterwäsche lag eine Schachtel mit Patronen. Die chinesische Aufschrift war ein Buch mit sieben Siegeln für Melissa, aber die Patronen sahen so aus, als würden sie in einen Revolver oder eine Pistole passen. Ganz schön raffiniert von Yeng Wei, sie bei seiner Nichte zu verstecken, dachte Melissa. Aber wozu brauchte er eine Waffe? Und wo war sie im Augenblick? Hatte sie etwas mit seinem Verschwinden zu tun?

War er der Elfenbeinkönig?

Oder bildete sie sich alles nur ein?

Es war zwar verboten, eine Feuerwaffe im Nationalpark zu tragen, aber ein erfolgreicher Geschäftsmann wie er lebte vielleicht gefährlicher, als sie annahm, und fühlte sich auch im Urlaub nur mit einer Schusswaffe sicher.

Melissa erkannte plötzlich, dass sie über etwas nachdachte, das sie gar nichts anging, und schob die Schublade rasch wieder zu. Den Bungalow eines Gastes zu betreten und in seinen persönlichen Sachen herumzukramen, verstieß gegen alle Regeln und würde ihr eine fristlose Kündigung einbringen, sollte es herauskommen. Als Assistant Manager war es ihr gestattet, nach mehrmaligem Anklopfen die Tür zu öffnen und nachzusehen, ob die Bewohner zu Hause waren, aber damit hatte es sich auch. Sie verließ den Bungalow, sah beim Pool nach, fragte einige andere Gäste und erhielt überall dieselbe Antwort: Niemand hatte Yeng Wei und Fu Ling nach dem Frühstück gesehen.

In der Empfangshalle winkte Conroy ihr aufgeregt zu. »Gut, dass Sie kommen, Melissa. Ich wollte Sie gerade anrufen. Wir haben soeben festgestellt, dass einer unserer Landrover fehlt. Jemand muss den Schlüssel vom Brett genommen und vergessen haben, sich einzutragen. Haben Sie eine Ahnung, wer das gewesen sein könnte? Meines Wissens sind alle Guides im Bush Camp.«

»Yeng Wei und Fu Ling«, erwiderte sie sofort. »Die Chinesen. Ich habe schon überall nach ihnen gesucht. Sie sind verschwunden. Im Bush Camp waren sie nicht, und in ihrem Bungalow brennt zwar Licht, aber sie waren beide ausgeflogen. Könnte sein, dass sie sich die Wanderung aus der Nähe ansehen wollen und Angst hatten, wir würden ihnen den Trip nicht erlauben.«

Conroy wirkte sehr besorgt. »Wir hätten ihnen zumindest abgeraten. Bei Nacht und den vielen Tieren, die jetzt unterwegs sind, wäre das viel zu gefährlich.« Er schüttelte ungläubig den Kopf. »Sie müssen sich in unser Büro geschlichen und den Schlüssel von der Wand genommen haben. Oder einer der Guides hat seinen Schlüssel im Wagen stecken lassen. Die Chinesen hätten wenigstens eine Nachricht hinterlassen können. Was machen wir jetzt?«

»Auf der Safari hatten sie eine Landkarte dabei«, erinnerte sie sich. »Vielleicht sind sie zu der Wasserstelle mit den Elefanten gefahren, für die haben sie sich besonders interessiert. Fu Ling ist eine engagierte Tierschützerin.«

»Und ihr Onkel?« Conroy war genauso misstrauisch wie sie.

»Ich weiß nicht«, sagte sie, »ganz koscher kommt er mir nicht vor. Ich hatte sogar schon den Verdacht, er könnte der Elfenbeinkönig sein, aber das war nur so eine verrückte Eingebung. So verdächtig würde sich der echte Elfenbeinkönig niemals benehmen. Ich denke einfach, die beiden sind leichtsinnig und unterschätzen die Gefahren. Ich sehe mich mal nach den beiden um.«

»In Ordnung, aber nehmen Sie Patita mit. Allein ist es da draußen zu gefährlich. Seien Sie vorsichtig und melden Sie sich über Funk, falls Ihnen irgendetwas verdächtig vorkommt. Keine riskanten Alleingänge, verstanden?«

»Aye, Sir.«

Keine zehn Minuten später waren sie unterwegs. Patita saß am Steuer, sie auf dem Beifahrersitz. Beide hatten ihre Nachtgläser mitgenommen. Sie folgten der Sandstraße, über die sie bei der Safari gefahren waren, folgten ihr immer tiefer in die Serengeti hinein. Die Lichtkegel der Scheinwerfer tanzten über den trockenen Boden, der während der letzten Tage noch holpriger geworden war. Nur gelegentlich leuchteten die Augen einer Hyäne oder eines Warzenschweins im hellen Licht, die meisten Tiere hielten sich von ihrem Wagen fern. Der Motor des neuen Landrovers war extrem leise für einen Geländewagen, aber immer noch laut genug, um aufdringlich in der Stille zu wirken.

An der Abzweigung zu dem Wasserloch, das die Chinesen während der Safari auf ihrer Karte markiert hatten, hielt Patita an. In respektvoller Entfernung trotteten einige Elefanten über die Straße. Sie ahnten sicher, was für ein gutes Ziel sie für Wilderer boten, waren aber gezwungen, eine der wenigen Wasserstellen zu besuchen, wenn sie nicht verdursten wollten. Den Landrover hielten sie glücklicherweise nicht für verdächtig. Ohne innezuhalten oder ihnen auch nur einen Blick zuzuwerfen, verschwanden sie in der Dunkelheit.

Im gemächlichen Tempo fuhr Patita neben dem Trampelpfad der Elefanten zur Wasserstelle hinab. Er bremste am Rand der Senke, in der sich das Wasser sammelte, und sie blickten beide durch ihre Nachtgläser. So sahen sie nicht nur die Tiere, die im blassen Mondlicht standen, sondern auch einige Warzenschweine, die sich in einem Gebüsch stritten, und eine Hyäne, die sich über alle anwesenden Tiere lustig zu machen schien. Als wüsste sie, dass auch das letzte Wasser bald verdunstet sein würde und den zurückgebliebenen Tieren keine andere Wahl blieb, als sich der Wanderung anzuschließen.

Melissa blickte über die Wasserstelle hinweg und suchte den Rand der Senke ab. Ihr Verdacht, die Chinesen könnten zu dieser Wasserstelle gefahren sein, bestätigte sich in dem Augenblick, als sie die beiden Geländewagen auf einer Anhöhe entdeckte. Die Scheinwerfer waren ausgeschaltet, doch durch ihr Nachtglas erkannte sie zwei Gestalten, die in Aussehen und Größe den Chinesen entsprachen, und einen Mann in der Uniform eines Rangers.

»Da sind sie!«, sagte sie. Sie deutete Patita mit dem Nachtglas die Richtung an.

Erleichtert fuhren sie um die Wasserstelle herum und näherten sich den beiden Geländewagen. Durch ihr Nachtglas sah Melissa, dass zwei der dunklen Gestalten sie nun ebenfalls beobachteten. Sie rührten sich nicht von der Stelle und machten nicht den Eindruck, als wären sie ihnen feindlich gesinnt. Also doch nur ein leichtsinniger Ausflug. Yeng Wei und Fu Ling waren zu einem abendlichen Trip in die Serengeti aufgebrochen und einem Ranger begegnet.

Auf der Anhöhe stellte Patita den Motor ab, ließ aber die Scheinwerfer brennen, als sie ausstiegen. Melissa atmete tief durch, als sie sah, wie erleichtert die Chinesen über ihre Ankunft zu sein schienen. Nur ihrem Bauchgefühl war es zu verdanken, dass noch ein kleiner Rest Misstrauen in ihr schlummerte.

»Mister Wei! Miss Ling! Wir haben überall nach Ihnen gesucht!«, sagte sie. »Es ist viel zu gefährlich, nachts ohne Guide durch die Serengeti zu fahren. Vor allem während der Großen Wanderung, wenn besonders viele Tiere unterwegs sind. Ihnen hätte sonst was passieren können!« Sie versuchte, ihre Stimme nicht zu dramatisch klingen zu lassen, um sie nicht zu erschrecken.

»Das hab ich ihnen auch schon gesagt«, betonte der Ranger.

Melissa erkannte ihn als einen der Männer, die sie bei Commander Gayoye am letzten Tatort gesehen hatte. »Ranger Chikawe, nicht wahr? Von der Anti-Wilderer-Einheit. Sind Sie denn sonst nicht mindestens zu zweit unterwegs?«

»Ich konnte nicht schlafen«, erwiderte er, »und dachte, eine Extra-Runde könnte nicht schaden.« Er blickte die Chinesen leicht vorwurfsvoll an. »Zum Glück, sonst wäre dieser Ausflug vielleicht nicht so glimpflich ausgegangen.«

»Sie haben uns sehr geholfen, Ranger«, dankte ihm Patita.

Fu Ling wirkte schuldbewusst. »Es tut uns leid, Miss Baxter.

Wir wollten allein mit den Elefanten sein und genügend Zeit haben, sie ungestört zu beobachten. Nachts wirkt die Serengeti so …«, sie suchte nach dem passenden Wort, »… so geheimnisvoll. Auf diesen Safaris sind uns zu viele Menschen.«

»Wir bieten auch private Safaris an.«

»Auch ein Guide, so dachten wir, würde uns nur stören. Aber inzwischen sehen wir ein, wie leichtsinnig unser Ausflug war. Ranger Chikawe hat uns schon gehörig zusammengestaucht.« Sie lächelte schüchtern. »Ich hoffe, unser Ausflug hat keine Konsequenzen, oder müssen wir jetzt ins Gefängnis?«

Melissa war froh, dass keiner der beiden Ausflügler einen Schaden genommen hatte, und ließ Gnade vor Recht ergehen. »Ich denke, wir können es bei einer Belehrung belassen. Natürlich nur, wenn sich der Vorfall nicht wiederholt. Aus Spaß und Übermut kann hier draußen schnell Ernst werden.« Sie blickte Yeng Wei an, der einen ebenso bedrückten Eindruck wie seine Nichte machte. »Wie sind Sie überhaupt an den Schlüssel für den Landrover gekommen?«

»Der steckte. Wir dachten, der Wagen steht allen Gästen zur Verfügung.«

Die Ausrede nahm Melissa ihnen nicht ab, aber warum sollte sie den Vorfall unnötig aufbauschen. Wenn er bekannt wurde, kam ihre Lodge nur ins Gerede. Es war besser, den Mantel des Schweigens darüber zu decken. »Okay«, sagte sie, »es ist ja nichts passiert. Ich denke, die Ranger lassen die Sache auch auf sich beruhen.« Sie blickte Chikawe an und bekam ein angedeutetes Nicken zur Antwort. »Und kommen Sie das nächste Mal zu mir, wenn Sie einen Sonderwunsch haben. Sie wissen doch, dass wir uns große Mühe geben, auch die ungewöhnlichsten Wünsche unserer Gäste zu erfüllen.«

Die Chinesin strahlte. »Vielen Dank, Miss Baxter. Und seien Sie versichert, dass wir nicht die geringste Lust auf einen weiteren Ausflug auf eigene Faust verspüren.«

14

Schon beim Frühstück wurde Melissa bewusst, welche Herausforderung an diesem Tag auf sie wartete. Sie hatte geholfen, die Gerichte für das Frühstücksbüffet zuzubereiten, und begrüßte gerade Yeng Wei und Fu Ling, die schuldbewusst ihren Tisch ansteuerten, als Billy Green die Terrasse betrat.

Der Texaner war blendender Laune. »Howdy, Melissa!«, begrüßte er sie im Westernslang. »Ich darf Sie doch beim Vornamen nennen? Bringen Sie mir ein kleines Steak mit Bratkartoffeln und zwei Spiegeleiern! Mit dem Schickimicki-Kram auf dem Büffet kann ich nichts anfangen. Und eine Bloody Mary könnte auch nichts schaden.« Er setzte sich an seinen Tisch und zwinkerte ihr zu. »Sie wissen doch, heute ist mein großer Tag. Den muss ich standesgemäß und wie ein echter Texaner beginnen, sonst geht gar nichts.«

Bei dem Gedanken an eine Bloody Mary noch vor dem ersten Bissen fiel es Melissa schwer, ihr Lächeln beizubehalten. »Natürlich, Sir. Ich kümmere mich gleich darum. Möchten Sie Toast oder unsere Frühstücksbrötchen?«

»Was auch immer. Und sagen Sie doch endlich Billy zu mir.«

Sie gab den Auftrag an den Barkeeper weiter und bereitete das Frühstück des Millionärs eigenhändig zu. »Ein Sonderwunsch unseres Texaners«, klärte sie den staunenden Otto auf, als sie das Filetsteak aus dem Kühlschrank nahm. »Würde mich nicht wundern, wenn er noch einen doppelten Cheeseburger für unterwegs möchte. Und eine Feldflasche mit Kentucky Bourbon.«

»Damit würde er sogar bei der Gatterjagd vorbeischießen. Auch eingesperrte Löwen bleiben nicht ruhig stehen, bis Mister Millionär gezielt hat.«

»Vielleicht sollte ich die Bloody Mary trinken«, sagte sie. »Ich glaube nicht, dass ich ihn nüchtern ertragen kann.« Sie schaufelte die Bratkartoffeln und die Eier auf den Teller. »Sie könnten dem Chef doch sagen, dass Sie mich dringend in der Küche brauchen, dann schickt er vielleicht eine andere.«

»Green will aber Sie.« Otto grinste. »Ich mach Ihnen einen Kakao, okay?«

Sie nickte dankbar und legte das Steak über die Kartoffeln. *Medium Rare*, wie es der Texaner am liebsten mochte. Sie brachte dem Millionär sein Frühstück und wünschte ihm guten Appetit. Erleichtert stellte sie fest, dass ihm der Barkeeper schon die Bloody Mary gebracht hatte. »Und Sie bestehen immer noch darauf, dass ich Sie begleite?«

Green setzte das Glas ab. »Sie haben doch keine Angst?«

»Vor dem Löwen? Nein, aber ich weiß nicht, ob ich bei der Jagd zusehen kann. Löwen sind wundervolle Tiere, und ich muss mich erst daran gewöhnen, dass Männer viele Tausend Dollar dafür bezahlen, um sie abzuschießen.«

»Großwildjagd ist was für Männer«, erwiderte er, »so wie schnelle Autos, Fischen und Football. Die meisten Frauen werden nie kapieren, was wir daran finden.« Er schnitt einen Bissen von seinem Steak ab und schob ihn sich in den Mund. »Und ich zahle viel Geld für einen Löwen, weil ich den ganzen Tag mit Immobilien und Zahlen zu tun habe und mich nach dem Abenteuer sehne. Afrika, wie es Hemingway erlebt hat. Das war noch ein echter Amerikaner, nicht so ein liberales

Weichei wie einige dieser Öko-Typen.« Er schluckte den Bissen hinunter. »Und was Ihre wundervollen Löwen betrifft … auch ich bewundere diese Tiere. Deshalb trete ich ja gegen eine der Raubkatzen an. Solche Zweikämpfe zeigen einem, ob man ein Weichei oder ein Mann ist. Warum sonst sind die Massai jahrzehntelang auf Löwenjagd gegangen?«

»In einem Gatter?« Der Satz war ihr herausgerutscht.

»Das Gebiet ist groß genug«, antwortete der Texaner verstimmt. »Ich schnappe mir den Burschen nicht auf einer Koppel oder lasse ihn anketten, bevor ich ihn abschieße. Das ist ein Kampf auf Augenhöhe. Jeder weiß, dass er bei diesem Kampf sterben kann, und keiner erwartet Mitleid. Oder meinen Sie, den Löwen kümmert es, mich zu zerreißen? Auch er weiß, dass ein erfülltes Leben hauptsächlich aus Kampf besteht. Sie werden den Nervenkitzel selbst erleben, wenn wir heute Mittag dem König der Tiere nachstellen. Und sagen Sie bloß nicht, dass Sie kneifen wollen. Sie werden mich begleiten.«

Damit war auch Melissas letzte Chance dahin, und ihr blieb nichts anderes übrig, als mit ihm zu fliegen. Nachdem sie sich umgezogen und den versprochenen Kakao in der Küche getrunken hatte, stieg sie mit dem Texaner in die Maschine. Von der staubigen Landebahn hoben sie ab und flogen in die aufgehende Sonne hinein, bevor sie nach Südwesten abdrehten und Kurs auf die Löwenranch nahmen. Unter ihnen leuchtete das Gras in der Morgensonne, und Hunderte Gnus folgten ihren Artgenossen zum frischen Gras im Norden.

Ungeachtet der einmaligen Schönheit, mit der die Serengeti sie auch an diesem Morgen verzauberte, verstärkte sich das mulmige Gefühl, das Melissa schon seit dem vergangenen

Abend beherrschte, immer mehr. Sie saß hinter dem Piloten und dem Millionär, der vor Begeisterung und Vorfreude nur so strotzte und es gar nicht abwarten konnte, endlich seinen Löwen zu schießen. Sie war mit den anderen über Headsets verbunden und schon nach wenigen Minuten versucht, ihr Gerät abzuschalten, weil ihr das Macho-Gehabe des Großwildjägers immer stärker auf die Nerven ging. Wie konnte man sich nur darauf freuen, ein so majestätisches Tier wie einen Löwen abzuknallen?

»Und Sie nageln das Fell des toten Löwen wirklich an die Wand?«, fragte Melissa. Sie hatte nie verstanden, warum jemand jagte, nur um ein Geweih oder ein Fell aufzuhängen. »Über den Kamin, damit es jeder sehen kann?«

Er überhörte den Sarkasmus und die Kritik, die in ihrer Frage mitschwang. »Besser, viel besser«, antwortete er. »Ich lasse den Burschen ausstopfen und stelle ihn in die Eingangshalle meiner Villa. Der Sockel steht bereits, der besteht aus echtem Marmor, wie es der König der Löwen verdient.« Er lachte. »Meine Besucher werden große Augen machen, wenn sie das Haus betreten. Klar, mein Grizzly ist auch nicht übel, aber ein Löwe macht noch mehr her.«

»Und die Kritik, die jetzt überall durch die Medien geistert, macht Ihnen nichts aus? Erinnern Sie sich an den Zahnarzt, der vor ein paar Jahren mit einem erlegten Löwen für ein Foto posiert hat? Das Foto ging um die ganze Welt und hat ihm sehr geschadet. Kam der Jäger nicht auch aus Texas?«

»Minnesota«, verbesserte sie der Texaner. »Und er musste seinen Löwen kreuz und quer über die Savanne jagen, bis er ihn endlich erwischt hatte. Ein Sonntagsjäger, wie es ihn nur bei den Yankees gibt. Einem Texaner könnte so was nicht passieren. Wir stellen uns der Gefahr, darum geht es doch. Um den Nervenkitzel, den man dabei erlebt. Sonst würde ich Eichhörnchen jagen.«

Melissa wusste, dass eine solche Diskussion mit einem überzeugten Großwildjäger zu nichts führen würde, und wechselte rechtzeitig das Thema. Sie hatte Green ihre Meinung sagen wollen, zumindest durch die Blume, war aber auch der Lodge verpflichtet, indem sie ihn bei Laune hielt, damit er wieder buchte und vielleicht sogar mit einigen Freunden zurückkam.

Beim nächsten Meeting mit Martin Conroy und Gordon Brentwood, dem Besitzer der Lodge, würde sie das Thema allerdings noch mal zur Sprache bringen. Wenn sie keine Großwildjäger mehr aufnahmen und auf diese Weise zeigten, was sie von der Gatterjagd hielten, ernteten sie vielleicht Pluspunkte bei der überwältigenden Mehrzahl der Tierfreunde, die nach Afrika reisten, um sich die Tiere anzusehen und nicht, um sie zu töten. Einige Touristikunternehmen und Reiseportale im Internet hatten sich bereits offen gegen die Gatterjagd gestellt und dadurch keine Einbußen erlitten – ganz im Gegenteil.

Unter ihnen tauchte die Löwenranch mit dem eingezäunten Steppenabschnitt für die Raubkatzen auf. Ein relativ kleines Gebiet, wenn man berücksichtigte, wie viel Platz und Auslauf ein Löwe in freier Natur hatte. Allein das Gefühl, eingesperrt zu sein, musste ihnen zu schaffen machen. Sie kreisten einmal über der Ranch, um Green die Möglichkeit zu geben, sich seinen Jagdgrund genau einzuprägen, dann steuerte der Pilot die Landebahn an und setzte die Cessna sicher auf den Asphalt. Sie hielten neben dem Verwaltungsgebäude, das den Lehmhütten der Massai nachempfunden war, aber den Komfort eines Stadthauses bot und sogar über eine Klimaanlage verfügte.

Kevin Ramsey und der Jagdführer, ein fröhlicher Schwarzer, der sich Monty nannte, warteten vor dem Gebäude. »Willkommen auf der *Ramsey Lion Ranch*!«, begrüßte sie Ramsey und schüttelte Green beinahe freundschaftlich die Hand. »Howdy«, sagte er zu ihm. »Freut mich ganz besonders, einen Jäger aus Texas begrüßen zu dürfen. Ich vermisse die Heimat sehr.«

»Texas trägt man im Herzen«, erwiderte Green selbstbewusst.

Nachdem man einander vorgestellt und weitere Freundlichkeiten ausgetauscht hatte, führte Ramsey sie ins Verwaltungsgebäude. Der Empfangsraum war wie die Lobby eines rustikalen Hotels eingerichtet. Mehrere Sitzgruppen mit schwarzen Ledersesseln und niedrigen Tischen aus poliertem Edelholz waren über den Raum verteilt, an den Wänden hingen historische Fotos von legendären Großwildjägern und eindrucksvolle Aufnahmen von jagenden und angreifenden Löwen. In dem Kamin am Stirnende brannte ein künstliches Feuer.

»Kaffee? Tee? Ein Drink?«, fragte Ramsey und blickte auch Melissa an.

»Nein, danke.«

Auch Green winkte ab. »Ich will so bald wie möglich los.«

»Das kann ich verstehen«, sagte Ramsey. Wenn er sich von seiner verständnisvollen Seite zeigte, war er Melissa besonders unsympathisch. Er kam ihr wie ein Autoverkäufer vor, der teure Schlitten an Millionäre verkaufte und genau wusste, wie er seine Kunden anpacken musste. »Sie brechen in wenigen Minuten auf und haben in Monty den besten Guide, den man sich denken kann. Wichtig ist, dass Sie auf dem Truck bleiben, auch Sie, Miss Baxter.«

»Der Jäger steht auf einem Truck, wenn er schießt? Das ist aber ziemlich unfair. Das hätte ein Großwildjäger wie Hemingway doch niemals getan.«

»Steht im Kleingedruckten der Versicherung.«

»Und welche Versicherung hat der Löwe?«

»Melissa hätte es wohl lieber, wenn ich tagelang allein über die Steppe ziehen würde. Ohne Truck und ohne Guide. Nichts täte ich lieber, meine liebe Melissa, aber das erlaubt die Versicherung nicht. Und glauben Sie mir, auch so ist die Löwenjagd noch gefährlich genug. Habe ich nicht recht, Kevin?«

»Sicher. Dürfte ich mal Ihr Gewehr sehen?«

Green reichte es ihm.

»Eine 375er Jarrett. Die nehme ich auch am liebsten.«

Sie plauderten einige Minuten über die Schusswaffe, eine höchst langweilige Unterhaltung für Melissa, die inzwischen eine der ausgelegten Broschüren durchblätterte. Wunderschöne Aufnahmen von Löwen, Zitate von legendären Großwildjägern, aber kein Wort darüber, dass die Raubkatzen von Menschenhand aufgezogen und in einem durch Zäune abgesperrten Gebiet erschossen wurden. Fast so, als würden die Jäger tatsächlich wie in alten Tarzan-Filmen über die Steppe ziehen und irgendwann einem Löwen gegenüberstehen. Der Kampf Mann gegen Löwe, den es in Wirklichkeit gar nicht mehr gab. Genauso gut hätte man die Jäger in einen Zoo schicken können.

Obwohl Melissa eine Heidenangst vor dem Jagdausflug hatte, nicht wegen der Löwen, sondern wegen ihrer Reaktion auf das unwürdige Schauspiel, war sie froh, als es endlich losging. Ramsey stieg mit ihnen auf die Ladefläche seines modernen Pick-up-Trucks, Monty öffnete das Tor und schloss es wieder, nachdem sie in das eingezäunte Gebiet gefahren waren, dann kletterte auch er auf die Ladefläche. Er hatte ebenfalls ein Jagdgewehr dabei. Ramsey trug eine Pistole an seinem Gürtel und erinnerte an einen Westernhelden.

Die Jagd begann. Der Fahrer fuhr einige Hundert Meter am Fluss entlang, bevor er den Ufertrail verließ und nach Norden abbog. Das Gebiet der Löwenranch reichte bis zur südlichen Grenze des Nationalparks. Die Sonne stand hoch am wolkenlosen Himmel, und die Akazien warfen kaum Schatten. Über dem Steppengras flimmerte die Hitze.

Melissa hielt sich mit beiden Händen an den Aufbauten des Pick-ups fest. Obwohl sie ungefähr zwei Meter von Green entfernt stand, bemerkte sie, wie er vor Aufregung schwitzte und in einer Mischung aus Vorfreude und Angst nach »seinem« Löwen suchte. In seinen Augen stand ein beinahe fanatischer Ausdruck. Viele Jahre hatte er auf diese Gelegenheit gewartet, so hatte er mehrmals gesagt, und jetzt war es endlich so weit. Wie ein Sportler, der den erhofften Endkampf erreicht hatte und kurz vor einer Medaille stand.

Nach einer Weile schlug Monty zweimal mit der flachen Hand auf das Dach der Fahrerkabine, das Signal für den Fahrer, sofort anzuhalten. »Hier muss er sein«, sagte er mit gedämpfter Stimme. Er hatte sein Gewehr von der Schulter genommen und wies auf ein Buschdickicht, das sich vor ihnen ausbreitete. Das ideale Versteck für einen schwachen Löwen, der sich in die Enge getrieben fühlte.

Melissa blickte durch ihr Fernglas und entdeckte beinahe auf Anhieb einen dunklen Schatten zwischen den Dornen. Der Löwe! Ein stattlicher Bursche mit dunkler Mähne, das Ergebnis sorgfältiger Züchtung, wie sie wusste. Bei Großwildjägern waren besonders männliche Tiere mit möglichst dunklen Mähnen beliebt. Mehr konnte sie nicht erkennen. Die Sonne stand genau hinter dem Löwen und blendete sie. »Sehen Sie ihn, Billy?«, fragte Ramsey.

»So hatte ich ihn mir vorgestellt«, antwortete Green flüsternd.

»Fahr um den Löwen herum, bis du in seinem Rücken bist«, sagte Monty zum Fahrer. Er wartete, bis der Schwarze angefahren war, und wandte sich an Green. »So haben wir den Wind gegen uns, und die Sonne blendet ihn. Löwen jagen am liebsten nachts. Helles Sonnenlicht können sie nicht ausstehen. Aber das wissen Sie sicher.« Er deutete auf die Jarrett. »Halten Sie Ihr Gewehr bereit! Nachher werden Sie nicht viel Zeit haben. In Afrika kommen wir den Tieren beim Schuss viel näher als in Amerika oder Europa.« Beide Männer hielten sich mit einer Hand fest, als der Fahrer um den Löwen herumfuhr.

Melissa hatte beschlossen, während der Jagd möglichst den Mund zu halten, um Green nicht aus der Fassung zu bringen. Sie hatte keine Lust, von einem texanischen Millionär verklagt zu werden. Sie zog sich bis zur Heckklappe zurück, als der Fahrer anhielt und der Texaner den Löwen anvisierte.

Sie blickte auf den Löwen. Die Sonne schien ihm jetzt genau ins Gesicht, und sie glaubte deutlich zu erkennen, dass seine Augen glasig waren, als hätte man ihm tatsächlich ein Betäubungsmittel verpasst. Zumindest so viel, dass er zu keinem Angriff mehr fähig war. Aber das konnte sie sich auch einbilden.

»Zielen Sie auf sein Herz!«, riet der Guide leise. »Auf den Punkt, an dem die Mähne mit der Haut verwachsen ist. Seine Haut ist nicht besonders dick, kein Problem für eine Kugel aus einer 375er Jarrett, ihr Ziel zu erreichen.«

Melissa sah, wie Green der Schweiß aus allen Poren drang. Das Adrenalin schien mit voller Kraft durch seinen Körper zu fließen. Obwohl er sicher schon viele Male auf der Jagd gewesen war, schien er nervös zu sein. Kein Wunder, es war etwas anderes, auf einen Löwen als auf einen Elch oder Hirsch zu schießen. Nur mühsam brachte er seinen Atem unter Kontrolle. Er musste die Waffe sogar einmal absetzen, wieder anlegen und noch mal zielen.

Melissa blickte durch ihr Fernglas und beobachtete den Löwen. Er schien misstrauisch geworden zu sein und stand langsam auf. Seine Bewegungen wirkten unsicher. Er lief einige Schritte, torkelte beinahe und blieb wieder stehen.

In diesem Augenblick schoss der Texaner.

Die Kugel erwischte den Löwen am Hinterteil und trieb ihn einige Meter ins Gebüsch. Green schoss noch einmal und traf den Löwen diesmal genau ins Herz. Er lief noch ein paar Schritte, schien zu stolpern und fiel zu Boden.

»Auf die Zwölf!«, jubelte Ramsey. »Sie haben ihn erlegt!«

15

Noch auf dem Rückflug, nachdem ihr nichts anderes übrig geblieben war, als mit Green und Ramsey auf den »gelungenen Abschuss« anzustoßen, fühlte Melissa sich hundeelend. Den Löwen an mehreren Kugeln sterben zu sehen, hatte sie zutiefst erschüttert. Und noch schlimmer war für sie die kindliche Freude des Texaners gewesen, der stolz wie ein Pfau mit dem toten Löwen posiert hatte und alle paar Minuten sein Smartphone herausholte und das Foto bewunderte.

Melissa war ziemlich sicher, dass der Löwe betäubt gewesen war, als sie ihn aufgespürt hatten, zu benommen, um vor den tödlichen Kugeln des Millionärs davonzulaufen. Ein wilder Löwe hätte schneller reagiert. Sie hatte nicht gewagt, den Verdacht vor Ramsey anzusprechen. Er hätte sowieso geleugnet, mit verbotenen Mitteln gearbeitet zu haben, sie sogar wegen übler Nachrede verklagen können. Für einen solchen Vorwurf brauchte man sichere Beweise.

Die Sonne stand bereits weit im Westen, als sie die Lodge erreichten. Green zog sich in seinen Bungalow zurück, nicht ohne vorher Champagner für alle fürs Abendessen vorzubestellen. Melissa traf den Manager in seinem Büro und berichtete von ihrem Ausflug zur Löwenranch. »Die Regierung muss endlich ein Gesetz gegen diese Gatterjagden erlassen«, sagte sie, nachdem sie den Abschuss des Löwen geschildert hatte. »Ich hätte heulen können, so grausam war das alles. Und am schlimmsten war, dass der Löwe wahrscheinlich ruhiggestellt war. Der konnte kaum laufen. Den hätte jeder getroffen, der ein Gewehr einigermaßen gerade halten kann. Oh, es war furchtbar.«

»Ich kann Ihre Gefühle nachvollziehen, Melissa«, meinte Conroy wesentlich nüchterner. »Ich verstehe auch nicht, was diese Großwildjäger antreibt, und noch weniger, was einen antreibt, einen vielleicht sogar betäubten Löwen in einem Gatter abzuknallen. Aber erstens fehlen uns die Beweise für die Betäubungsmittel und zweitens hält sich der Besitzer der Löwenranch streng an die Gesetze. Wir können das Thema aber gern auf unsere Agenda für das nächste Gespräch mit Gordon Brentwood setzen.« Er hob warnend einen Finger, lächelte jedoch dabei. »Aber spielen Sie inzwischen nicht Detektivin. Das gäbe nur Ärger. Wenn einer sich darum kümmert, ist es die Polizei.«

»Natürlich, Sir. Ich reagiere bei diesem Problem etwas empfindlich.«

»Das haben Sie den Texaner hoffentlich nicht spüren lassen.«

»Natürlich nicht. Ich hab keine Lust, von Ramsey oder ihm verklagt zu werden. Ich würde aber vorschlagen, dass sich jemand von unserer PR-Abteilung herbemüht, um herauszufinden, wie man dieses und das Wilderer-Problem am besten in einer Pressemitteilung anspricht. Viele Gäste stellen Fragen, und die Guides und ich eiern meist ein wenig herum. Über eine Pressemitteilung könnten wir nach außen kommunizieren, welch großen Beitrag wir mit unserer Tierstation leisten, um verletzte Tiere zu pflegen und auf ihre Rückkehr in die Wildnis vorzubereiten. Und vielleicht sollten wir eine Partnerschaft mit Frankfurt anstreben …«

Conroy lächelte anerkennend. »Gute Idee. Ich schlage vor, Sie bringen diese Vorschläge schon mal zu Papier oder in den Computer und tragen sie Brentwood bei unserem nächsten Treffen vor. Sie sind am dichtesten an den Problemen dran. Aber morgen sollten Sie erst mal wieder auf Safari gehen. Eine Familie mit zwei Kindern. Sie wollen die kleine Runde drehen und die meiste Zeit in der Tierstation verbringen. Sehen Sie zu, dass die Kinder ihren Spaß haben.«

Von draußen drangen laute Stimmen herein. Eine Frau rief aufgebracht: »Wie können Sie nur ein so grausames Foto herumzeigen? Pfui Teufel! Schämen Sie sich! So ein schönes Tier, und Sie knallen es einfach ab!«

Und Billy Green antwortete: »Das war ein fairer Kampf, Ma'am! Und Sie sollten sich erst einmal informieren, bevor Sie mir Vorhaltungen machen. Ich bin Jäger, kein Schlächter. Wenn Großwildjäger wie ich keine Löwen erschießen würden, gäbe es zu viele Raubkatzen in der Serengeti, und die übrige Tierwelt würde extrem darunter leiden.«

Die Frau konterte: »Das ist doch nicht wahr! Ich habe genug über diese Gatterjagden gelesen, um einigermaßen darüber Bescheid zu wissen. Es heißt sogar, dass die Tiere betäubt werden, damit die Jäger leichteres Spiel haben. Und so was bezeichnen Sie als fair? Eine größere Tierquälerei kann ich mir nicht vorstellen. Warum tun Sie so was?«

Melissa eilte in die Empfangshalle und drängte sich zwischen die beiden Streithähne. Green wirkte scheinbar gelassen, hatte auch schon einige Gläser Champagner getrunken. Die Frau, eine elegant gekleidete Mittdreißigerin mit kurzen blonden Haaren, war außer sich vor Zorn.

»Seien Sie bitte vernünftig, Ma'am. Das Wetter ist doch viel zu schön, um sich zu streiten. Mag sein, dass Sie mit Ihrer Kritik richtigliegen, aber ich muss Ihnen leider sagen, dass es in Tansania kein Gesetz gegen die Gatterjagd gibt.« Melissa wandte sich an den Texaner. »Ruhen Sie sich noch ein wenig aus! Sie haben einen anstrengenden Tag hinter sich. Wie wär's mit einem Bad im Pool?«

Er atmete ein paarmal heftig. »Sie haben recht, Miss. Ich lasse mich zu leicht provozieren. Wir Texaner sind empfindlich, wenn man uns gewisse Dinge streitig machen will. Die Jagd ist ein wichtiger Teil unserer Kultur.«

Melissa war froh, als die Streithähne verschwunden waren. »Da sehen Sie, was passieren kann«, sagte sie zu Conroy. »Es muss dringend was geschehen.«

An diesem Abend hatte sie frei. Sie ging in die Küche und angelte sich eines der überbackenen Filetsteaks, die Otto für das Abendessen briet. Dazu gab es Kartoffelpüree aus normalen und süßen Kartoffeln und Mischgemüse. Erst beim Essen merkte sie, wie groß ihr Hunger war. Otto servierte ihr einen Nachschlag und ein Glas Limonade.

»Was gibt's Neues, Otto?«, fragte sie.

»Unter den neuen Gästen ist eine Vegetarierin.«

»Lass mich raten: Kurze blonde Haare, elegant gekleidet.«

Er blickte sie verwundert an. »Woher weißt du das?«

Sie erzählte ihm von dem Streit zwischen der blonden Dame und dem Texaner. »Ich hab auch was gegen Gatterjagden, aber sie war vorhin geradezu außer sich vor Empörung. Sie rührt bestimmt kein Fleisch an. Was kriegt sie zu essen?«

»Gemüseauflauf. Du weißt, wie gut der schmecken kann.«

»Sonst noch irgendwas, was ich wissen muss?«

»Die Chinesen waren mit einem Helikopter unterwegs. Zwei Stunden Rundflug. Ich stand bei Conroy im Büro und konnte durchs Fenster sehen, wie sie einstiegen.«

»Eines der bekannten Rundflug-Unternehmen?«

»Eben nicht.« Er nahm eine weitere Ladung Steaks aus der Pfanne, legte sie auf einen Teller und schob sie in den warmen Backofen. »Das ist ja das Komische. Auf dem Hubschrauber war kein Logo. Auch keine Aufschrift.«

»Schwarz?«

»Dunkelrot, wahrscheinlich privat gemietet.«

»Dann müssen Mr Wei und seine Nichte wohl zu viel Geld haben. Unterschätze mir nicht die Chinesen!«

»Meine Rede, aber sonst verhalten sie sich eher zurückhaltend.« Er legte neue Steaks in die Pfanne und sah ihnen beim Brutzeln zu. »Was ich noch fragen wollte …«

»Kein Problem, ich helfe dir gern.«

»Aber du weißt doch noch gar nicht …«

»Natürlich weiß ich das«, unterbrach sie ihn. »Du möchtest, dass ich dir beim Servieren helfe. Ich weiß, dass es für dich nichts Schlimmeres gibt, als das Essen zu servieren und Small Talk mit den Gästen zu machen. Stimmt's?«

»Du bekommst auch einen Extra-Nachtisch.«

Diesmal hatte Melissa jedoch einen Hintergedanken dabei. Sie wollte wissen, warum Yeng Wei und Fu Ling einen teuren Privathubschrauber gemietet hatten. Zum anderen wollte sie zur Stelle sein, falls Billy Green und seine Widersacherin sich wieder in die Haare gerieten.

Das Abendessen ließ sich keiner der Gäste entgehen. Wie

mit dem Millionär abgesprochen, rollte der Barkeeper einen Wagen mit mehreren Champagnerflaschen und Gläsern herein, und Green wandte sich mit einem Trinkspruch an die Gäste: »Liebe Gäste, ich bin Billy Green aus Dallas, Texas, und habe heute Morgen einen Löwen geschossen. Ein denkwürdiger Tag für mich, den ich gerne mit Ihnen feiern möchte. Lassen Sie uns auf den König der Tiere anstoßen, einen gleichwertigen Gegner, der oft genug selbst der Sieger war.« Er erhob sein Glas. »Keine Angst, das ist kein amerikanischer Schaumwein, sondern echter französischer Champagner! Auf Ihr Wohl!«

Alle Gäste bis auf die blonde Dame und ihren Mann prosteten dem Texaner zu, einige beglückwünschten ihn sogar laut zu seinem Abschuss. Anderen sah man an, dass sie nicht viel von der Löwenjagd hielten und ihre Gläser nur aus Höflichkeit erhoben. Glücklicherweise gab es keine neue Auseinandersetzung, auch nicht mit der blonden Dame, die sich sichtlich zusammenriss. Sie hieß Emily Lawton, wie Melissa herausgefunden hatte, stammte aus St. Gallen und war mit ihrem Mann Henry und ihren beiden Kindern, dem dreizehnjährigen Paul und der zehnjährigen Agnes unterwegs. Harry war Ingenieur, sie kümmerte sich um die Kinder. Melissa hatte längst gelernt, dass man als Assistant Manager so gut wie möglich über seine Gäste Bescheid wissen sollte.

»Und nach dem Essen gebe ich in der Bar einen aus«, kündigte der Texaner großspurig an. »Heute kommt es mir auf einen Dollar mehr oder weniger nicht an.« Er nahm einen kräftigen Schluck, als wäre es kein Champagner, sondern irgendein x-beliebiger Drink. »Wollen Sie den Löwen mal sehen? Ich hab mir das Foto vorhin ausdrucken lassen.« Er zog das Foto aus der Tasche und zeigte es den Gästen am Nebentisch. »Na, ist das ein Prachtbursche?«

Er wartete ihre Reaktion gar nicht ab und ging einen Tisch weiter zu einem älteren Ehepaar. »Der hätte nicht viel von mir übrig gelassen, wenn ich zu langsam gewesen wäre. Sehen Sie sich die Reißzähne an. Hübsche Beißerchen, nicht wahr? Keine Ahnung, wie viele Antilopen er damit getötet hat.«

Melissa hätte es ihm sagen können. Der Löwe hatte keine einzige Antilope mit seinen Zähnen gerissen. Menschen hatten ihn seiner Mutter weggenommen, damit sie möglichst rasch für neue Junge bereit war, hatten ihn mit Milch und später mit Fleischbrocken gefüttert und ihn an Kevin Ramsey verkauft, sobald er ausgewachsen war. Sie hätte dem Texaner am liebsten zugerufen, das Bild einzustecken und sich endlich hinzusetzen, aber sie wollte vermeiden, dass es zu einer hitzigen Diskussion über Gatterjagden kam, und schwieg auch dann, als er den Lawtons das Foto zeigte. Ihre Tochter begann zu weinen, als sie den toten Löwen sah, und Emily Lawton brauste so heftig auf, dass Green erschrocken zusammenfuhr und an seinen Tisch zurückkehrte. Es hätte nicht viel gefehlt, und sie hätte ihm ihren Champagner ins Gesicht geschüttet.

Melissa nutzte die betretene Stille, die ihren Worten folgte, um mit blumigen Worten das Abendessen anzukündigen und Ottos Kochkunst zu loben: »Vergessen Sie alles, was Sie jemals über Steaks zu wissen glaubten, denn nach unserer köstlichen Vorspeise folgt eine kulinarische Offenbarung, die Sie Ihr Leben lang nicht vergessen werden. Ich übertreibe nicht, Ladies and Gentlemen. So gute Steaks wie bei unserem Otto bekommen Sie nirgendwo!«

Ihre verbindliche Art verdrängte die Erinnerung an den unliebsamen Zwischenfall, und die Qualität der Steaks überzeugte sogar den Texaner, der lediglich über ihre bescheidene Größe klagte und gleich noch ein zweites Steak bestellte.

»Bei uns in Texas sind die Steaks zehnmal so groß!«, prahlte er.

Während die Gäste aßen, ging Melissa von Tisch zu Tisch und erkundigte sich höflich, ob ihnen das Essen schmeckte. Die uneingeschränkte Begeisterung würde sie an Otto weitergeben. Selbst Emily Lawton hatte sich einigermaßen von ihrer Aufregung erholt und war voll des Lobes über ihren Gemüseauflauf.

»Wir werden morgen zusammen auf Safari gehen«, sagte Melissa. »Gleich nach dem Frühstück? Am frühen Morgen zeigen sich die meisten Wildtiere.«

»Auch Elefanten?«, fragte die zehnjährige Agnes.

»Ganz besonders Elefanten«, erwiderte Melissa.

Sie ging einen Tisch weiter zu den Chinesen, denen das Steak ebenso gut schmeckte wie den anderen Gästen. »Ich habe gehört, Sie waren heute mit einem Hubschrauber unterwegs«, sagte Melissa, nachdem sie einige Freundlichkeiten ausgetauscht hatten. »Warum haben Sie denn nichts gesagt, dann hätte ich einen der Veranstalter angerufen, die seit Jahren mit uns zusammenarbeiten.«

»Oh, das war mehr eine spontane Entscheidung«, erklärte Yeng Wei. »Meine Nichte wollte die Serengeti unbedingt von oben sehen, und wer kann dieser hübschen jungen Dame schon widerstehen?« Er strahlte seine Nichte an. »Und weil sie auf keine der geführten Touren gehen und vollkommen unabhängig bleiben wollte, hab ich das private Unternehmen angerufen, mit dem wir schon in Daressalam unterwegs waren. Ich weiß, die sind wesentlich teurer, aber auf dieser Reise lese ich ihr jeden Wunsch von den Augen ab.«

»Können Sie sich noch an den Namen der Firma erinnern?«

»Nein, leider nicht. Du, Fu Ling?«

Die Chinesin schüttelte den Kopf. »Aber der Flug war wunderschön. Von oben sahen die Gnu-Herden noch viel größer aus, und man sah erst, wie weit und groß dieses Land ist. Schade, dass wir übermorgen schon wieder abreisen müssen.«

»Zurück nach China?«

»Wie sagt man bei Ihnen? Die Heimat ruft.«

Nach dem Essen machte Melissa wie beinahe jeden Abend ihren Rundgang. Er diente vor allem dazu, sich davon zu überzeugen, dass alles in Ordnung war, gab ihr aber auch die Gelegenheit, am Rand der Lodge zu verharren und die friedliche Stimmung der hereinbrechenden Nacht zu genießen. Wenn die Zikaden zu zirpen begannen und der Mond am Himmel erschien, konnte sie am besten abschalten und die Probleme des Tages vergessen. Obwohl sie die Gäste regelmäßig davor warnte, trat sie oftmals auf die Steppe hinaus, nur um die grenzenlose Weite und die Nähe der wilden Tiere noch besser spüren zu können. Sie war inzwischen erfahren genug, um zu erkennen, ob sich ein Löwe oder Leopard in der Nähe ihrer Lodge herumtrieb.

Als Assistant Manager hatte man es immer mit einigen problematischen Gästen zu tun. Ihr machte weniger der texanische Millionär als Yeng Wei und Fu Ling zu schaffen. Sie benahmen sich irgendwie seltsam, obwohl Melissa nicht sagen konnte, was genau sie an ihnen störte. Ihr besonderes Interesse für Elefanten? Ihre etwas aufgesetzte Fröhlichkeit? Weil sie einen privaten Hubschrauber gemietet hatten? Oder wurde ihr Misstrauen nur von dem Gerücht befeuert, dass der geheimnisvolle Elfenbeinkönig ein Chinese sein sollte? Yeng Wei sah nicht gerade wie ein Verbrecherchef aus, eher wie der reiche Unternehmer, der er tatsächlich war und der sich seiner jungen Nichte annahm, die nach dem Tod ihrer Eltern sicher große Probleme gehabt hatte.

Melissa war bereits auf dem Weg zu ihrem Quartier, als ihr Smartphone klingelte. Auf dem Display erschien der Name ihrer Mutter. Sie drückte auf die Annahmetaste und sagte: »Hey, Mom! Ich weiß, ich hätte dich längst mal wieder anrufen sollen, aber hier geht es drunter und drüber. Du glaubst nicht, was hier los ist, seitdem dieser seltsame Millionär bei uns eingecheckt hat.«

»Melissa! Liebes! Was ist denn mit dir los? Du redest ja wie ein Buch!«

»Tut mir leid, Mom.«

»Ach was, das muss dir nicht leidtun.« Seltsamerweise war ihre Mutter diesmal sehr gelassen drauf, sonst beklagte sie sich erst mal ein paar Minuten lang darüber, dass ihre Tochter so selten anrief und sie sich schon seit Jahren alleingelassen fühlte. »Du ahnst ja nicht, warum ich dich anrufe.«

»Du bist befördert worden?«

»Besser, viel besser.«

»Du hast im Lotto gewonnen.«

Ihre Mutter ließ einige Zeit verstreichen, bis sie mit der

Wahrheit herausrückte. »Ich habe mich mit deinem Dad versöhnt. Wir wollen uns treffen.«

»Du und Dad?« Die Nachricht musste Melissa erst mal verdauen. »Das glaube ich nicht. Ihr wollt euch wirklich treffen? Zu einem richtigen Date?«

»Hältst du mich etwa zu alt für ein Date?«

»Natürlich nicht.« Sie setzte sich auf die Mauer vor dem Anbau, in dem sie wohnte, und stützte sich mit einer Hand an der Wand ab. »Ich dachte nur, du wolltest erst mit ihm sprechen, wenn er aufhört, den jungen Flugbegleiterinnen hinterherzulaufen, und das wird niemals geschehen, das weißt du doch.«

»Er hört jetzt schon damit auf.«

»So alt ist er nun auch wieder nicht.«

»Er hat sich geändert, Melissa. Auf einem Flug nach Rio wäre ihm die Erleuchtung gekommen. Er sei es leid, mit den jungen Dingern herumzuturteln, die wahrscheinlich sowieso nur auf sein Geld oder ein fürstliches Abendessen mit Champagner und so interessiert wären. Er habe endlich gemerkt, dass er nur mich liebe und diesen ganzen Rummel nicht mehr brauche. Wir wollen uns morgen treffen. Er bleibt zwei Tage in Frankfurt und will noch mal ganz von vorn anfangen. Wahrscheinlich steht er morgen Abend mit einem Blumenstrauß vor der Tür, so wie damals, als wir uns kennengelernt haben. Und wer weiß, vielleicht ist hier bei uns bald wieder alles beim Alten.« Sie hielt kurz inne, um Luft zu holen, und kicherte schüchtern. »Na, was sagst du?«

»Was ich sage?« Melissa wusste es wirklich nicht. »Keine Ahnung, aber ich würde dir raten, die Sache langsam anzugehen. Wer weiß, ob er es ehrlich meint. Vielleicht will er nur sicherstellen, dass du ihn im Alter versorgst.«

»Melissa! Wie kannst du so was sagen?«

»Tut mir leid, Mom. Es wäre natürlich schön, wenn du recht hättest.«

»Ich hab ein gutes Gefühl.«

Melissa wollte etwas sagen, aber genau in diesem Augenblick erklang lautes Rattern, und sie sah einen schwarzen Hubschrauber über die Lodge hinwegfliegen. Er flog über den Grumeti River hinweg in die Serengeti hinein.

»Die Wilderer!«, flüsterte sie.

»Was sagst du? Was ist denn das für ein Lärm?«

»Ich rufe dich später an, Mom.« Sie legte auf und suchte nach Conroy, der um diese Zeit gern einen Absacker in der Bar nahm und neben Green am Tresen stand. »Kann ich Sie mal sprechen, Sir?«, bat sie ihn. »Es ist wichtig …«

»Geschäfte«, sagte Conroy zu dem Texaner und grinste dabei.

Als er Melissa zuhörte, grinste er nicht mehr.

16

Am nächsten Tag sprach Melissa noch vor dem Frühstück mit dem Manager und erfuhr, was sie ohnehin erwartet hatte. Die Ranger hatten vergeblich nach dem Hubschrauber und den Wilderern gesucht und waren erst gegen Morgen auf ihre Spuren gestoßen: fünf tote Elefanten, denen man die Stoßzähne abgesägt hatte. Wieder einmal hatten Shetani und seine Männer zugeschlagen, so grausam und gnadenlos wie eine militärische Spezialeinheit in einem blutigen Krieg.

Und nichts anderes war diese Wilderei. Ein Krieg gegen einen meist unsichtbaren Feind, der bestens ausgerüstet war und blitzschnell zuschlug, bevor er wieder im Niemandsland verschwand. Und das, obwohl ihm die Ranger und die Polizei zahlenmäßig überlegen waren. Doch sie kamen regelmäßig zu spät und sahen jedes Mal das gleiche Bild: auf grausame Weise getötete Elefanten ohne Stoßzähne, die Kadaver majestätischer Tiere, die gegen die Schnellfeuergewehre der Wilderer nicht die geringste Chance hatten. Korrupte Beamte, vielleicht sogar Ranger und Polizisten, die in die andere Richtung sahen, wenn die Wilderer zuschlugen, oder Einheimische und Guides, die ihnen verrieten, wo sie die fetteste Beute machen konnten, begünstigten den Wahnsinn.

Melissa verdrängte die quälenden Gedanken. Ihr Job war es, den Gästen der Lodge einen angenehmen Urlaub zu ermöglichen und ihnen ein Afrika zu zeigen, wie man es nur noch in den Nationalparks fand. Sie bezahlten viel Geld für ihre Safari-Ferien.

Melissa frühstückte mit Otto in der Küche und verstaute die Lunchpakete und ihre Ausrüstung im Landrover, bevor sie die Lawtons in der Eingangshalle traf und lächelnd begrüßte. »Was für ein Tag«, schwärmte sie, als sie ins Freie traten, »wie geschaffen für eine Safari.«

Emily Lawton, in lässige Jeans, gemusterte Bluse und Stiefel gekleidet, die rote Schirmmütze weit in die Stirn gezogen, setzte sich auf den Beifahrersitz. Eine begeisterte Tierfreundin, wie Melissa schon am vergangenen Abend festgestellt hatte, die unablässig redete und von ihren zwei Hunden und drei Katzen erzählte. Harry, ihr Mann, ebenfalls in Jeans, Hemd und Stiefeln, aber mit Schlapphut, arbeitete als Ingenieur für eine Baufirma und verstand mehr von Brücken als von Tieren. Er hielt sich meist im Hintergrund und passte auf die Kinder auf. Paul war dreizehn, Agnes war zehn, und beide benahmen sich sehr aufgeweckt und lebhaft.

»Sorry, dass ich gestern Abend so ausgerastet bin«, entschuldigte sich Emily. Sie sprach Deutsch mit starkem Schweizer Akzent. »Aber dieser Texaner ging mir furchtbar auf die Nerven. Ich verabscheue sogenannte Jäger, die betäubte Löwen in abgezäunten Gebieten töten und sich auch noch damit rühmen. Das ist unethisch und macht mich traurig. Wie kann man sich gegen so schöne Tiere wenden, die noch dazu vom Aussterben bedroht sind?«

Harry schien ein bisschen genervt von den Worten seiner Frau. »Meine Frau ist Vorsitzende des Tierschutzvereins in St. Gallen und würde am liebsten alle Tiere der Welt retten. Wenn wir ein größeres Haus hätten, würden wahrscheinlich zwanzig Hunde und noch mal so viel Katzen bei uns leben.«

»Ich mag Katzen«, rief Agnes nach vorn.

»Aber nur, wenn sie einen nicht anspringen und kratzen.«

Emily drehte sich zu ihrem Mann und ihren Kindern um. Den kurzen Wortwechsel zwischen Agnes und Paul schien sie gar nicht mitbekommen zu haben. »Hier in Afrika ist die Situation dramatisch. Viele Tiere sind vom Aussterben bedroht, vor allem Löwen und Elefanten. Und selbst ernannte Großwildjäger wie dieser Texaner und skrupellose Wilderer sorgen dafür, dass die Lage immer dramatischer wird. Auch deshalb wollte ich unbedingt mit euch nach Afrika fliegen. Die Serengeti ist einer der letzten Orte, an denen man die Vielfalt der afrikanischen Tierwelt noch beobachten kann. Wer weiß, wie lange die Natur noch fähig ist, sich gegen den Menschen zu wehren.«

»Ganz so dramatisch würde ich die Lage nicht sehen«, widersprach Melissa. Sie fühlte sich unwohl in ihrer Rolle und musste sofort an den Hubschrauber denken, der am vergangenen Abend über die Lodge geflogen war. »Würde man den Wilderern freie Hand lassen, gäbe es bald keine Elefanten mehr, das stimmt. Aber ich kenne Regierungsbeamte, die sich mit aller Kraft dafür einsetzen, der Gatterjagd ein Ende zu bereiten, und Spezialeinheiten der Ranger und der Polizei sind den Wilderern bereits dicht auf den Fersen. Afrika ist nicht so rückständig, wie manche Leute denken. Auch die Mehrheit der Afrikaner ist daran interessiert, die vielfältige Tierwelt zu erhalten. Der Tourismus lebt davon.«

»Das höre ich gerne. Es dauert nur so unglaublich lange.«

Melissa wollte unbedingt das Thema wechseln und war froh, als sie ein Löwenrudel auf einem nahe gelegenen Felsen entdeckte. Ein männlicher Löwe mit dichter Mähne, drei Weibchen und vier Junge, die im Steppengras herumtollten. Sie fuhr so dicht wie möglich an die Tiere heran und bremste sanft. »Hey, wen haben wir denn da?«, sagte sie betont fröhlich und vor allem an die Kinder gerichtet. »So viele Löwen auf einmal bekommen wir selten zu sehen.«

»Da hast du deine Kätzchen«, sagte Paul zu seiner Schwester. Er war sichtlich beeindruckt. »Wenn die dich kratzen, kannst du gleich einpacken.«

»Die Jungen sehen aber ganz zahm aus.«

»Das täuscht«, widersprach Melissa. »Natürlich sind sie noch zu klein, um dir wirklich zu schaden, aber ihre Mutter ist immer in der Nähe und würde dich sofort angreifen, wenn du dem Kleinen zu nahe kämst. Sieh sie dir lieber aus dem Auto an. Erkennst du, wie die Mutter sie ständig im Auge behält?«

»Mit der lege ich mich besser nicht an.«

Emily Lawton fotografierte fleißig. Melissa war sicher, dass sie zu Hause einen Vortrag über ihre Reise halten würde. Sie war der Typ, und von der Vorsitzenden des Tierschutzvereins verlangte man das sicher auch. Vor ihrer Abreise hatte sie bestimmt mehrere Bücher über die Tiere der Serengeti gelesen.

»Es gibt ungefähr dreitausend Löwen in unserem Nationalpark«, erklärte Melissa. »Seitdem die Massai keine Löwen mehr jagen, haben sie keine natürlichen Feinde mehr. Die Wilderer haben es vor allem auf Elefanten und Nashörner abgesehen. Das Elfenbein ist sehr wertvoll, und das zermahlene Horn der Nashörner wird vor allem in Vietnam als angebliche Wundermedizin geschätzt. Sogar gegen Krebs soll das Pulver helfen. Den Löwen geht es gut bei uns, allerdings nur innerhalb der Parkgrenzen. Hier sind sie sicher.«

Sie begegneten noch einem weiteren Löwenrudel an diesem Morgen, auch einem Leopard, der auf den Ästen eines Baumes faulenzte und auf Anhieb nicht zu erkennen war, und etlichen anderen Tieren, vor allem Antilopen, Gnus, Zebras und einigen Giraffen.

Am späten Vormittag hielt Melissa am Rand einer weiten Senke, in der sie einige Elefanten zu finden hoffte, aber nur ein ausgetrocknetes Wasserloch und verdorrtes Steppengras vorfand. Da sie freie Sicht hatten und weit und breit keine Gefahr zu sehen war, erlaubte sie ihren Passagieren auszusteigen und die Beine zu bewegen. »Aber bleiben Sie bitte dicht beim Wagen, okay?«

Sie verteilte die Lunchpakete und ließ sich das Sandwich schmecken, das sie mit Thunfischsalat und zwei Käsescheiben belegt hatte. Während sie aß, beobachtete sie aufmerksam die Umgebung. Immer wieder mal blickte sie durch ihr Fernglas und hielt nach wilden Tieren Ausschau. Sie spülte gerade den letzten Bissen mit heißem Tee aus ihrer Thermosflasche herunter, als hinter ihr ein Schrei ertönte, und Emily rief: »Agnes! Agnes ist verschwunden!«

Melissa warf ihre Thermosflasche in den Landrover und griff nach ihrem Fernglas, brauchte es aber gar nicht an die Augen zu führen, um das Mädchen zu finden. Agnes hockte ungefähr fünfzig Meter von ihnen entfernt im Gras und betrachtete einen bunten Schmetterling. Ein friedliches Bild, das aber auch täuschen konnte, denn hier wusste man nie, was als Nächstes passierte.

»Agnes!«, rief Emily nervös. »Komm sofort zurück!«
»So ein schöner Schmetterling!«, rief Agnes.
»Bleiben Sie beim Wagen!«, befahl Melissa der Familie. »Ich hole sie.«
Sie lief los und hatte sich dem Mädchen bereits auf wenige Schritte genähert, als plötzlich ein dumpfes Stampfen erklang und gleich darauf ein mächtiger Elefant auftauchte. Er musste sich versteckt haben. Er lief genau auf sie zu und schnaubte unwillig, ein deutliches Zeichen dafür, dass er wütend war und es nicht leiden konnte, wenn Zweibeiner in seinem Revier auftauchten.
»Mabu!«, erkannte Melissa ihn sofort.
Der Elefant näherte sich ihnen unaufhaltsam. Unter seinen Beinen wirbelte Staub auf und legte sich in dichten Schleiern über das Steppengras. Der Boden schien unter seinen festen Schritten zu zittern. Noch war er nicht zum Angriff übergegangen, sein Rüssel hing senkrecht nach unten und seine Ohren waren angelegt, aber er schien fest entschlossen, ihnen eine Lehre zu erteilen, und die konnte bei einem so schweren Tier auch tödlich ausfallen.
»Agnes!«, rief Emily in aufkommender Panik.
Ihre Tochter ahnte nicht, wie gefährlich ihre Lage war. »Ist der Elefant böse?«, fragte sie eher neugierig als erschrocken. »Er sieht so wütend aus.«
»Er ist nur ein wenig durcheinander.« Melissa versuchte ruhig zu bleiben und ließ Mabu nicht aus den Augen. »Ich glaube, er will uns nur begrüßen.«
Noch hatte Mabu sich nicht zu einem Angriff entschlossen, aber er drehte auch nicht ab und kam stetig näher. Wie

ein Koloss, den nichts aufhalten konnte, wenn er einmal in Bewegung war, trottete er durch das braune Steppengras. Ein gefährlicher Einzelgänger, der wohl niemals vergessen würde, was die Wilderer seinen Artgenossen und ihm angetan hatten. Die Narbe an seinem linken Ohr leuchtete in der Mittagssonne wie ein Brandzeichen.

Agnes sah den Elefanten immer näher kommen und bekam es langsam mit der Angst zu tun. »Warum sieht er so böse aus? Warum bleibt er nicht stehen? Wir haben ihm doch nichts getan. Mach, dass er stehen bleibt, jetzt gleich!«

»Rühr dich nicht von der Stelle!«, sagte Melissa leise. Jedes laute Wort hätte Mabu nur noch mehr aus der Fassung gebracht. »Bleib ganz ruhig, dann passiert dir nichts. Er will uns nur ein bisschen Angst machen, weiter nichts!«

Sie bezweifelte, dass es so war, aber was sollte sie sonst sagen? Sobald eine von ihnen weglief, würde Mabu sofort zum Angriff übergehen und sie niedertrampeln. Ihre einzige Chance bestand darin, ihm zu zeigen, dass sie keine Angst vor ihm hatten. Wenn er erkannte, dass sie nicht zu den Wilderern gehörten, ließ er sie vielleicht in Ruhe und zog doch noch seiner Wege.

Melissa wagte nicht, sich umzudrehen und nach Emily und Harry zu sehen. Beide schluchzten ängstlich und drehten glücklicherweise nicht durch. Aus irgendeinem Grund taten sie genau das Richtige und blieben ruhig stehen.

»Mama!«, flüsterte Agnes. Sie begann zu weinen.

Dann geschah etwas Seltsames. Wie auf ein stummes Kommando blieb Mabu plötzlich stehen und blickte prüfend auf sie herab. Nur noch knappe drei Meter war er von ihnen entfernt. Er bewegte den Rüssel, drehte sich leise schnaubend zur

Seite und trottete langsam davon. So überraschend, wie er aufgetaucht war, verschwand er auch wieder. Er drehte sich nicht mehr um, als wäre es ihm peinlich, sie in Angst und Schrecken versetzt zu haben.

Melissa nahm das Mädchen bei der Hand und führte es zu seiner Mutter zurück. »Siehst du, ich hatte recht. Er hat uns nichts getan. Er war nur ein bisschen nervös. Aber lauf nicht mehr weg. Das erste Wildnis-Gesetz lautet?«

Agnes blickte sie fragend an.

»Bleib immer in der Nähe von deinen Eltern oder Freunden.«

Die Lawtons schlossen ihre Tochter in die Arme und vergossen ein paar Freudentränen. Sogar Paul bekam feuchte Augen. Sie wussten ganz genau, dass die Begegnung mit dem Elefanten auch anders hätte ausgehen können. Wenn ein Bulle einen schlechten Tag hatte, griff er schon mal an und merkte manchmal gar nicht, wenn er einen Menschen verletzte. Dass Mabu anscheinend nur darauf wartete, einen Wilderer zu erwischen, konnten sie nicht wissen, und Melissa hatte nicht vor, es ihnen zu verraten. Emily, die sich einiges Wissen über Elefanten angelesen und etliche Dokus angesehen hatte, machte sich schon genug Vorwürfe. »Ich hätte besser aufpassen müssen«, sagte sie, als sie weiterfuhren. »Man weiß doch, wie unberechenbar Elefanten sind.«

Emily und Harry gehörten nicht zu den Eheleuten, die sich gegenseitig Vorwürfe machten. Sie hätten beide besser auf Agnes achten sollen, das wussten sie und schworen auf der Fahrt zur Tierstation mehrmals, ihre Kinder nicht mehr aus den Augen zu lassen.

Paul wurde blass. »Heißt das etwa, dass ihr uns nicht mehr von der Pelle weicht? Ich brauch keinen Aufpasser. Ich bin schon dreizehn und laufe bestimmt nicht hinter einem Schmetterling her. Das ist was für Mädchen. Und mit so einem Riesenmammut lasse ich mich erst recht nicht ein. Ich spring lieber in den Pool. Wann fahren wir nach Hause?«

»Mammut? Das war ein Elefant!« Agnes konnte schon wieder lachen.

»Ach nee. Und du hattest Schiss.«

»Hättest du auch gehabt«, sagte sie. »Der war soooo groß!«

Unterwegs begegneten sie einigen Schakalen, die sich an den Überresten einer toten Antilope labten. Viel war nicht übrig geblieben. Zuerst hatten die Löwen ganze Arbeit geleistet, dann die Geier. Emily fotografierte auch dieses Bild für ihren Vortrag und hatte vor, einige der Fotos auch einer Zeitung anzubieten. Sie hatte eine kleine Wunderkamera mit hoher Auflösung.

Melissa hoffte nur, dass noch genug Platz auf der Speicherkarte war, denn auf der Tierstation gab es ebenfalls einiges zu fotografieren. Sie hatten das Wohnhaus des *Mokama Wildlife Sanctuary* noch nicht erreicht, als ihnen Rambo im Laufschritt entgegenkam. Er schien in der kurzen Zeit, seit sie ihn hergebracht hatten, gewachsen zu sein, und hatte wohl den ersten Schmerz überwunden, so übermütig und gut gelaunt, wie er über die Sandstraße spurtete. In seinem Windschatten erschien Kopano, eine leichte Rute in der Hand, und versuchte vergeblich, ihn einzuholen und in sein Gehege zurückzutreiben.

Melissa stoppte den Landrover und stieg lachend aus. »Das

ist Rambo«, klärte sie ihre überraschten Passagiere auf. »Vor dem brauchen Sie keine Angst zu haben. Ganz im Gegenteil, ich glaube, er ist nur ausgerissen, weil er uns begrüßen wollte.«

»Ein Baby-Elefant, wie süß!«, rief Emily begeistert.

Rambo zeigte sich von seiner besten Seite und schien die freundschaftlichen Klapse und Streicheleinheiten in vollen Zügen zu genießen. Nichts erinnerte mehr an das verstörte Jungtier, das Dave und sie im Gestrüpp aufgespürt hatten. Ein seltener Glücksfall. Die meisten Elefanten brauchten Jahre, um die schreckliche Erinnerung zu vertreiben, und manche vergaßen nie.

Doch Rambo gehörte nicht zu den geduldigsten. Schon nach wenigen Minuten hatte er genug von der Schmuserei und rannte zurück, auch diesmal wieder von Kopano verfolgt und erst vor dem Wohnhaus wieder eingeholt.

Dave und Kimberly kamen in Gummistiefeln und mit vollen Eimern aus einem der Schuppen und begrüßten sie fröhlich. »Ihr kommt gerade rechtzeitig«, rief Dave. »Wie wär's, wenn ihr uns beim Füttern helft? Der Leopard und unsere jungen Löwen haben Hunger.« Er reichte Paul einen Eimer mit frischen Fleischbrocken. »Keine Angst, unsere Raubkatzen leben hinter einem Zaun und können euch nicht beißen.« Er blickte seine Kollegin an und grinste schelmisch. »Bei Kimberly bin ich mir da nicht so sicher. Die ist brandgefährlich, wenn etwas nicht nach ihrer Nase läuft. Erst gestern hat sie …«

»Ich warne dich, Dave!«, drohte sie.

»Erst gestern hat sie mir von ihrem neuen Freund vorgeschwärmt, einem Franzosen, der peinlichere Sachen sagt als die Männer in Liebesfilmen …«

»Halt die Klappe!« Sie zog einen Fleischbrocken aus einem Eimer.

»Wisst ihr, was er zu ihr gesagt …?«

Weiter kam er nicht. Ein Fleischbatzen traf ihn mitten im Gesicht und schleuderte ihn zu Boden. Er griff nach dem Brocken und warf ihn zurück.

Kimberly wich dem Geschoss aus und lachte grimmig. »Das hast du davon, du Pflaume! Das nächste Mal greif ich zu stärkeren Kalibern, kapiert?«

»Weiber!«, schimpfte Dave scheinbar beleidigt.

17

Während Dave den Lawtons das Gehege mit den verletzten Hyänen zeigte, brachten Melissa und Kimberly einige Werkzeuge in den Schuppen. Melissa spürte, dass die Engländerin ihr etwas sagen wollte, drängte sie aber nicht. Lediglich ihr fragender Blick ließ erkennen, wie neugierig sie wirklich war.

»Okay«, erwiderte Kimberly, als sie den Schuppen verlassen hatten, »mein Kollege hat recht. Ich hab ein bisschen mit Jules rumgeturtelt, und er hat uns dabei überrascht. Ich weiß, ich hab dich vor ihm gewarnt, und es stimmt ja auch, er flötet einem ein Kompliment nach dem anderen in die Ohren. Aber nett ist er, und er kann sich sehen lassen. Er ist nicht so übel, wie ich dachte.«

»Meinetwegen. Ich will ihn dir bestimmt nicht wegnehmen. Aber sei vorsichtig. Bei Männern wie ihm weiß man nie genau, ob sie es auch ernst mit einem meinen.«

»Es gibt Ausnahmen.«

Melissa blieb erstaunt stehen. »Sag bloß, du hast dich in ihn verliebt!«

»Nur ein bisschen«, erwiderte sie kleinlaut. »Und ich dachte immer, ich sei gegen Typen wie ihn immun. Ich glaube nicht, dass er mich wirklich liebt.«

»Wer weiß, vielleicht ja doch.« Was sollte Melissa auch sonst sagen?

»Hey«, löste sich Kimberly von ihren trüben Gedanken. »Da kommt dein Lover! Selbst in den Massai-Dörfern spricht man schon von euch beiden. Du wärst keine dieser dummen

Abstauber-Frauen, die den nächsten Massai heiraten, den sie kriegen können, und unbedingt ausprobieren wollen, wie sich so ein exotischer Bursche im Bett anfühlt. Ihr könntet es tatsächlich schaffen.«

»So weit sind wir noch nicht, Kimberly.«

»Aber nahe dran, oder?«

»Im Augenblick haben wir ganz andere Probleme.«

Sonyanga parkte hinter ihrem Landrover und stieg aus. Er strahlte über das ganze Gesicht. »*Supa*«, begrüßte er sie in seiner Sprache. »Ich habe gute Nachrichten. Ich habe Malaika und ihre Mutter in ihrem Dorf besucht. Olonona ist mit dem Geld geflohen, das er von Kevin Ramsey bekommen hat.«

»Und das nennst du eine gute Nachricht?«, sagte Melissa.

»Das ist noch nicht alles. Die Polizei hat ihn am Flughafen geschnappt und verhaftet. Er sitzt in Untersuchungshaft und wird wohl für einige Jahre ins Gefängnis wandern. Jetzt hat ein anderer Mann im Dorf das Sagen, ein erfahrener Anführer, dem Tradition und Fortschritt gleich wichtig sind. Er wird dafür sorgen, dass die Frauen des Dorfes nicht mehr benachteiligt werden.«

Melissa strahlte mit ihm um die Wette. »Das ist wunderbar, Sonyanga.«

»Und noch nicht alles. Der Zustand von Malaikas Mutter hat sich zwar nicht gebessert, aber ich konnte die Regierung überreden, ihre Behandlung zu bezahlen. Ein erfahrener Arzt wird sie regelmäßig in ihrem Dorf besuchen und sie behandeln. Operieren lassen will sie sich nicht mehr, auch eine Chemotherapie lehnt sie ab, aber zumindest bekommt sie jetzt die beste Hilfe, die man außerhalb eines Krankenhauses bekommen kann. Sie wird als glückliche Frau sterben, hat sie gesagt, im Kreise ihrer Lieben und Verwandten.«

»Das sind mehrere gute Nachrichten, Sonyanga.«

»Auch dass wir uns wiedertreffen, ist eine gute Nachricht.«

»Nun hör sich einer den Massai an«, staunte Kimberly. Ihre Trübsal war wie weggeblasen. »Raspelt schon genauso viel Süßholz wie der Franzose!« Sie schlenderte lachend davon. »Dann will ich euch Turteltäubchen mal allein lassen. Aber treibt es nicht zu toll. Wir sind eine anständige Tierstation.«

»Das haben wir davon«, sagte Melissa, als sie allein waren. Sie ging zu Sonyanga und schmiegte sich an ihn. Es tat gut, seinen festen Griff zu spüren, als er seine Arme um sie legte. »Jetzt machen sie schon Witze über uns.«

»Und das ist nur der Anfang.« Er blickte sie ernst an. »Wir werden noch einiges über uns ergehen lassen müssen, wenn die Leute merken, dass wir es ernst meinen. Kritik, Häme, vielleicht sogar Hass. Von beiden Seiten, den Weißen und den Massai. Um das zu ertragen, müssen wir stark sein.« Er zog sie zu sich heran und drückte sie sanft. »Meinst du, du bist stark genug?«

Melissa lehnte ihren Kopf gegen seine Brust und lächelte zufrieden. »Ja, das bin ich. Letztes Jahr habe ich oft über uns nachgedacht, war mir nicht mal sicher, ob ich dich jemals wiedertreffen würde. Es gab Zeiten, da wollte ich dich unbedingt vergessen, aber du gingst mir nicht aus dem Kopf. Da wusste ich, dass ich dich wirklich liebe. Und ich bekam keine Angst mehr, wenn ich daran dachte, was gegen uns beide sprach. Ich bin stark genug, Sonyanga.«

»Mir ging es ähnlich«, sagte er. »Ein Massai-Krieger und

eine weiße Frau, das hatte einen üblen Beigeschmack, vor allem wegen der Frauen, die schon einen Massai geheiratet hatten, ohne sich jemals mit der fremden Kultur beschäftigt zu haben. Ohne zu wissen, welche Kompromisse sie eingehen müssten. Denen es egal war, wenn sie schon nach wenigen Monaten wieder geschieden wurden. Hauptsache, sie konnten ein Buch schreiben und wurden in Talkshows eingeladen. Ihnen ging es nur um den Nervenkitzel und ihr Ego.«

»Mir ist es ernst mit dir, Sonyanga.«

»Und ich verehre dich über alles, Melissa.«

Sie küssten sich so sanft und hingebungsvoll wie vor ein paar Tagen im Landrover und lösten sich erst voneinander, als die Lawtons zurückkehrten. Die Lawtons waren so begeistert, dass sie unbedingt noch einmal herkommen und Kimberly und Dave bei der Arbeit helfen wollten. Sie dachten sogar daran, noch eine Woche dranzuhängen und diese auf der Tierstation zu verbringen.

»Das lässt sich alles arrangieren«, sagte Melissa.

»Und wir sind froh, wenn uns jemand hilft«, ergänzte Dave.

Melissa fuhr im Konvoi mit Sonyanga zur Lodge. Der Massai hatte sich mit dem Manager zu einem Gespräch verabredet und wollte in seinem früheren Quartier übernachten. Die Lawtons waren hochzufrieden, schienen den Vorfall mit Mabu schon vergessen zu haben und hatten vor allem ihren Aufenthalt in der Tierstation genossen. Emily und Agnes schwärmten während der ganzen Rückfahrt davon, wie aufregend es gewesen wäre, den Leoparden und die jungen Löwen zu füttern und Rambo mit Wasser abzuspritzen. Harry hatte sich ebenfalls am Anblick der Tiere erfreut, schien aber weniger erfreut von der Idee zu sein, noch eine Urlaubswoche in der Tierstation anzuhängen.

Es war bereits dunkel, als sie die Lodge erreichten. Die Lawtons bedankten sich überschwänglich und liefen zu ihrem Bungalow. Melissa sah eine kleine Maschine auf der nahen Sandpiste landen und erkannte die Maschine des texanischen Millionärs Billy Green. Sie brauchte nicht lange nach ihm zu suchen. Er kam wütend aus der Eingangshalle gestürmt, gefolgt von einem afrikanischen Angestellten, der einen Wagen mit zahlreichen Koffern vor sich herschob.

Als Billy Green sie erkannte, blieb er stehen. »Das hat man nun davon«, schimpfte er, ohne sie zu begrüßen. Er trug das Futteral mit seinem Gewehr über den Schultern. »Da erfüllt man sich einen Lebenstraum und gewinnt den Zweikampf mit einem gefährlichen Löwen, und schon bricht ein gewaltiger Shitstorm über einen herein. Heute Morgen nach dem Frühstück hab ich das Foto von mir und dem toten Löwen ins Netz gestellt, und schon ein paar Minuten später ging es los. Nicht nur Tierschutzvereine, der ganze Erdball regt sich über mich auf. Wie kommen Sie dazu, einen armen Löwen zu erschießen? Ich finde es geschmacklos, mit einem Kadaver zu posieren. Sie sind ein verdammter Killer! Sie gehören an die Wand gestellt.« Er schnaufte aufgebracht. »Und das war noch das Harmloseste, was ich zu hören bekam.«

Melissa verriet ihm nicht, dass sie zumindest die ersten beiden Vorwürfe für gerechtfertigt hielt. »Sie sollten sich vielleicht ein anderes Hobby suchen.«

»Tiere fotografieren? Auf Elefanten reiten? Nein, ich habe die Nase voll. Ich fliege nach Texas zurück und überlasse es meinem Anwalt, sich mit diesen ganzen Idioten im Netz herumzustreiten. Bis irgendwann mal, Miss.«

»Auf Wiedersehen, Sir. Guten Flug!«

Melissa wartete, bis die Cessna mit dem Millionär abgehoben hatte, und folgte Sonyanga in die Eingangshalle. Er war mit Conroy in ein ernsthaftes Gespräch vertieft.

»Green war ganz schön wütend«, erzählte sie den beiden. »Er hätte doch wissen müssen, dass er mit seinem Posting einen Shitstorm auslösen würde. Für viele Menschen sind Großwildjäger wie er nicht viel besser als Wilderer.«

Conroy hatte ein ganz anderes Problem. »Ich habe gerade einen Anruf von Frankfurt bekommen.« Er meinte natürlich die Zoologische Gesellschaft Frankfurt. »Jules Durand ist verschwunden. Sie haben seinen Landrover bei dem Akaziendickicht im Nordwesten gefunden. Sein Funkgerät und sein Handy lagen auf dem Beifahrersitz. Commander Gayoye und seine Männer sind noch dort und suchen die Umgebung ab. Sie haben uns um Unterstützung gebeten. Es sieht so aus, als hätte jemand den Franzosen entführt.«

»Entführt?«, erschrak Melissa. »Dann können es nicht die Wilderer sein. Die hätten ihn sofort erschossen. Das haben sie schon letztes Mal versucht. Aber wer sollte es sonst gewesen sein? Wer hat ein Interesse daran, einen Angestellten der Zoologischen Gesellschaft zu entführen? Und warum?«

»Ich werde es herausfinden«, sagte Sonyanga. »Ich kenne die Gegend wie meine Westentasche. Wenn er noch am Leben ist, finde ich ihn bestimmt.«

»Und ich fahre mit dir.«

»Aber nur unter der Voraussetzung, dass Sie kein unnötiges Risiko eingehen«, warnte der Manager. »Suchen Sie nach Spuren und setzen Sie sich sofort mit Commander Gayoye in Verbindung, falls Sie auf etwas Verdächtiges stoßen. Das gilt auch für Sie, Sonyanga. Ich kann Ihnen nichts befehlen. Sie gehören nicht mehr zu meinen Angestellten. Aber ich kann Sie bitten, okay?«

»Kein Problem, Sir. Wir brechen sofort auf.«

Melissa holte ihren Verbandskasten, kramte Nachtglas und Taschenlampe aus dem Handschuhfach und stieg zu Sonyanga in den Wagen. Von düsteren Vorahnungen geplagt, fuhren sie über dieselbe Straße, die sie gekommen waren, in die Serengeti hinein. Die Dunkelheit, gestern noch friedvoll und voller Geheimnisse, wirkte jetzt bedrohlich und schien sie mit dem nebligen Dunst, der über das Steppengras und um ihren Geländewagen kroch, ersticken zu wollen. Das Brummen des Motors wetteiferte mit dem Zirpen der Zikaden.

»Jules ist ein Pechvogel«, sagte Sonyanga.

Melissa nickte. »Kimberly dreht durch, wenn sie das erfährt. Sie hat sich in den Franzosen verliebt. Ich hoffe, er lebt noch, obwohl es mir schwerfällt, daran zu glauben. Wer sonst als diese Wilderer soll ihn denn entführt haben?«

»Ohne Wagen und Funkgerät ist er sowieso verloren.«

»Gestern Abend ist der schwarze Hubschrauber über die Lodge geflogen«, berichtete Melissa. »So dreist waren die Wilderer noch nie. Fast so, als wollten sie uns zum Narren halten. Ich glaube, sie halten sich langsam wirklich für unbesiegbar.«

»Und genau dann macht man die meisten Fehler. Mein Großvater war ein großer Löwenjäger. In den alten Zeiten, als es noch genug Löwen gab, und jeder Massai einen Löwen getötet haben musste, wenn er als Krieger anerkannt werden wollte. Er sagte immer: Wenn du glaubst, den Löwen aufgespürt zu haben, und damit prahlst, ihn zu erwischen, hast du schon verloren.«

»Hoffentlich hast du recht. Dass die Polizei noch immer nicht herausgefunden hat, wer Shetani und der Elfenbeinkönig sind, und wer von der Regierung sich von den Wilderern bezahlen lässt, macht mir große Angst. Sie denken doch sicher schon, sie können in Tansania machen, was sie wollen.«

»Wir kriegen sie. Irgendwann kriegen wir sie.«

Auch in der hereinbrechenden Nacht steuerte Sonyanga den Landrover sicher über die holprige Straße. Mit grimmiger Miene hielt er auf das Akaziendickicht zu, unbeeindruckt von gelegentlichen Hindernissen wie losen Ästen, die vom Wind auf die Straße getrieben worden waren, und Felsbrocken, die sich während der Regenzeit gelockert hatten. Der Mond hing inzwischen als runde Scheibe zwischen den Wolken, flankiert von glitzernden Sternen vor einem ungewöhnlich schwarzen Himmel, und brachte den wabernden Bodennebel zum Leuchten. Die Lichtkegel der Scheinwerfer wiesen ihnen den Weg und warnten sie vor einigen Giraffen, die langsam die Straße kreuzten.

Als sie das Akaziendickicht erreichten, waren die Männer der Task Force schon wieder unterwegs. Nur Commander Gayoye und Ranger Chikawe waren noch am Tatort und warteten neben dem Geländewagen des Franzosen auf sie.

»Sonyanga! Miss Baxter!«, begrüßte sie der Commander.

»Melissa«, verbesserte sie ihn rasch.

»Man hat Ihnen sicher schon gesagt, was passiert ist.« Er deutete auf Jules' Geländewagen, der über einen Hang in eine Senke hinabgerutscht war. »Wir vermuten, dass ihn irgendwelche Leute entführt haben. Keine Ahnung, ob es die Wilderer waren. Ich denke, die hätten ihn sofort erschossen, damit er nicht gegen sie aussagen könnte. Ein Hubschrauber ist hier auch nicht gelandet.«

»Die Wilderer? Ohne ihren Hubschrauber?«

»Vielleicht Komplizen, die ihm eine besondere Lektion erteilen wollen und irgendeine Schweinerei mit ihm vorhaben. Es gibt keine Anzeichen von Gewalt und kein Blut in seinem Wagen, aber wir haben Reifenspuren gefunden. Sie führen nach Westen.« Er blickte in besagte Richtung. »Unsere Männer sind bereits ausgeschwärmt. Sie beide kennen sich gut in dieser Gegend aus, besser als viele meine Ranger, deshalb habe ich Sie angefordert. Ich möchte, dass Sie sich ebenfalls nach Spuren umsehen. Falls Sie irgendwas finden, geben Sie mir sofort Bescheid. Unsere Frequenz kennen Sie. Sehen Sie in den Hügeln im Norden nach. Am Mbalageti River hat sich Ranger Chikawe schon umgesehen. Da treiben sie sich bestimmt nicht rum.«

»Aye, Sir!«, gehorchte Sonyanga.

»Kann ich mir kurz seinen Wagen ansehen?«, fragte Melissa.

Der Commander war es nicht gewohnt, dass andere die Initiative übernahmen, und reagierte etwas genervt. »Meinetwegen … wenn Sie glauben, dort mehr zu finden als meine Männer. Wir haben nichts Verdächtiges gefunden.«

Sie überhörte die Kritik und blickte in den Wagen des Franzosen. Allein dass er den Hang hinabgerutscht war, deutete darauf hin, dass Jules gejagt worden war und die Kontrolle über den Landrover verloren hatte. Sein Fernglas lag auf dem Boden. In einer Halterung stand eine Thermoskanne mit heißem Tee, im Handschuhfach lag ein eingepacktes Sandwich. Eine Waffe war nirgendwo zu sehen, obwohl sie sich zu erinnern glaubte, dass er stets eine Pistole mit sich führte, für alle Fälle. Die Wilderer mussten ihn aus dem Landrover gezerrt und die Pistole kassiert haben, eine andere Erklärung gab es nicht.

Blieb die Frage, warum sie ihn nicht getötet hatten. Weil sie davor zurückschreckten, durch den Mord an einem unschuldigen Wildhüter noch mehr Staub aufzuwirbeln? Weil sie ihn entführt hatten und entweder ein Lösegeld für ihn verlangen wollten oder vorhatten, ihn an einem heimlichen Ort zu ermorden, fernab der Straße, wo sich Schakale und Hyänen über seinen Leichnam hermachen und nichts von ihm übrig lassen würden? Weil sie den Rangern und der Polizei zeigen wollten, was ihre Männer erwartete, wenn sie ihnen weiter in die Quere kamen? Waren sie größenwahnsinnig geworden?

Als sie ihren Kopf aus dem Wagen ziehen wollte, fiel ihr Blick auf einen Kugelschreiber. Er lag auf dem Boden vor dem Bremspedal. Sie blickte sich die Sitze genauer an und entdeckte eine frische Kritzelei auf dem Beifahrersitz. Nichts Besonderes im Wagen eines Angestellten der Zoologischen Gesellschaft, die griffen öfter nach einem Kugelschreiber, wenn sie unterwegs ihre Aufzeichnungen machten, und ließen ihn sicher mal fallen oder setzten sich darauf. Da konnte es schon passieren, dass sie den Sitz verschmierten.

Die Ranger hatten die Kritzelei wahrscheinlich kaum beachtet, und auch sie war versucht, sie gleich wieder zu vergessen, doch dann blickte sie genauer hin und glaubte, einen Buchstaben zu erkennen. Ein großes C, nicht besonders deutlich und wahrscheinlich nur eine Schmiererei, die zufällig entstanden war, vielleicht aber auch eine Botschaft von Jules. Was, wenn er im letzten Augenblick zum Kugelschreiber gegriffen hatte, um ihnen irgendwas mitzuteilen? Hatte er Shetani erkannt? Einen korrupten Beamten, der für ihn arbeitete? Wusste er, wer der Elfenbeinkönig war? Wollte er ihre Namen auf das Polster schreiben und war nicht weiter als bis zum ersten Buchstaben gekommen?

Zu vage, um den Commander damit zu belasten. Und vielleicht war es ja wirklich nur eine Kritzelei. Man brauchte schon einige Fantasie, um den gekrümmten Strich als C zu erkennen. »Wir melden uns, wenn wir was finden«, sagte sie zu Commander Gayoye. Sie stieg zu Sonyanga in den Landrover.

»Irgendwas gefunden?«, fragte der Massai.

Sie berichtete von ihrem Verdacht.

»Bestimmt nur eine Kritzelei.«

»Ich weiß.«

Sonyanga lenkte den Landrover nach Norden. Über eine kaum sichtbare Sandstraße fuhren sie in die hügelige Steppe, die sich südwestlich des Grumeti River erstreckte. Nur weil der Mond und die Sterne so hell waren, kamen sie einigermaßen zügig vorwärts. Die Lichtkegel der Scheinwerfer strichen über das Steppengras und erfassten einige Schakale, die sofort Reißaus nahmen, als sie den Wagen auf sich zukommen sahen. In der Ferne waren die Lichter eines anderen Geländewagens zu erkennen, wahrscheinlich Ranger.

»Fahr nach Süden!«, sagte Melissa plötzlich.

»Nach Süden? Aber der Commander …«

»Nicht der Commander«, unterbrach sie ihn. »Ranger Chikawe hat gesagt, dass wir am Mbalageti River nicht zu suchen bräuchten. Fällt dir was auf?«

Sonyanga blickte sie an. »Sein Name beginnt mit einem C.«

»Vielleicht wollte er nicht, dass wir dort nachsehen.«

»Ranger Chikawe? Aber er gehört zur Task Force der Ranger und hat sich meines Wissens nie etwas zuschulden kommen lassen.« Sonyanga fuhr noch eine Weile nachdenklich weiter, dann wendete er abrupt den Wagen und fuhr zurück in Richtung Süden, den bewaldeten Steilufern am Mbalageti River entgegen.

18

Sie waren ungefähr eine Stunde gefahren, als sie die Geier entdeckten. Ein halbes Dutzend der gefürchteten Vögel kreiste in einiger Entfernung über der Steppe und hob sich dunkel gegen den sternenübersäten Himmel ab. Anscheinend hatten sie eine mögliche Beute entdeckt, ein krankes oder verletztes Tier, und warteten geduldig darauf, dass es zusammenbrach und starb.

Kein ungewöhnlicher Anblick in der Serengeti, und doch lenkte Sonyanga den Landrover sofort in diese Richtung. Er brauchte nichts zu sagen. Er wurde von dem gleichen Bauchgefühl geleitet wie Melissa, die sofort nach ihrem Nachtglas griff und die Gegend unter den Geiern absuchte, aber nichts Verdächtiges entdecken konnte. Einige Hügel und ein ausgedehntes Akaziendickicht erschwerten ihr die Sicht.

»Wir müssen näher ran«, sagte sie leise.

Während sie ihrem Ziel immer näher kamen, sprach keiner ein Wort. Sonyanga blickte stur geradeaus und hatte alle Hände voll zu tun, den Wagen in der Spur zu halten. Melissa hielt sich mit einer Hand am Haltegriff fest, um bei der holprigen Fahrt nicht vom Sitz gestoßen zu werden. Wie eine drohende Wand tauchte das Akaziendickicht vor ihnen auf, ein beliebtes Versteck für wilde Tiere. Als würden sie sich einer unheimlichen Insel nähern, die vollkommen isoliert von der restlichen Serengeti lag. Das Mondlicht hing in den Baumkronen und überzog sie mit blassen Schleiern, zwischen den Bäumen hingen Nebelfetzen und machten es schwer für sie, sich zu orientieren.

Sie sahen die am Boden liegende Gestalt beinahe gleichzeitig. Aus der Ferne nur ein dunkler Fleck im Nebel, aus der Nähe ein verwundeter Mensch, der anscheinend zusammengebrochen war und mühsam versuchte, kriechend voranzukommen. Sie hielten dicht neben ihm und sprangen aus dem Wagen.

»Jules! Mein Gott!«, rief Melissa erschrocken, die ihn auf Anhieb erkannt hatte.

»Ich ... ich kann nicht mehr!«, stöhnte er.

Melissa und Sonyanga drehten ihn vorsichtig auf den Rücken und richteten den Lichtstrahl ihrer Taschenlampen auf ihn. Er blutete aus mehreren Schusswunden an den Beinen. Jemand hatte mit einem Schnellfeuergewehr auf ihn geschossen, um ihn daran zu hindern, die Flucht zu ergreifen. Warum hatte er ihn nicht getötet?

Melissa holte den Verbandskasten und verband ihn notdürftig, zum zweiten Mal innerhalb weniger Tage. Die Blutungen waren nicht mehr besonders stark, aber er musste so schnell wie möglich ins Krankenhaus, wenn sich die Wunden nicht entzünden sollten. Sechs Kugeln steckten in seinen Beinen, doch keine hatte eine lebenswichtige Ader verletzt, sonst wäre er längst tot.

»Anscheinend klebt dir das Pech an den Stiefeln«, sagte sie voller Mitleid. Mit einem Lächeln versuchte sie ihn ein wenig aufzuheitern, hatte aber keinen Erfolg. »Was ist passiert?«, fragte sie, während Sonyanga bereits damit beschäftigt war, über Funk das Krankenhaus zu erreichen und einen Hubschrauber anzufordern. »Wir kriegen dich wieder hin, wie beim letzten Mal.« Sie deutete nach oben. »Die Geier müssen sich nach einer anderen Mahlzeit umsehen.«

»Lange … lange hätten sie … sie nicht mehr gewartet.«

Sie setzte ihm ihre Wasserflasche an den Mund und ließ ihn trinken. »Hab keine Angst! Sonyanga ruft gerade das Krankenhaus an. Sie schicken einen Hubschrauber, das dauert bestimmt nicht mehr lange.« Sie rieb ihm vorsichtig den Schweiß vom Gesicht. Sonyanga gab gerade ihre GPS-Daten durch. »Was ist passiert, Jules? Wir haben das C auf dem Sitz deines Landrovers gesehen.«

Die Schmerzen machte ihm das Sprechen schwer. Er musste ein paarmal tief durchatmen und verzog das Gesicht, bevor er sprach. »Chikawe«, brachte er mühsam hervor. »Ein C … mehr hab ich nicht hinbekommen, dann wurde mir übel. Chikawe … er steckt mit den … den Wilderern unter einer Decke.«

»Chikawe? Ranger Chikawe?«

»Dann hatten wir doch recht«, meldete sich Sonyanga.

»Ich war auf Patrouille, als ich … ich den schwarzen Hubschrauber sah. Ich fuhr ihm nach und erwischte … erwischte die Wilderer auf frischer Tat. Ich … ich wollte über Funk um … um Hilfe rufen … allein wäre es zu gefährlich gewesen, da … da einzugreifen. Dann tauchte plötzlich … Chikawe hinter mir auf und …« Sein starker Blutverlust machte ihm schwer zu schaffen und ließ ihn eine längere Pause einlegen. »Ich dachte, er wollte mithelfen, aber er sprach mit dem Anführer … und da wusste … wusste ich, dass er für sie arbeitet … für die Wilderer … für Shetani und den … den Elfenbeinkönig.«

»Du hast sie gesehen?«

Wieder verging eine längere Pause, bevor Jules antwortete.

»Ja, aber … nicht den Elfenbeinkönig … der war nicht dabei. Nur Shetani und seine Männer. Shetani ist der Anführer. Aber er stand im Dunkeln, und ich … ich konnte ihn nicht … richtig sehen. Nur seine … seine Stimme hab ich erkannt.«

»Wer war es, Jules?«, fragte Sonyanga. »Wer ist Shetani?«

»Ich weiß es nicht.« Seine Stimme verlor an Kraft. »Er kam mir bekannt vor, so wie … wie er sich bewegte. Und … seine Stimme, die kannte ich.«

»Denk nach! Wer ist Shetani?«

»Ich weiß es nicht … ich weiß es nicht.«

Sonyanga rief Commander Gayoye über Funk und teilte ihm mit, was sie wussten. Auch ihm gab er die GPS-Daten durch. Als der Ranger fragte, wohin die Wilderer geflohen wären, erkundigte sich Sonyanga bei dem Franzosen und gab dann durch: »Nach Süden, über den Mbalageti River. Aber sie sind sicher längst verschwunden. Jules liegt schon mehrere Stunden hier draußen.«

Über den Lautsprecher waren mehrere Schüsse zu hören, dann der Befehl des Commanders: »Nehmt Chikawe fest! Legt ihm Handschellen an. Wird's bald?« Gleich darauf wandte er sich wieder an den Massai. »Alles roger hier. Wir werden Chikawe festnehmen und sind in circa einer Stunde bei Ihnen.«

»Roger und out«, meldete Sonyanga sich militärisch ab.

»Was hatten die Wilderer mit dir vor?«, fragte Melissa den Franzosen.

Jules war kurz davor, das Bewusstsein zu verlieren. Er war nur noch wach, weil er wusste, wie wichtig seine Informationen für die Ranger waren. »Shetani wollte mich erschießen lassen. Chikawe sollte … sollte mich umlegen. Er zielte schon … mit seiner Pistole auf mich … aber er konnte mich nicht so einfach abknallen. Als Shetani selbst … als er selbst schießen wollte, hielt Chikawe ihn zurück. Er wüsste was … Besseres. Er würde mich irgendwo … irgendwo in der Steppe aussetzen. Dort würde … ich verhungern, und … die Schakale und die Geier würden … würden mich auffressen.«

»Und dann?«

Der Franzose nahm noch einmal seine ganze Kraft zusammen. Die Erinnerung setzte ihm anscheinend schwer zu. »Shetani fand die … die Idee auch gut. Wenn die Ranger meine … meine Überreste finden würden, hätten … sie noch mehr Angst vor ihm. ›Schaff ihn weg!‹, rief er, und dann … dann jagte er mir die Kugeln in die Beine. Ich fiel … hin, und Chikawe lud mich auf den Rücksitz und fuhr … fuhr hierher und warf mich in den Dreck.«

Melissa holte zwei Wolldecken aus dem Landrover und legte sie über Jules. »Der Hubschrauber muss jeden Augenblick hier sein«, sagte sie. »Und du hast Shetani nicht erkannt? Ist dir denn nichts an ihm aufgefallen?«

»Wenn ich was sage, bin ich so gut wie tot.«

»Wer ist Shetani?«, fragte sie noch einmal eindringlich.

Von Jules kam keine Antwort mehr. Er war bewusstlos.

Sonyanga ging zum Wagen und rief die Zoologische Gesellschaft über Funk. Der Chef antwortete persönlich. »Jules! Sind Sie das? Wo sind Sie?«

Der Massai nannte seinen Namen und erklärte ihm in nüchternen Worten, was geschehen war. »Ich nehme an, sie bringen ihn ins Arusha Lutheran Medical Center. Dort ist er gut aufgehoben. Ich kenne einige der Ärzte. Sie haben alle schon in Krisenregionen gearbeitet und sind ganz andere Verletzungen gewohnt. Ja, Sir, der Hubschrauber muss jeden Augenblick hier sein. Wir kümmern uns um Jules. Melissa und ich, wir sind beide mit ihm befreundet.«

»Vielen Dank. Sagen Sie den Rangern, ich möchte sie sprechen.«

»Natürlich, Sir.«

Sonyanga kehrte einigermaßen erleichtert vom Wagen zurück. Es fiel ihm schwer, schlechte Nachrichten weiterzugeben, auch wenn es um einen französischen Wildhüter ging, den er kaum kannte. Diese Fürsorge war ein Teil seines Charakters, den Melissa besonders mochte. Die meisten anderen Einheimischen hätten bei einer solchen Nachricht wahrscheinlich nur mit den Schultern gezuckt. Was kümmerte sie ein Weißer, der in die Falle von Wilderern gegangen war? Weiße Siedler hatten das Land ausgepresst und machten immer noch das meiste Geld.

»Die Geier sind verschwunden«, sagte Sonyanga erleichtert, »ein gutes Zeichen. Wenn ich nur wüsste, wer Shetani ist. Wenn Jules ihn kennt, muss es jemand aus der näheren Umgebung sein. Ein Ranger? Ein Polizist? Mir wird übel, wenn ich daran denke, dass es jemand sein könnte, den ich kenne.«

»Irgendwann wird Chikawe reden.« Aber wann?

Melissa blieb neben Jules sitzen, solange sie auf die Ranger warteten. Sie redete beruhigend auf ihn ein, obwohl er das Bewusstsein verloren hatte und sie nicht hören konnte. Sonyanga hatte die Scheinwerfer des Landrovers eingeschaltet, damit die Ranger sie leichter fanden, und seinen Revolver in den

Hosenbund gesteckt, um einigermaßen gegen plötzlich auftauchende wilde Tiere gewappnet zu sein. Aus der Dunkelheit drang das Jaulen einiger Schakale, die sich wie die Geier um ihr Fressen betrogen sahen.

»Chikawe hatte Skrupel«, fuhr Sonyanga nach einer ganzen Weile fort, »sonst hätte er Jules nicht am Leben gelassen und sich nicht die Mühe gemacht, ihn stundenlang durch die Gegend zu fahren. Vielleicht redet er ja doch. Allerdings gehört dazu viel Mut. Shetani und der Elfenbeinkönig lassen bestimmt niemanden am Leben, der sie verraten würde. Ich hoffe, die Ranger haben einen sicheren Platz für ihn. Am sichersten wäre eine Einzelzelle.«

Melissa nickte schwach. »Ich hoffe, der Spuk ist bald vorbei, und sie schnappen Shetani und den Elfenbeinkönig. Ich bin nach Afrika gekommen, um in der Lodge und der Tierstation zu arbeiten, um Menschen und Tieren zu helfen, und nicht auf Verbrecherjagd zu gehen wie in einem Actionfilm.«

»Sobald die Leute, die sich jetzt bestechen lassen, endlich merken, dass sie sich damit ihr eigenes Grab schaufeln und genau das Gegenteil von dem erreichen, was sie eigentlich wollen, wird es besser. Gib uns ein paar Monate.«

»Oder Jahre«, ergänzte sie niedergeschlagen.

»Ärger gibt es überall«, erklärte Sonyanga. »Sogar im angeblich so zivilisierten Europa. Überall dort, wo es um viel Geld geht, gibt es auch Ärger.«

Von Norden näherten sich die Ranger in ihren Geländewagen. Die Lichtkegel ihrer Scheinwerfer flackerten über das Steppengras. Mit ihnen erschien der Hubschrauber von Emergency Services, der den verletzten Franzosen zum Krankenhaus bringen würde. Der Notarzt untersuchte Jules flüchtig und bat seine Sanitäter, ihn auf eine Trage zu betten und in den Hubschrauber zu schieben. »Sie haben ihm in die Beine geschossen, Doc«, sagte Sonyanga. »Keine Ahnung, wie lange er schon hier liegt. Ein paar Stunden, schätze ich. Sagen Sie ihm bitte, dass ich ihn morgen besuchen werde. Und dass wir seinen Chef informiert haben. Er arbeitet für die Zoologische Gesellschaft.«

Commander Gayoye war aus seinem Landrover gestiegen und sah selbst, dass er den bewusstlosen Franzosen in seinem Zustand nicht verhören konnte. Stattdessen wandte er sich an Sonyanga, der noch mal schilderte, was er von Jules erfahren hatte. »Leider hat er Shetani nicht deutlich genug sehen können, aber seine Stimme kam ihm irgendwie bekannt vor. Vom Elfenbeinkönig war überhaupt nicht die Rede. Manchmal glaube ich, den gibt es gar nicht.«

»Oh doch, den gibt es«, widersprach Gayoye. Seine nächsten Worte gingen im Lärm des Hubschraubers unter, der mit ratterndem Rotor abhob und nach Nordosten flog. »Höchste Zeit, dass wir die Schweine endlich verhaften!«

»Die Wilderer sind nach Süden geflogen«, sagte Sonyanga.

Der Commander nickte grimmig. »In ihr Versteck, und das haben wir bis heute nicht gefunden. Da gibt es genügend einsame Ranches und Farmen, auf denen man einen Hubschrauber verstecken kann. Leider will uns Chikawe nicht verraten, wer Shetani ist. Er behauptet, der Mann, mit dem er gesprochen hätte, wäre nicht Shetani, sondern einer seiner Stellvertreter gewesen. Er hätte Shetani nie gesehen und wüsste auch nicht, wer sich hinter diesem Namen verbirgt.

Aber ich werde Ranger Chikawe noch mal in die Mangel nehmen. Wenn er mich belogen hat, kriege ich es raus, und dann gnade ihm Gott!«

»Und heute Nacht? Sollen wir weiter nach den Wilderern suchen?«

»Bringt nichts.« Der Commander winkte ab. »Wir müssen warten, bis sie wieder auf Jagd gehen, aber das ist nicht Ihr Bier. Ich bringe keine Zivilisten in Gefahr. Vielen Dank für Ihre Mitarbeit. Ohne Sie hätten wir nicht so schnell herausbekommen, dass Chikawe mit den Wilderern unter einer Decke steckt. Ich hatte ihn immer für einen sauberen Ranger gehalten. So kann man sich irren.« Er schüttelte ihnen die Hand. »Bis bald, Sonyanga. Auch Ihnen vielen Dank, Miss. Ich weiß, dass Sie eigentlich einen anderen Job haben.«

Melissa und Sonyanga fuhren zur Sandstraße zurück. Die Serengeti lag scheinbar einsam und leer vor ihnen, ließ nicht erkennen, dass sie vor allem nachts voller Leben war. In dem düsteren Nebel, der sich besonders in den Baumdickichten mit der Dunkelheit vermischte, schlichen Raubkatzen und andere wilde Tiere durch das Gras, auf der Suche nach Beute oder um sich vor ihren Feinden zu verstecken. Das Zirpen der Zikaden war so laut, dass man es selbst durch die geschlossenen Scheiben hörte. Im Scheinwerferlicht knickten die braunen Gräser um, lösten sich kleinere Sträucher aus dem trockenen Boden. Die nächste Regenzeit würde das Land erst im November beglücken.

Als das Rattern eines Hubschraubers über die nahen Hügel klang, schaltete Sonyanga sofort die Scheinwerfer aus und fuhr an den Straßenrand. Entsetzt beobachteten sie, wie der schwarze Hubschrauber der Wilderer über sie hinwegflog und über einer nicht allzu weit entfernten Wasserstelle nach unten ging. In dem Hubschrauber waren nur die erleuchteten Instrumente zu sehen, die restliche Beleuchtung, auch der helle Scheinwerfer, war ausgeschaltet.

»Die Wilderer! Sie kommen zurück!«, erschrak Sonyanga.

»Sie sind bei dem Wasserloch, bei dem wir neulich mit den Chinesen waren. Ganz schön raffiniert von ihnen, heute Nacht noch mal zuzuschlagen. Darauf wäre doch niemand gekommen. Wir müssen den Commander rufen.«

Sonyanga hatte bereits nach dem Funkgerät gegriffen. Er erklärte Gayoye die Lage und gab ihm die Koordinaten durch. »Aber Sie müssen sich beeilen, Commander! Wir versuchen herauszubekommen, ob Shetani bei ihnen ist.«

»Keine Alleingänge, Sonyanga! Bleiben Sie, wo Sie sind!«

Der Funkkontakt brach ab, und Sonyanga folgte dem Hubschrauber bis zu einigen Felsen, die ungefähr fünfzig Meter vor der Wasserstelle lagen. Beide wussten, dass die Möglichkeit, Shetani auf die Spur zu kommen und ihn zu entlarven, so schnell nicht wiederkommen würde. Sie mussten es versuchen, auch wenn sie der Commander dafür tadeln würde und es gefährlich war. Mit ihren Nachtgläsern schlichen sie geduckt zum Rand der Senke und blickten zur Wasserstelle hinab. Sonyangas Revolver steckte schussbereit in seinem Hosenbund.

Was sie bei der Wasserstelle sahen, wirkte so gespenstisch, dass sie unwillkürlich den Atem anhielten. Der Hubschrauber wartete startbereit im Steppengras, stand so nahe bei den Bäumen, dass er sich kaum von der Dunkelheit abhob. Vier Wilderer schlichen mit Schnellfeuergewehren auf die sieben Elefanten zu, die an der Wasserstelle standen und sich langsam den Wilderern zuwandten. Der Mond und die Sterne spiegelten sich im brackigen Wasser.

Melissa legte sich auf den Bauch und verfolgte durch ihr Nachtglas, wie der größte Elefant die anderen mit lauten Trompetenstößen vertrieb. Das Signal für die Wilderer, das Feuer zu eröffnen, doch einer von ihnen hob die Hand und ließ den Lärm verstummen. Weil der Pilot des Hubschraubers den Motor abgeschaltet hatte, war seine Stimme deutlich zu hören. »Wartet!«, rief er, »die holen wir schon wieder ein. Ich muss mich erst mal um diesen Burschen kümmern. Mit dem hab ich noch eine Rechnung offen. Sehr ihr die Narbe an seinem linken Ohr?« Im hellen Mondlicht war sie deutlich zu sehen. »Der ist damals entkommen. Aber diesmal hol ich ihn mir, hab ich recht?«

»Mabu!«, erkannte auch Melissa den Elefant. »Das ist Mabu!«

»Und ich weiß jetzt, wer Shetani ist!«, sagte Sonyanga mit gedämpfter Stimme. Die Erkenntnis schien ihn schwer zu treffen. »Phil Ngotli! Der Staatssekretär höchstpersönlich! Kein Wunder, dass es die Wilderer so einfach haben. Phil Ngotli ist ein hoher Beamter. Er kann ihnen alle Hindernisse aus dem Weg räumen, ohne dass es jemand bemerkt. Er könnte ihnen sogar falsche Pässe und Papiere besorgen.« Er konnte es nicht fassen. »Phil Ngotli! Er macht gemeinsame Sache mit Kevin Ramsey und den Wilderern. Für so niederträchtig hätte ich ihn nicht gehalten.« Er stellte sein Nachtglas genauer ein. »Was hat er vor? Er wird doch nicht … das ist Selbstmord!«

Sie waren genauso gebannt wie die anderen Wilderer. Unfähig, sich zu bewegen oder aufzustehen und ihn zu warnen. Dazu ging auch alles viel zu schnell. Mabu hatte seine Artgenossen nicht umsonst weggeschickt. Auch er hatte seinen Todfeind erkannt und war angetreten, ihn für seine Verbrechen zu bestrafen. Durch ihr Nachtglas verfolgte Melissa, wie er die Ohren anlegte und den Rüssel aufstellte. Er trompetete laut und griff Shetani so plötzlich an, dass auch er entsetzt zurückwich und es nicht mehr schaffte, sein Gewehr hochzureißen. Mabu rannte ihn über den Haufen, stampfte ihn mit seinem Gewicht in den Boden und blieb triumphierend stehen, als er seine Rache vollendet hatte. Sein Trompeten hallte wie eine Siegesfanfare über die Steppe und wurde von anderen Elefanten beantwortet, als würden sie ihn für seinen erfolgreichen Rachefeldzug hochleben lassen.

Nach einer langen Schrecksekunde ergriffen die restlichen Wilderer die Flucht. Sie sprangen in den Hubschrauber, der Pilot ließ den Motor an und startete überhastet nach Süden. Mabu genoss seinen Triumph und lief anschließend davon, ohne Phil Ngotli noch eines weiteren Blickes zu würdigen.

19

Melissa und Sonyanga waren gezwungen, bis spät in die Nacht am Tatort zu bleiben. Sie beantworteten die Fragen von Commander Gayoye, der mit seinen Männern erschienen war und sie ausdrücklich für ihr Verhalten lobte. Beide waren froh, sich nicht den toten Phil Ngotli ansehen zu müssen, kamen aber nicht umhin, die Fragen eines Reporters zu beantworten, der mit dem Hubschrauber seiner TV-Station erschienen war. Woher er von dem spektakulären Racheakt des Elefanten erfahren hatte, verriet er nicht. Sie waren froh, als das Interview vorüber war, und verabschiedeten sich von Gayoye.

»Gute Arbeit«, lobte der Commander sie noch mal. »Nur schade, dass wir immer noch nicht wissen, wer der Elfenbeinkönig ist. Aber wir kriegen Chikawe schon noch weich. Ohne Shetani werden sich die Wilderer erst mal zurückhalten.«

Sie erreichten die Lodge nach Mitternacht. Sonyanga zog sich in eines der leeren Gästezimmer zurück und plante, noch vor dem Frühstück aufzubrechen und Jules im Krankenhaus von Arusha zu besuchen. Anschließend würde er einige wichtige Regierungsvertreter vom Flughafen abholen. Sie kamen mit der Morgenmaschine aus Daressalam, um den Tatort zu besichtigen und mit Gayoye und dem Chef der Zoologischen Gesellschaft zu beraten.

Trotz der verstörenden Gedanken, die seit dem Tod von Phil Ngotli durch ihren Kopf schwirrten, schlief Melissa sofort ein. Wenn nur meine Mutter nicht davon erfährt, war ihr letzter Gedanke, bevor sie die Augen schloss, sie würde sich sofort ins nächste Flugzeug setzen und nach Tansania kommen. Da würde es auch nichts nützen, wenn Melissa beteuerte, dass solche Abenteuer nicht zu ihrem Alltag gehörten. Sie wollte nie mehr sehen, wie ein Mensch von einem Elefanten zu Tode getrampelt wurde, auch wenn er wie ein Schlächter gegen Elefanten vorgegangen war.

Als sie um halb sechs Uhr morgens den Anbau verließ, war Sonyanga bereits verschwunden. Er hatte einen Zettel mit der Aufschrift »Wir sehen uns. Ich liebe dich.« an ihre Tür geklebt, und Janet, die an diesem Tag mit dem Frühdienst an der Rezeption dran war, hatte gesehen, wie er um kurz vor fünf die Lodge verlassen hatte und in seinem Landrover nach Arusha aufgebrochen war.

Melissa war bereits auf dem Weg in die Küche, um Otto beim Zubereiten des Frühstücks zu helfen, als sie Yeng Wei und Fu Ling begegnete. Ein Angestellter schob einen Karren mit ihrem Gepäck. »Sie wollen abreisen?«, wunderte sie sich. »Wollten Sie nicht bis zum nächsten Wochenende bleiben?«

»Das stimmt«, sagte der Chinese, »aber ich habe gestern Abend einen Anruf aus China erhalten. Geschäftliche Probleme. Wir müssen dringend nach Hause. Wir wollten Sie eigentlich bitten, uns zum Flughafen zu bringen.«

»Nach Arusha?« Normalerweise hätte sie diesen Auftrag einem Guide oder einem anderen Angestellten erteilt, aber ihr Bauchgefühl hielt sie davon ab. »Natürlich, sehr gerne. Wollen wir vorher noch zusammen frühstücken?«

»Wir haben es wirklich sehr eilig, Miss.«

»Natürlich«, stimmte sie zu, kramte ihren Autoschlüssel aus der Tasche und warf ihn dem Gepäckträger zu. »Bring die

Koffer bitte zu meinem Wagen«, sagte sie zu ihm. Und zu den Chinesen: »Ich bin in zwei Minuten bei Ihnen.«

Sie lief in die Küche, packte einige Croissants in eine Tüte und füllte drei To-Go-Becher mit heißem Tee. »Die Chinesen wollen, dass ich sie zum Flughafen bringe«, informierte sie Otto. »Sag Conroy, wo ich bin, okay?«

»Wird gemacht. Und sei zum Abendessen hier. Es gibt Lammfilet.«

»Klingt verlockend.«

Die Chinesen hatten bereits ihre Rechnung bezahlt und saßen in Melissas Landrover, als sie den Parkplatz erreichte. Sie stellte ihren Teebecher in die Halterung und nahm ein Croissant aus der Tüte. »Frühstück«, sagte sie und reichte die restlichen Croissants und Teebecher an Yeng Wei auf dem Beifahrersitz weiter. Im Schritttempo, um nicht zu viel Staub aufzuwirbeln, lenkte sie den Wagen auf die Hauptstraße und fuhr in die aufgehende Sonne hinein.

»Schade, dass Sie schon abreisen müssen«, sagte Melissa. »Es gäbe noch so viel zu sehen. Sie hätten einen Tag mit dem Baby-Elefanten verbringen können. Und wollten wir nicht noch mal zu der Wasserstelle, an der wir auf die Herde gestoßen sind? Das war wirklich ein einmaliges Erlebnis, nicht wahr?«

»Wir sind auch untröstlich«, erwiderte Yeng Wei, »aber wir kommen bestimmt wieder.« Er drehte sich zu seiner Nichte um. »Ist doch so? Wer einmal in Afrika war, kommt nicht mehr davon los, steht in den Broschüren. Ein atemberaubender Erdteil. Die Tierwelt ist wirklich einmalig. Nicht wahr?«

Fu Ling nickte schwach. Ihr schien die verfrühte Abreise noch weniger zu gefallen. »Vielleicht komme ich auch mal zum Arbeiten hierher«, sagte sie nach einer Weile. »Ich hab gehört, dass man in der Tierstation helfen kann.«

Melissa stimmte ihr zu. »Doktor Wilburn freut sich über jeden Freiwilligen. Kimberly und Dave haben auch so angefangen. Sie dachten, schnuppern wir mal rein, und einige Monate später gehörten sie fest zum Team. Sie würden sich bestimmt freuen, Sie als Mitarbeiterin zu bekommen. Man kann mit der Arbeit sicher nicht reich werden, aber Spaß macht sie ganz bestimmt, und das ist ja auch was wert. Besser, als in einer Bank vor vielen Zahlen zu sitzen.«

»Das stimmt«, sagte Fu Ling, »und mehr Platz hätte ich hier auch. Hier kann man tagelang durch die Steppe fahren, ohne einen anderen Menschen zu treffen. Nur das Land und die Tiere. Das kann man sich gar nicht vorstellen, wenn man aus einer Stadt wie Shanghai kommt. Dort tritt man sich gegenseitig auf die Füße. Ich glaube, wenn wir dort ankommen, muss ich erst mal tief Luft holen, bevor ich aus dem Flugzeug steige.« Sie lachte. »Nein, ich komme sicher zurück, und wenn es wieder nur für einen viel zu kurzen Urlaub ist.«

Noch befanden sie sich in der Serengeti, allerdings auf der viel befahrenen Hauptstraße, an der sich nur sehr selten wilde Tiere blicken ließen. Doch die scheinbar unendliche Weite war zu sehen, und man spürte selbst bei einem flüchtigen Blick aus dem Fenster, in welcher großartigen Landschaft man unterwegs war. In der Serengeti präsentierte sich die Natur noch mit einer Urgewalt, wie man sie in Städten und dicht besiedelten Gegenden nicht mehr zu sehen bekam. Hier war der Kreis des Lebens meist noch geschlossen, nur bedroht von geldgierigen Geschäftemachern wie Ramsey und den Wilderern.

Sonyanga würde alles tun, um seine Regierung von einem Gesetz gegen die Gatterjagd zu überzeugen. Das hatte er ihr auf der Rückfahrt geschworen. Und er würde den Kampf gegen die Korruption anheizen. Dass ein hoher Regierungsbeamter die Wilderer angeführt hatte, würde auch die bisher tatenlosen Politiker antreiben, dagegen anzugehen. Allein der Imageverlust, den Tansania durch die Schlagzeilen nach dem Tod von Phil Ngotli erleiden musste, reichte aus, um dem Land zu schaden. Ein schlechtes Image hielt Besucher ab, und Tansania konnte es sich nicht leisten, zu viele Touristen zu verlieren. Der Tourismus war eine der Haupteinnahmequellen.

»Sie haben die Wilderer verhaftet?«, fragte Yeng Wei.

Melissa löste sich von ihren Gedanken. »Das wissen Sie schon?«

»Ihr Angestellter hat es uns gesagt, als er die Koffer holte. Er hatte es selbst gerade erst erfahren und war sehr aufgeregt. Sie wären dabei gewesen, als sie …« Er drehte sich zu seiner Nichte um. »Wie nannte er den Anführer?«

»Shetani«, antwortete Fu Ling.

»Shetani, richtig. Sie wären dabei gewesen, als Shetani starb. Ist es wirklich wahr? Wurde er von einem Elefanten zu Tode getrampelt? Wie ist so etwas möglich? Ich dachte, die Wilderer wären mit modernen Schnellfeuergewehren ausgerüstet. Warum hat er denn nicht auf den Elefanten geschossen?«

Melissa wunderte sich. Über den Angestellten, der eigentlich die Anweisung hatte, sich nur über belanglose Themen mit den Gästen zu unterhalten, und über die Chinesen, dass sie so gut über die Wilderer Bescheid wussten. Oder war doch etwas dran an dem Verdacht, der sich in ihr breitgemacht hatte?

»Es ging alles viel zu schnell«, antwortete sie wahrheitsgemäß. »Bevor er abdrücken konnte, war der Elefant schon heran. Derselbe Elefant, der vor einigen Monaten von ihm angeschossen worden war. Elefanten vergessen nicht, das stimmt tatsächlich. Ansonsten hätte Mabu sich anders verhalten.«

»Mabu?«

»Wir haben ihm einen Namen gegeben. Eine Art Auszeichnung, weil er als Einziger einen Wilderer-Angriff überlebt hat. Einige Regierungsbeamte waren dafür, ihn erschießen zu lassen, aber das wollten wir nicht. Er benahm sich öfter aggressiv, hätte aber niemals von allein einen Menschen angegriffen. Ich glaube, er wartete darauf, dass Shetani zurückkam. Er wollte sich dafür rächen, dass die Wilderer seine Artgenossen umgebracht hatten.«

»Shetani war der Anführer der Wilderer. Ein Regierungsbeamter?«

»Er war korrupt«, erwiderte Melissa, »er ließ sich seine Arbeit sicher gut bezahlen. Wir wissen noch immer nicht, wer der Elfenbeinkönig ist, ein Asiate, behaupten viele, auf jeden Fall aber ein mächtiger Mann, der überall seine Leute sitzen hat. Aber damit ist jetzt Schluss. Ohne Shetani sind die Wilderer nur noch die Hälfte wert, und es gibt sicher einen, der sich eine milde Strafe verdienen will, indem er alles ausplaudert, was er weiß. Früher oder später kriegen die Ranger oder die Polizei auch den Elfenbeinkönig, und dann ist Ruhe. Sie werden ihn lebenslänglich einsperren, das hoffe ich wenigstens.«

Normalerweise hätte Melissa niemals so offen mit Lodge-Gästen gesprochen, auch nicht mit solchen, die ihren Urlaub schon hinter sich hatten und bereits auf dem Weg zum Flughafen waren. Was sie von den Angestellten verlangte, forderte sie auch von sich selbst: Probleme wie Wilderei und Gatterjagd zwar anzusprechen, aber vor allem dafür zu sorgen, dass die Gäste einen möglichst angenehmen und stressfreien Urlaub erlebten, und dazu gehörte auch die Fahrt zum Flughafen. Doch irgendetwas trieb sie dazu, die Chinesen mit ihren deutlichen Worten zu reizen. Ein Verdacht, der sich schon vor einigen Tagen in ihr eingenistet hatte, als Yeng Wei und Fu Ling allein die Lodge verlassen hatten und, ohne an der Rezeption Bescheid zu sagen, mit einem Landrover der Lodge in die Wildnis gefahren waren. Vielleicht nur ein Vorurteil, weil Yeng wie der Elfenbeinkönig aus China kam, und doch irgendwie berechtigt.

»Halten Sie mich für den Elfenbeinkönig?«, fragte er.

»Wie kommen Sie denn darauf?«

»Sie haben doch selbst gesagt, dass der Elfenbeinkönig ein Asiate sein soll. Da könnte man doch leicht auf die Idee kommen, dass ich es bin.«

»Wir haben einige Besucher aus China. Alles ehrbare Leute.«

Yeng Wei lächelte. »Das beruhigt mich.«

Sie erreichten die Außenbezirke von Arusha. Die Stadt war nicht besonders groß und hatte sich ihren ländlichen Charakter bewahrt, einige Straßen erinnerten sogar an traditionelle Massai-Dörfer. Im Norden der Stadt ragte der Mount Meru empor, ein weithin sichtbares Wahrzeichen. Melissa fuhr an dem Krankenhaus vorbei, in dem Jules lag, und sie fragte sich, ob Sonyanga noch bei ihm war. Wie würde Jules wohl reagieren, wenn er von Shetani hörte?

»Zum Flughafen«, verlangte Fu Ling. Ihre Stimme hatte sich verändert, klang jetzt kraftvoller und befehlsgewohnt. »Aber nicht zum Haupteingang. In die Seitenstraße, zu dem Gittertor im Frachtbereich. Die nächste links!«

Melissa blickte in den Rückspiegel und sah, dass die Chinesin eine Pistole in der Hand hielt. »Was soll das?«, erschrak sie. »Sind Sie etwa ... Sie sind ...«

»Ich bin die Elfenbeinkönigin«, bestätigte Fu Ling. »Und das ist nicht mein Onkel, sondern einer meiner Leute. Sie hatten uns schon länger in Verdacht, nicht wahr? Aber sie dachten, dass nur ein Mann an der Spitze eines so riesigen Unternehmens stehen könnte. Ein riesiges Unternehmen, das sind wir. Wir sehen die Elefanten als Nutztiere, so wie Rinder und Schweine, die wegen ihres Fleisches getötet werden. Elefanten versorgen uns mit Elfenbein, das ebenso wichtig wie Fleisch ist. Zumindest für unsere Kunden. Ich sehe nichts Böses darin, einen Elefanten zu töten, und ich glaube auch nicht, dass es in einer Schlächterei humaner zugeht als bei unseren Elefantenjagden.«

»Dann waren Sie noch nie in einer Schlächterei.«

Fu Ling ging nicht auf sie ein. »Wir haben Sie wohl unterschätzt. Der Aufenthalt in der Lodge war eine gute Tarnung, und in meiner Rolle als Tierschützerin war ich vermutlich auch ganz überzeugend, aber wir hätten vorsichtiger sein und vor allem auf unseren Solo-Ausflug verzichten müssen. Das hat Sie doch erst misstrauisch gemacht, stimmt's? Wir waren eigentlich nur hier, um uns in aller Ruhe in der Serengeti umsehen zu können. Chikawe hatte keine Ahnung, wer ich bin. Er hielt mich für eine verrückte Tierfreundin, die einen Extra-Bonus bezahlt, wenn er ihr dafür zeigt, wo sich die Elefanten am liebsten aufhalten. Nur Shetani kannte meine Identität. Und hätte er bei diesem Mabu besser gezielt, wäre alles geblieben wie bisher. Jetzt bleibt uns nichts anderes übrig, als das Land für eine Weile zu verlassen.« Sie blickte aus dem Fenster. »Das Gittertor am Ende der Straße. Nun fahren Sie schon.«

Melissa war immer langsamer geworden, auch weil sie Angst hatte, dass die Elfenbeinkönigin sie erschießen würde. Wie konnte sie sonst sicher sein, dass sie ihr Wissen nicht weitergab? Ihr blieb doch gar nichts anderes übrig.

»Und wenn wir drin sind? Was ist dann?«

»Dort steht unsere Gulfstream bereit. Wir haben genug Leute vom Flughafen auf unserer Lohnliste. Wir fliegen nach Mombasa und steigen dort in eine gewöhnliche Linienmaschine um. Aber keine Angst, wir kommen wieder!«

Sie hielten vor dem Gittertor. Yeng Wei stieg aus und öffnete es.

»Und ich? Wollen Sie mich erschießen?«, fragte Melissa.

Fu Ling antwortete nicht. Sie hielt weiter die Pistole auf sie gerichtet und schien vollkommen entspannt, als sie vor dem bereitstehenden Privatjet hielten. »Sorgen Sie dafür, dass die Leute unser Gepäck an Bord schaffen!«, sagte sie zu Yeng Wei. »Wir starten sobald wie möglich. Beeilen Sie sich, Yeng!«

Ihr Komplize stieg aus, und Melissa beobachtete im Rückspiegel, wie Fu Ling sich nach vorn beugte und die Pistole auf sie richtete. Sie schloss die Augen. Sie hatte ähnliche Szenen schon oft im Fernsehen gesehen und sich gefragt, was die Opfer wohl dachten, bevor der Schuss fiel. Sahen Sie ihr Leben wie einen Film in Zeitraffer an sich vorüberziehen? Dachten sie an ihre Liebsten, ihre Partner, ihre Eltern und Verwandten? Suchten sie trotz ihrer hoffnungslosen Lage noch nach einem Ausweg? Beteten sie das Vaterunser?

Melissa dachte gar nichts. In ihr war grenzenlose Leere. Sie wartete nur noch auf den Schuss, der allem ein Ende setzte. Und sie hoffte, den Schmerz nicht mehr spüren zu müssen. Den Schmerz, wenn die Kugel in sie drang.

Dann erklangen laute Polizeisirenen, und sie hörte die Chinesin fluchen. Sie öffnete die Augen und beobachtete ungläubig, wie Fu Ling die Tür aufriss und zur Maschine rannte, noch vor der Gangway von Polizisten gestellt und festgenommen wurde. Auch ihr Komplize leistete keinen Widerstand. Die Polizisten legten ihnen Handschellen an und führten sie zu einem Polizeiwagen.

Melissa sackte in ihrem Sitz zusammen. Sie merkte erst jetzt, dass ihr Körper schweißüberströmt war, und die Knöchel ihrer Fingergelenke weiß hervortraten, weil sie sich noch immer an das Lenkrad klammerte. Ihr Herz klopfte so laut, dass sie glaubte, jeder im weiten Umkreis könnte es hören.

Nur langsam begann sie sich wieder zu entspannen. Sie überhörte einen Polizisten, der sich besorgt nach ihrem Empfinden erkundigte, und sah plötzlich nur noch Sonyanga, der mit den Polizisten gekommen war und lächelnd auf sie zulief. Er war gerade noch rechtzeitig gekommen, als hätte ihm eine innere Stimme verraten, in welcher großen Gefahr sie geschwebt hatte. Wie ein tapferer Ritter, der seine Liebste rettete. Es gab sie also doch noch, diese märchenhaften Augenblicke, von denen man sonst nur träumte.

Sie stieg aus und sank in seine Arme, schlang die Arme um seinen Hals und schmiegte sich an ihn. »Jetzt hast du mir auch noch das Leben gerettet«, sagte sie zu dem Massai. »Du bist ein großer Krieger.«

Nachwort

Dies ist mein zweiter Afrika-Roman. Wie die meisten von euch wissen, bin ich vor allem für meine Alaska-Romane bekannt. Aber ich war in der halben Welt unterwegs und fand es überall dort spannend, wo es noch wirkliche Abenteuer gibt. Keine aufgepeppten Technik-, Superhero- und Fantasy-Adventures, sondern echte Abenteuer mit echten Menschen. So auch während eines längeren Aufenthalts in Tansania, Kenia, Botswana, Namibia und Südafrika, wo ich lange für das Schulfernsehen, Reisebücher und Reisezeitschriften unterwegs war.

Die Massai Mara und die Serengeti an der Grenze zwischen Tansania und Kenia haben mich am meisten begeistert. Vor allem die Begegnungen mit den Massai. In einem ihrer Dörfer durfte ich ihren Alltag (und ihre gewöhnungsbedürftigen Essgewohnheiten) und ihre Kultur kennenlernen. Beeindruckend auch die Begegnungen mit wilden Tieren auf teilweise einsamen Fahrten durch die Steppe. Der Respekt vor den Löwen, die sofort den Kopf hoben, wenn man das Fenster öffnete, und den Elefanten, die teilweise dicht vor unserem Jeep über den Trail stampften, war riesengroß.

Die im Roman beschriebene Gatterjagd gibt es übrigens tatsächlich. Vor allem in Südafrika und Tansania ist sie immer noch legal. Und die Wilderei ist ein weiteres Problem, das Afrika in Atem hält. Glücklicherweise hat man auch im realen Leben einige Erfolge aufzuweisen, sodass die Löwenbestände wieder anwachsen. Es gab sogar eine Elfenbeinkönigin. Die Chinesin Yang Fen Glan wurde 2015 in Tansania verhaftet und angeklagt, über siebenhundert Stoßzähne von Elefanten nach China geschmuggelt zu haben.

Auch in diesem Roman habe ich versucht, allen Lebewesen dieser Gegend gerecht zu werden, und würde mich freuen, wenn er euch genauso gefällt wie meine Alaska-Abenteuer.

Eins noch: Ich habe die Schreibweise »Massai« benutzt, weil sie in unseren Breiten am geläufigsten ist. Richtiger wäre wohl »Maasai«. Bei der Recherche haben mir vor allem persönliche Berichte, auch von Massai, sowie alte Reisebeschreibungen geholfen. Das Leben in einer Lodge und die Arbeit in einer Tierstation durfte ich während mehrerer Besuche kennenlernen.

Die Tourismusschule, in der Melissa ihren Abschluss gemacht hat, gibt es tatsächlich in Österreich. Mein Sohn Daniel hat dort seine Ausbildung gemacht und auch ein mehrwöchiges Praktikum in Afrika absolviert. Die beiden Rezepte für den Mango-Avocado-Salat und den Apfelstrudel sind von ihm. Für alle Feinschmecker haben wir sie auf den folgenden Seiten abgedruckt.

Mein aufrichtiger Dank gilt allen Lesern und Fans, die mir schon so lange die Treue halten. Besucht mich auf meiner Homepage www.christopherross.de und auf Facebook.

Euer Christopher Ross

Mango-Avocado-Salat mit Hähnchen

Zutaten für 4 Personen:
Frischer Ingwer, 1 Chilischote, 5 EL Olivenöl, 2 Hähnchenbrüste, Salz und Pfeffer, ½ TL Paprikapulver, Thymian, 3 TL Honig, 1 EL Sesam, Radicchio-Salat, 1 Mango, 1 Avocado, 2 El Zitronensaft, Wasser

Zubereitung:
Die Hähnchenbrüste mit Salz und Paprikapulver würzen und mit dem in Scheiben geschnittenen Ingwer, Chili sowie Thymian in der Pfanne rundherum 6 Minuten anbraten. Mit dem Honig beträufeln und im heißen Ofen bei 180 Grad 10 bis 15 Minuten garen. Radicchio putzen, waschen und die Blätter in Stücke zupfen. Mango schälen, das Fruchtfleisch vom Stein lösen und würfeln. Avocado halbieren, den Stein entfernen und das Fruchtfleisch in Scheiben schneiden. Die Avocado mit Zitronensaft beträufeln. Dressing: 2 EL Zitronensaft mit 1 EL Wasser, Salz, 1 TL Honig und Pfeffer verrühren. 3 bis 4 EL Öl unterrühren. Radicchio, Mango und Avocado mit Dressing beträufeln. Hähnchenbrust in Scheiben schneiden und auf den Salat legen.

Apfelstrudel

Zutaten für 4 Personen:
1 Packung Blätterteig, 1 Pfund Äpfel, 50 g Kristallzucker, 1 Zitrone, 100 g Haselnüsse, Zimt, Vanilleschote, 50 g Butter

Zubereitung:
Die Äpfel schälen, in Spalten schneiden und mit dem Zitronensaft beträufeln. In der Zwischenzeit den Ofen auf 200 Grad vorheizen. Nun den Zucker, das Vanillemark, den Zimt, die Nüsse und die Rosinen mit den Äpfeln vermengen. Den Teig auf ein bemehltes Küchentuch legen und mit der flüssigen Butter bestreichen. Die Apfelfülle auf das untere Drittel des Teiges geben. 10 cm sollten unten noch frei bleiben. Das Küchentuch mit dem Teig zügig über die Fülle stülpen und den Apfelstrudel fertig rollen. Mit flüssiger Butter bestreichen und für 40 Minuten ins Backrohr geben. Mit Puderzucker bestreuen und am besten noch lauwarm mit Vanilleeis genießen.

Christopher Ross
Sunrise Africa
Die weiße Löwin der Serengeti

240 Seiten
Hardcover
ISBN 978-3-7641-7057-8

Auch als E-Book erhältlich!

Allein in der Serengeti

Für die 19-jährige Melissa beginnt das Abenteuer ihres Lebens, als sie ihr Praktikum in einer Lodge in Afrika antritt. Der zahme junge Elefant der nahen Tierstation und die Schönheit der Serengeti schlagen sie augenblicklich in ihren Bann. Und als sie dem gleichaltrigen Massai Sonyanga begegnet, ist es um ihr Herz endgültig geschehen. Doch Unheil droht. Bei einer Fahrt durch die Steppe beobachten sie eine weiße Löwin – für die Massai ist sie eine Botschafterin des Bösen! Tatsächlich geht auf einmal alles schief. Auf einer dreitägigen Safari sabotiert ein Unbekannter ihren Geländewagen und sie stranden in der Wildnis. Schaffen sie es, rechtzeitig Hilfe zu holen?

www.ueberreuter.de
www.facebook.com/UeberreuterBerlin

Sehnsucht, Liebe, große Abenteuer

Die »Alaska Wilderness«-Reihe des Erfolgsautors Christopher Ross

Verschollen am Mount McKinley (Bd.1)
256 Seiten, Hardcover
ISBN 978-3-7641-7004-2

Julie Wilson arbeitet als junge Rangerin im Denali Nationalpark mit ihren treuen Huskys. Während eines geführten Trips zum Mount McKinley verschwindet einer der Teilnehmer der Bergwandergruppe. Julie muss sich im eisigen Schneesturm auf die Suche machen und kommt einem spannenden Familiengeheimnis auf die Spur.

Die Wölfe vom Rock Creek (Bd. 2)
256 Seiten, Hardcover
ISBN 978-3-7641-7003-5

Julie nimmt an einem wissenschaftlichen Programm Teil, in dem das Verhalten der Wolfsrudel in und um den Denali Nationalpark untersucht werden soll. Ein Wolfsrudel am Rock Creek hat es Julie besonders angetan, da dieses Rudel sich unter schwierigen natürlichen Bedingungen behauptet. Doch die ansässigen Trapper beäugen dieses Rudel mit Argwohn, da es ihre Geschäfte bedroht. Schon findet sich Julie in einer Fehde zwischen Fallenstellern und Tierschützern wieder ...

Allein am Stony Creek (Bd. 3)
240 Seiten, Hardcover
ISBN 978-3-7641-7019-6

Im Nationalpark wird ein kleiner Husky geboren, der Julie Wilson sofort verzaubert. Doch das Glück währt nicht lange: Als Julie mit ihrem Hundeschlitten im Hinterland ist, kollabiert einer ihrer Hunde und ist dem Tode nahe. Der Husky wurde vergiftet. Wer hat das Tier auf dem Gewissen?
Bei einem Ausflug nach Fairbanks nimmt der Fall eine Wendung: Julie merkt, dass sie von einem jungen Mann verfolgt wird, einem Stalker, der ihr zu Beginn freundlich begegnet, ihr dann aber immer unangenehmer wird. Als dieser den jungen Husky in die Bergwildnis am Mount McKinley entführt, wird die Situation immer dramatischer ...

www.ueberreuter.de
www.facebook.com/UeberreuterBerlin